Sybille Hein

EURE LEBEN, LEBT SIE ALLE

Roman

dtv

2022 dtv Verlagsgesellschaft mbH & Co. KG, München
© Sybille Hein
Satz: Uhl+Massopust, Aalen
Gesetzt aus der Minion
Druck und Bindung: CPI books GmbH, Leck
Printed in Germany · ISBN 978-3-423-28282-6

*Für meine Mutter, die uns Kindern schon früh
beibrachte, dass »Dönekens« und Ringelpiez mit
Anfassen am besten auf das Leben vorbereiten.
Und für all meine Freundinnen.*

»Wahrheit gibt es nur zu zweien.«
Hannah Arendt

PROLOG

FÜNF FRAUEN

Man sah den Faden nur, wenn die Sonne darauf fiel. Er zog sich silbrig glänzend über unsere Haare, Mäntel, Schuhspitzen hinweg. Er lief als feine Glitzerspur durchs Gras. Von dort aus über die tiefe Grube. Straff gespannt wie ein Hochseil. Ein einzelner Regentropfen oder ein leichter Luftzug hätten ihn entzweireißen können. Aber er hielt. Er hält bis heute.

Auf der anderen Seite des Lochs arbeitete er sich wieder in die Höhe. In großen Schlaufen um schmale Fesseln herum, verfing sich im Rocksaum, an Reißverschlüssen, legte sich quer über unsere Gesichter, kitzelte Wangen und Nasen – aber wir werden an Ameisenfüße gedacht haben. In Johannas feuerroter Mähne wäre er untergegangen, aber ihrer grau melierten Gestalt konnte er ein paar Glanzpunkte zurückgeben. Wenn die Sonne darauf fiel.

Johanna hatte sich wenige Tage zuvor das erste Mal verwandelt. Vom Schmetterling in eine Raupe. Jetzt mausbraune Haare, als straffer Zopf aus dem Gesicht gebunden. Dunkles Kostüm, das man auch als Anwärterin einer Klosterschule tragen könnte. Trotzdem Chanel, Prada, Louis Vuitton, aus alter Gewohnheit – Treibsand, der auch den gerissensten Verwandlungskünstler zu Fall bringen kann.

Flacher Atem, flache Halbschuhe das einzige Mal in ihrem Leben. Am lebendigsten war noch der Trauerstrauß in ihrer Hand. Zitternde Fahne, von Buschwindröschen umringt und einem langen Samtband zusammengehalten. Es reichte bis zum Boden. Vielleicht spielt meine Erinnerung mir einen Streich, aber ich glaube, Luise hat ein paarmal draufgetreten.

Luise hielt nichts in der Hand, es hätte von ihrem kleinen Bauch abgelenkt. Nasse Locken ums blasse Gesicht, drapiert wie bei einem Madonnenbildnis. Sie summte leise vor sich hin, auch während der Ansprachen. Später reihte sie selbst gebastelte Windräder um das Grab auf. Hätte es Instagram schon gegeben, hätte sie sicher einen Post davon gemacht. Luise schüttelte dem Pfarrer als Erste die Hand, noch vor Marianne. Und in dieser Sache bin ich mir absolut sicher, sie hat dem Pfarrer auch ein Windrad geschenkt.

Frederike stand ein bisschen hinter Luise. Zweite Reihe. Stille Beobachterin.

Sie trug ein dunkles Jerseykleid, mit zu viel Sprühstärke in Form gebügelt, überall dieser chemische Glanz. »Unterschichtenglimmer« nennt sie es heute. Dazu trotzdem Doc Martins, aus schwerem Leder, mit schweren Sohlen und Stahlkappen. Schuhe, die sie am Boden hielten, damit Eindrücke, Gedanken, Schlussfolgerungen – das ganze schlaue Gefecht, das fortwährend in ihrem Kopf tobt – sie nicht davontragen konnten. Bis heute braucht sie dieses Gegengewicht, nur reichen klobige Schuhe längst nicht mehr aus.

Dann ich. Viel zu dicht am Grubenrand, wie eine Schaulustige. Als es mir auffiel, wich ich beschämt zurück und konnte den Blick trotzdem nicht von dem tiefen Loch und dem Sarg am Grund abwenden. Jetzt würde sich der Deckel ganz bestimmt nicht mehr öffnen. Mit jeder Schaufel Erde, mit jeder Nelke, jedem Gebinde, das dumpf auf den Holzdeckel aufschlug, wurde es unwahrscheinlicher. Auch die gemurmelten Worte legten sich schwer auf Jonas' Brust ab. Ich rechnete trotzdem bis zum Schluss mit einem allerletzten Coup, ich führte Jonas zahlreiche Möglichkeiten vor Augen, ich spürte unsere alte Energie. Aber ich konnte ihn unter seinem Holzdeckel nicht mal rumpeln hören.

Fehlt noch Marianne. Dass ich sie trotz ihrer entscheidenden Rolle für uns und diesen Tag erst am Schluss erwähne, hat ausschließlich kompositorische Gründe.

Sie stand als Einzige auf der anderen Seite des Grabs. Wer sie nicht kannte, hätte sie niemals für Jonas' Mutter gehalten. Nicht mal für einen rechtmäßigen Trauergast. Der breitkrempige grüne Filzhut auf ihrem Kopf, das gelbe Kleid, das unter dem Mantel hervorblitzte, die kniehohen Lederstiefel. In diesem Aufzug passte sie in ein Cabriolet, das mit offenem Verdeck Richtung Süden brauste, aber nicht auf eine Beerdigung. Sie passte zu einem Aufbruch, nicht zu einem Abschied. Zu einem Anfang, nicht zu etwas, das so endgültig zu Ende ging.

Aber was wussten wir Mädchen mit Mitte zwanzig schon von Abschieden und Endgültigkeit? Jedes Ende verliert seine Gültigkeit, sobald der erste neue Gedanke, die erste neue Empfindung die alte Geschichte weiterspinnt. Der Faden flatterte uns schon um die Köpfe.

Der letzte große Coup von Jonas Kiekhöfel fand im Verborgenen statt. Ein stilles, keckes Manöver. Während wir alle noch auf den schweren Holzdeckel starrten, war er als winziges Spinnentier entkommen. Zwanzig Jahre später spinnt er sich immer noch in unsere Leben hinein. Jede von uns benutzt den Faden auf eigene Weise.

ERSTE RUNDE

BLINDE FLECKEN, STAUBIGE ECKEN

MARIANNE

Hätte Ellen mich gefahren, wäre das nicht passiert.

Einen Tag nach meinem achtundzwanzigsten Geburtstag habe ich aufgehört zu rauchen. Kurz nach meinem achtzigsten fange ich wieder damit an. Böhm hat mich verführt. Seine gelben Fingerkuppen konnten mich nicht davon abhalten, zuzugreifen. Auch nicht seine erbarmungswürdigen selbst gedrehten Papierwürmer, aus denen an beiden Enden lange, dünne Tabaktentakeln herausragen. Rührend eigentlich, dass sie noch exakt so aussehen wie vor dreißig Jahren.

Böhm hielt mir die Blechdose mit den Zigaretten wortlos unter die Nase, als wir den Kiesweg zum Parkplatz zurückliefen. Sein Feuerzeug schnippte, da saß ich bereits im Wagen. Schnipp. Schnipp. *Schnipp. Schnipp! Schnipp!* Ich hatte vergessen, dass man auch an den verflixten Dingern saugen muss, damit die Sache Schwung aufnimmt.

Auf dem Hinweg zur Klinik hatte ich noch am Steuer gesessen, jetzt ließ Böhm mein Auto an und lenkte es gleich darauf vom Parkplatz.

Er bog in die Ausfahrt ein, und ich nahm den zweiten tiefen Zug. Beim dritten klappte ich den Sonnenschutz herunter und sah das mächtige Backsteingebäude im Spiegel immer kleiner werden.

»Frau Kiekhöfel, ich habe hier schon alles erlebt. Sie müssen sich nicht entschuldigen.«

»Ich entschuldige mich nicht.«

»Nehmen Sie sich noch etwas Zeit, wir laufen Ihnen nicht weg. Aber irgendwann sollten Sie sich Gewissheit verschaffen.«

»Natürlich.«

»Vielleicht brauchen Sie mehr Anlauf, es ist ein großer Schritt.«

Ich nickte. Ich betrachtete die hübsch geschwungenen Augenbrauen meines Gegenübers. Seine faltenlose Stirn. Was wusste so ein Jungspund von großen Schritten und Gewissheiten? Was hatte er in seinem kurzen Leben schon alles kennengelernt? Nicht viel, wenn er in diesem Alter bereits Chefarzt war – seine Patienten am allerwenigsten. Alle zehn Minuten eine andere alte Schachtel, die nicht einsehen will, dass ein achtzig Jahre alter Körper nach und nach den Geist aufgibt.

»Manche Teile kann man austauschen (Kniegelenk, Hüfte, Zahnersatz …), andere mit technischen Raffinessen unterstützen (Herzschrittmacher, Hörgerät, Insulinpumpe …). Aber das Gehirn … das Gehirn, Frau Kiekhöfel, eins der wenigen Organe, das sich weder austauschen noch aufpolieren lässt.«

»Schade.«

»Möglich, dass es sich um behebbare Leistungsstörungen handelt. Schilddrüse, Altersdiabetes … Sie sollten sich Gewissheit verschaffen. Im Hinblick auf Ihre Kinder ist das ein verantwortungsvoller und wichtiger Entschluss. Sie haben Kinder?«

»Mein Sohn ist tot.«

»Das tut mir leid. Ihrem nahen Umfeld gegenüber haben Sie allerdings auch eine Verantwortung, es ist vernünftig … «

Vernunft. Gewissheit. Verantwortung. Der junge Dr. Winterfeldt hantiert mit diesen Worten wie mit billigem Plastikbesteck.

Aber bin ich vernünftig? Will ich Gewissheit? Entscheide ich seit ein paar Wochen nicht sowieso alles nur noch aus dem Bauch heraus?

Oder sind meine Bauchentscheidungen schon ein unbewusstes Eingeständnis, dass ich meinem alten Kopf nichts mehr zutrauen kann?

Als Böhm meinen Wagen auf den Autobahnring lenkt, habe ich schon die dritte Zigarette aufgeraucht. Aschekrümel rieseln auf meinen Schoß, sie könnten auch aus meinem Kopf gerieselt kommen. Abgerauchte Gehirnwindungen.

Wir verfahren uns zwei Mal. Böhm hat das Navi falsch programmiert. Als es uns auffällt, stecken wir schon auf der Avus im Nachmittagsstau fest.

Böhm hat dieser Ausflug auch mitgenommen, ich spüre es deutlich.

Aber wie immer in gefühlsmäßig vertrackten Momenten bekommt er den Mund nicht auf. Nicht, als ich schon nach fünf Minuten aus Dr. Winterfeldts Sprechzimmer gelaufen komme, und nicht auf der gesamten Autofahrt, die immerhin fast vierzig Minuten dauert. Ich schaue immer wieder zu ihm hinüber, er hält den Blick brav auf die Straße gerichtet.

Zu Hause angekommen, bringt er mich hoch in meine Wohnung. Er hilft mir aus dem Mantel und läuft weiter zum Herd, um Tee aufzusetzen.

Ich gehe ihm nach und nehme ihm den Teekessel aus der Hand. In Situationen wie diesen kann ich sein mitfühlendes Schweigen nicht unbegrenzt ertragen.

Ich schiebe Böhm mit sanfter Gewalt zurück in den Flur und bedanke mich für seine Begleitung. Ich verspreche, später noch mal bei ihm vorbeizuschauen. Böhm nimmt mir das nicht übel. Wahrscheinlich ist er sogar ein bisschen erleichtert. Manchmal findet selbst er es ganz gut, dass wir zwei Wohnungen haben.

Auf der Autofahrt habe ich seine vielen Seufzer weggeraucht. Sein entschiedenes Einatmen, dem dann doch kein Wort folgte. Böhms Schweigen ist schon immer ein sehr lautes Schweigen gewesen. Ein ringendes Schweigen, das ich in dieser Form nur von Männern kenne.

Die meisten von ihnen fangen viel zu spät an, sich im Unterhalten zu üben. Wenn die Themen emotional etwas komplizierter werden, fehlt es ihnen schlichtweg an Worten und Handwerkszeug. Früher dachte ich, das sei ein Phänomen meiner Generation. Sprachamputierte Söhne gliederamputierter Kriegsveteranen. Aber mittlerweile habe ich meine Beobachtungen auf zwei weitere Generationen ausdehnen können, und siehe da, immer wieder wachsen neue Schweiger und Herumdruckser heran.

»Frau Kiekhöfel, bemerken Sie bei sich so etwas wie Wortfindungsschwierigkeiten? Fällt es Ihnen schwerer als früher, eine flüssige Unterhaltung zu führen?«

In Dr. Winterfeldts Sprechzimmer hatte ich allerdings auch eine Kiefersperre. Der freundliche Doktor war sich unsicher, ob ich unserem Gespräch überhaupt folgen konnte.

»Keine Wortfindungsschwierigkeiten«, presste ich hervor, als sein Blick immer bohrender wurde. »Normalerweise bin ich eine ausgemachte Quasselstrippe.«

Das ist die Wahrheit. Und doch wäre es die passende Gelegenheit gewesen, ihm von anderen seltsamen Momenten zu erzählen. Von den Lücken, die sich nicht zwischen mich und die Worte, sondern zwischen mich und mein Lebensumfeld schieben. Die dampfende Kaffeetasse vor mir, von der ich für den Bruchteil einer Sekunde nicht mehr weiß, wozu man sie benutzt. Die Schnürsenkel in meiner Hand, aus denen sich beim besten Willen keine Schleife binden lässt. Vor ein paar Tagen habe ich Böhms Fahrradschloss im Kühlschrank gefunden und kann mich partout nicht erinnern, wie es dorthin gekommen ist. Ich laufe mit einem vollen Wäschekorb durch meinen Flur, bleibe abrupt stehen und bin mir nicht mehr sicher, wo sich mein Schlafzimmer befindet. Ob ich überhaupt ein Schlafzimmer besitze. Ich wohne seit vierunddreißig Jahren in meiner Wohnung.

Es sind kurze Aussetzer. Ich hole Luft, ich fahre mir mit der Hand durchs Haar oder schüttele meine Armreifen, dann kommt die Erinnerung zurück. Dann schließt sich der feine Riss zwischen mir und dem Rest der Welt.

Natürlich könnten es auch die Nebenwirkungen meiner neuen Bluthochdrucktabletten sein. Frühlingsverwirrung. In früheren Jahren hätte ich es sofort auf die Hormone geschoben. Aber irgendwas daran kommt mir fundamentaler vor.

Böhm ist der Einzige, der von meinen Störmomenten weiß, und ich habe mehrere Anläufe gebraucht, ihm davon zu erzählen. Ohne den Termin in der Neurologie hätte ich mich niemals dazu durchringen können.

Nun habe ich dort nicht mal irgendwas in Erfahrung gebracht. Ich habe nichts in Erfahrung bringen *wollen*. Böhm ist umsonst Mitwisser geworden.

Ich würde mein Geständnis gerne wieder von ihm zurückfordern, aber Worte sickern ein wie eine Flüssigkeit. Einen Weinfleck kann man auch nicht zurücknehmen. Auch nicht den großen Schweißfleck in meiner Bluse, der auf der langen Autofahrt getrocknet ist. Bei Licht besehen, werde ich Rückstände finden. Riechen, fühlen, schmecken.

Aus Angst vor einsickernden Worten bin ich aus Dr. Winterfeldts Sprechzimmer geflüchtet. Schon jetzt hinterlassen seine Sätze bleibende Flecken. »Das Gehirn, Frau Kiekhöfel, ist eins der wenigen Organe, das sich nicht austauschen lässt.« Das Wissen um eine Krankheit kann schlimmer sein als die Krankheit an sich.

Und dann gibt es zusätzlich zu den Löchern in meinem alten Kopf auch noch einen schwarzen Fleck in meiner Brust. Kein Fleckenmittel der Welt kann ihn beseitigen. Selbst Luise mit ihrem Putzfimmel könnte diesem Fleck nicht beikommen. Sie müsste ihn schon rausschneiden.

Nach Böhms ausgedehntem Schweigemarathon würde ich mich gerne mit Frederike oder Ellen beratschlagen. Die beiden können gut mit verzweifelten Gestalten. Doch Frederike hat mit ihrem alten Vater schon genug Endzeitstimmung im Haus, und was Ellen angeht, will ich auf den letzten Metern nicht noch zu einer ihrer Patientinnen werden. Ich weiß ja, wie viele verrückte Alte sich immer wieder in ihre Praxis verirren.

Ich will die lebendige, robuste Marianne bleiben, so lange wie möglich. Die Marianne, die den Mädchen mit ihrem Dickschädel gehörig auf die Nerven geht. Die Marianne, die Luises Tochter heimlich Süßigkeiten zusteckt, mit Ellens verrückten Gören Geheimsprachen erfindet und Freddys verlauste Blumentöpfe rettet. Verlauste Kinderköpfe *sowieso*. Die Marianne, die immer und zu jeder Zeit vor Ort sein kann, wenn Not am Mann ist. Auch für Johanna, denke ich. Hoffentlich auch wieder für Johanna. In zwei Tagen fahren wir zu ihr in die Klinik. Und obwohl die Sache diesmal besonders böse aussieht, verspüre ich erstmalig Widerwillen. Johanna, die ihr kostbares Leben, schon wieder freiwillig, aus dem Fenster geschmissen hat.

In der Wohnung unter mir hat Böhm schon vor einer ganzen Weile eine Platte von Pink Floyd aufgelegt. Ich höre die Liedfetzen von »*I don't care if they call us crazy. Run away ...*«. Böhm ist gut darin, sich Worte von anderen zu borgen, und mit seinen geborgten Worten liegt er erstaunlicherweise immer ziemlich richtig.

Ich laufe auf mein altes Küchenbuffet zu und ziehe die unterste Schublade auf. Hinter den Einmachgummis und den Ausstechformen finde ich eine Blechschachtel, die ich an mich nehme. Wenn Böhm die Sucht packt, fühlt er sich außerstande, ein Stockwerk tiefer in seine eigene Wohnung hinabzusteigen. Dann muss das Nikotin innerhalb der nächsten drei Sekunden seine Lungen erreichen. Ich weiß von mindestens vier weiteren Verstecken in meiner Wohnung. Was das angeht, funktioniert mein Kopf noch tadellos.

Ich öffne die Blechdose – es gibt auch ein Feuerzeug. Ein Notfallpaket taugt nicht, wenn man es nur halbherzig bestückt. Aber wie bestückt man ein Notfallpaket, das ein ganzes Bewusstsein vorm Untergang bewahren soll?

LUISE

Klaus riecht nach Kohlrabi. Ich schaffe es nicht, ihm sein neues Aftershave wieder auszureden. Auch nicht seine neue Schludrigkeit, die er lässig findet.

Mit Ende zwanzig kann man mit ungebügelten Hemden aus dem Haus rennen, aber in seinem Alter sollte man darauf achten, zumindest seine Verpackung knitterfrei zu halten. Klaus wird zweiundfünfzig. Er ist ein alter Mann. Und jetzt riecht er auch so. Kohlrabi.

»Herrgott, Luise, du kannst Marianne doch nicht durch die ganze Stadt kurven lassen, nur um Sophies Kleid abzuholen. Ich mache es am Samstagvormittag.«

»Das ist zu spät. Sophie soll das Kleid in der Kirche tragen, wenn sie Geige spielt. Ich will sehen, ob es passt.«

»Diese Konfirmation ist doch erst in zwei Monaten, Luise.« Klaus seufzt laut und holt zwei Tassen aus dem Regal. Dann baut er sich vor der Espressomaschine auf.

»Eben, nur noch acht Wochen. Und noch so viel zu tun.«

Unsere Kinder sind seit ein paar Minuten aus dem Haus, und wie jeden Morgen setzen Klaus und ich uns noch zusammen und trinken einen Kaffee. Wir halten an diesem Ritual fest, seit Sophie vor drei Jahren das erste Mal alleine zur Schule gefahren ist.

Ritual reimt sich auf Qual, denke ich jetzt und sage laut: »Marianne hat selbst angeboten, mich zu unterstützen. Du bist der Einzige, der glaubt, dass man eine Konfirmation aus dem Ärmel schütteln kann.«

Klaus reicht mir meine Kaffeetasse mit ausdrucksloser Miene. »Frederike hat auch angeboten, mit Sophie nach Potsdam zu fahren. Sie trifft sich mit einem ihrer Autoren. Er hat eine Tochter in ihrem Alter, und danach können sie das Kleid abholen.«

Ich nippe an meinem Kaffee.

»Luise?«

»Hast du dich schon wieder mit Freddy getroffen? Nimmst du eigentlich Geld von ihr, wenn du sie ständig berätst?«

»Erst mal müssen wir *ihr* Geld zurückbekommen. Wieso bist du da schon wieder so schnippisch. Frederike ist Philipps Patentante, und sie war mal deine Freundin.«

»Du hast auch mal die Schlümpfe gesammelt und Chris-de-Burgh-Platten gehört.«

Klaus kippt seinen Espresso wie einen Grappa hinunter. An diesem Morgen scheint er auch nicht erpicht zu sein, unser Stelldichein in die Länge zu ziehen. Er schaut in seine Tasse. Seine Augenbrauen sind buschiger geworden. Bald verdecken sie seine ganzen Augen. Ich bin erstaunt, wie rasant sich sein Körper seit einem Jahr verändert. Es gibt Körperstellen, die ich kaum wiedererkenne. Aus Grübchen werden Gruben. Aus Geheimratsecken gerodete Bereiche. Und dann sein Bauch. Obwohl er jeden Tag in die Kanzlei radelt.

Ein Bierchen am Abend gehört eben auch mit zum Standardprogramm.

Ellen meinte letztens, sie fände Klaus' hohe Stirn attraktiv. Sie findet den ganzen Klaus immer noch sehr attraktiv. »Wir können ja tauschen!«, wollte ich schon vorschlagen. Ihr Mann Gregor war immer schon ein anderes Kaliber als Klaus. Cooler. Smarter. Jonas Kiekhöfel, nur ein bisschen vergrübelter. Und anfangs auch nicht gerade ein aussichtsreicher Kandidat für einen höheren Lebensstandard. Aber irgendwie kriegt Ellen es immer hin, ihre Traumtänzer auf die Karrierestartbahn zu schieben. Der kleine Lehramtsstudent hält inzwischen Vorträge vorm Bundespräsidenten. *Schule neu denken!* Klaus kriegt nicht mal seinen Bauchspeck weg.

»Ich nehme eine Einladungskarte für Ursula und Werner …«, sagt er und zieht den Stapel mit den frisch gedruckten Karten heran.

Ich lächele ihn an. »Lass mich die Einladungen doch verschicken.«

»Ich leg noch ein paar Schnappschüsse von Sophie und Philipp dazu.« Klaus lächelt auch.

Er greift eine Klappkarte vom Tisch und schiebt sie in die Innentasche seines Jacketts. Dann nimmt er seine Espressotasse, fährt mit dem Finger in den Tassengrund und leckt den Zuckersud vom Finger ab. *Ich hasse das.* Aber noch mehr hasse ich, dass er sich eine Konfirmationseinladung einsteckt und meine Pläne durchkreuzt. Die Gästeliste für Philipps Fest habe ich mit viel Bedacht zusammengestellt.

Es hat ewig gedauert, und Klaus' bayerische Verwandtschaft war nicht vorgesehen. Ich muss schon Freddy ertragen und meine Schwester. Zumal Klaus seiner buckligen Verwandtschaft sicher keinen Gefallen tut. Sie werden sich so fehl am Platz fühlen wie ich vor zwei Monaten bei ihrer goldenen Hochzeit in Amberg. Großer Bahnhof im Fünfhundert-Mann-Bierzelt. Trachtengruppe, Helene-Fischer-Double und mehr Festreden als bei einer Karnevalsveranstaltung. Klaus' Onkel hat so viele Posten inne, dass mir schleierhaft ist, wie er Zeit für seinen richtigen Job findet. Schlossermeister in vierter Generation, auf was man nicht alles stolz sein kann. Manchmal denke ich, Klaus will sie nur dabeihaben, um mich zu provozieren.

»Und ich bräuchte Nachschub auf dem Familienkonto«, sage ich. Ich weiß, dass ich ihn damit auch ärgern kann. Klaus rutscht vom Barhocker und sucht seine Sachen zusammen. »Die Kuchen sind teurer geworden und die Blumen auch. Außerdem habe ich dem Pfarrer angeboten, die Kirche zu schmücken. Im letzten Jahr sah es aus wie bei einer Totenmesse.«

Klaus geht in den Flur. Er schlüpft in seinen Mantel, und endlich verschwindet sein knitteriges Hemd unter schwarzem Loden. Ich weiß, dass er sich zusammenreißen muss. Ich weiß, dass er bei der Erwähnung des Blumenschmucks innerliche Qualen aussteht.

In letzter Zeit macht er wieder ein Mordsgewese, wenn ich Geld für Dinge ausgebe, die er für überflüssigen Lebensschnickschnack hält. Aber wo fangen wir da an? Was ist in seinen Augen überflüssiger Lebensschnickschnack? Besteck? Könnten wir nicht alle mit den Fingern essen? Gartenmöbel? Könnten wir nicht im Schneidersitz im Gras sitzen – in alte Kartoffelsäcke gehüllt, denn natürlich brauchen wir auch keine festliche Garderobe. Gestern hat Klaus mir vorgezählt, wie oft ich im letzten halben Jahr beim Friseur und bei der Massage war.

Dabei gibt es keinen Grund, knauserig zu sein. Klaus verdient gut in seiner Kanzlei, und mir steht ein Teil davon zu. Das ist unser Deal. Obwohl mich damals die besten Architekturbüros der Stadt anheuern wollten, habe ich meine Karriere an den Nagel gehängt und all meine Talente unserer Familie zur Verfügung gestellt: Innenarchitektin, Familienmanagerin, Sterne-Köchin, Paartherapeutin, Destinationsfachfrau. Ich könnte die Liste ewig erweitern. Alles hochanspruchsvolle Jobs, die eine ordentliche Entlohnung verdienen. Aufgaben, in denen ich Verantwortung trage, die ich auch nicht nach Belieben herunterfahren kann, so wie Klaus sich das in seiner Kanzlei für die nächsten Jahre vorstellt.

Klaus kommt in die Küche zurück und greift nach seiner Fahrradtasche. Er murmelt etwas. Ich verstehe es als Zustimmung. Am Ende lenkt er meistens ein. Er weiß, dass ich sonst Geldquellen anzapfe, die ihm noch mehr Unbehagen bereiten. Mein Vater hilft immer gerne aus.

»Luise, ich überweise dir einen Betrag, sobald ich im Büro bin. Aber diese Konfirmation kostet jetzt schon so viel wie ein Kleinwagen. Philipp ist das überhaupt nicht wichtig.«

»Das glaubst du. Die Geschenke nimmt er bestimmt gerne.«

»Wir hätten ihm einfach dieses Videoschnittprogramm besorgen können, das er sich schon so lange wünscht.«

»Damit er noch mehr vorm Computer sitzt?«

»Johannas Hund hast du ja wieder rausgeschmissen, die beiden sind doch ständig zusammen um die Häuser gezogen.« Er verlässt die Küche. »Luise, ich muss los.«

»Der Hund, der Hund!«, rufe ich ihm hinterher.

»Das ist kein Hund. Das ist ein kleiner Psychopath, wie sein Frauchen. Du hast ihn gar nicht mitbekommen.«

»Natürlich habe ich ihn mitbekommen. Ich habe ihn abgeholt.«

»Gegen meinen Willen.«

»Es war eine Notsituation. Hast du meinen Fahrradhelm gesehen?«

»Ellen wollte ihn nehmen.«

»Wir haben sie nicht erreicht.« Klaus schaut noch einmal in der Küche vorbei, fischt seinen Helm vom Küchentisch und verschwindet wieder.

Er hätte das trotzdem mit mir absprechen müssen. Aber mein Mann, der alte Samariter, fährt los und holt den kleinen Kläffer mitten in der Nacht aus Johannas Wohnung. Zusammen mit seinem ganzen Krempel. Ein Hund wie ein Maharadscha. Tausend Gummitiere, Leinen, Hundedecken, Körbe – ich dachte, ich spinne. Eine ganze Woche habe ich es ertragen. Das erwähnt natürlich keiner.

Ich räume die Espressotassen vom Tisch und sehe mich

nach Klaus um. Er macht Unruhe im Flur. Sucht die Klemmen für seine Anzughose, damit sie nicht in die Fahrradkette kommt. Auch so abartig unerotische Teile wie der Helm auf seinem Kopf. Ich entdecke sie neben der Espressomaschine, aber ich verrate nichts. Warum soll ich immer funktionieren, und die anderen dürfen machen, was sie wollen.

Klaus kommt, um sich zu verabschieden, aber ich tue beschäftigt. Als kurz darauf die Tür ins Schloss fällt, finde ich, er hätte sich trotzdem mehr Mühe geben können, einen versöhnlichen Abgang hinzubekommen. Wir hatten schon bessere Zeiten.

Im Flur kümmere ich mich um die Garderobe, die Klaus und die Kinder verwüstet haben. Die Schuhe in einem wilden Haufen vor der Wohnungstür. Und wann lernt Klaus endlich, seine Schuhspanner richtig einzusetzen.

All meine Kraft fließt in diese Familie. Die To-do-Liste für Philipps Konfirmation reicht bis zum Boden. Es ist selbstverständlich für alle anderen, dass ich mich darum kümmere. Einladungen verschicken, Malerfirma, Manufactum … Ich muss Sophie noch ein paar Geigenstücke raussuchen, ihre Lehrerin unterfordert sie ständig. Wenn sie schon in der Kirche spielt, soll es auch nach was klingen.

Doch ein paar Minuten für mich sind noch drin. Ich laufe zurück in die Küche und mache mir einen Cappuccino. Dann schaue ich mir die Konfirmationskarten an. Sehr edel. Eine kleine Druckerei in Lichterfelde arbeitet mit altem Lithoverfahren – ich war zwei Mal vor Ort, um den Leuten auf die Finger zu schauen. Die Maserung könnte etwas auffälliger sein, aber dann wäre die Goldprägung nicht so gut rausgekommen.

Den Bibelspruch habe ich noch mal verändert. Philipps klang so banal.

Konfirmation. Philipp Mooser

So spricht der Herr: Ich will dich unterweisen
und dir den Weg zeigen, den du gehen sollst.
Ich will dich mit meinen Augen leiten.

ELLEN

»Ellen, fünf Minuten Break. Ich muss zwei Kabel auswechseln.« Der kleine Lautsprecher über mir knistert. Er überträgt die Stimme von Lars Bock, Großmeister der Aufnahmetechnik. Ein Original im Musikbusiness. Wer ihn nicht kennt, gehört nicht dazu. »Meine Assistentin hört sich in der Zwischenzeit die letzten drei Strophen an. Lies dir deinen Text noch mal durch. Irgendwo am Ende war schon wieder ein Wortdreher, ich kann das nicht rausschneiden.«

Lars taucht ab. Das heißt, sein Oberkörper verschwindet aus dem Fenster, das meine Aufnahmekabine mit dem restlichen Studio verbindet. Er geht irgendwo unter seinem riesigen Mischpult auf Kabelsuche.

Lars ist Kabelphilosoph. Ummantelung, Verlötung, Leitfähigkeit, alles hat Einfluss auf die Qualität einer Aufnahme. Angeblich auch die Farbe, zumindest bei Sängerinnen.

Ich sehe mich in meiner Kabine um, entdecke meine Texte auf dem alten Ledersessel. Einen Augenblick schwebt meine Hand über den Zetteln, dann greife ich nach meinem Handy, das direkt daneben liegt. Ich stelle es an und verfluche mich für die Unruhe, die mich ergreift. Nasse Hände, ich Idiotin. Kurz darauf starre ich auf zwei winzig kleine graue Haken einer *nicht* gelesenen WhatsApp-Nachricht.

Man muss die Hand selbst auf die Herdplatte legen, um zu begreifen, dass sie heiß ist.

Auch noch mit fünfzig. Na gut, *achtundvierzig!*

Altersweisheit wird überschätzt. Altersstarrsinn wird unterschätzt!

Dabei habe ich erst letztens in einem Interview behauptet: »In meinem Alter hat man sich seine Stärken gut sichtbar herausgearbeitet und kann die Schwächen mit eleganten Manövern umschiffen, bla, bla …«

Den ersten Teil würde ich weiterhin so stehen lassen, beim zweiten fehlt das Kleingedruckte: Man kann sich auch sehr elegant in die Scheiße manövrieren.

Ich hatte meine Schwächen noch nie so schlecht im Griff wie in den letzten Monaten. Die kleinen wie die großen. Wobei die kleinen Schwächen in meinem Fall nur Begleiterscheinungen einer großen Schwäche sind.

Einer sehr großen Schwäche.

Die kleinen gereizten Auseinandersetzungen mit meinem Mann Gregor sind nur eine Begleiterscheinung. Meine fortwährende Unkonzentriertheit ist nur eine Begleiterscheinung. Die ständige Überprüfung meines Äußeren in Schaufenstern und winzigen Taschenspiegeln ist nur eine Begleiterscheinung. Meine Angst vor grauen WhatsApp-Haken und meine rapide gesteigerte Handyabhängigkeit *ist nur eine Begleiterscheinung!*

Nicht mal in Momenten der klaren Suchterkenntnis gelingt es mir, mein Telefon zu ignorieren. Ich müsste es schon fallen lassen und zertreten.

Bei diesem Gedanken reiße ich mich endlich von den Haken los und widme mich meinen anderen Nachrichten.

Acht von Luise. Ich hätte nicht mit ihr Kaffee trinken gehen sollen, seither schickt sie ständig Fotos von ihren neuen Gartenmöbeln. Neun Mal unser alter, neuer Manager Hagen. In seiner schamlosen Hartnäckigkeit steht er Luise in nichts nach. Ich soll mich bei Marianne dafür einsetzen, dass sie die Rechte an Jonas' alten Liedern an ihn abtritt. Selbstverständlich nicht!

Meine ältere Tochter Paula kündigt an, sich tätowieren zu lassen. Ich zucke zusammen, weil sie auf dem angehängten Foto aussieht wie ein Pin-up-Girl für Pädophile.

Mein Mann schreibt: Die Babysitterin kann Jule morgen doch von der Schule abholen und ins Bett bringen.

Er schreibt: Johannas Hund hat Jules Deutschhefter an-gefressen und in Paulas Zimmer gepinkelt. Foto vom Pin-kelfleck. Fotos vom angefressenen Deutschhefter. Johannas traumatisierter Jack Russel macht mehr Wind als gedacht, verständlich, dass Luise ihn loswerden wollte. Dass sich unter Johannas Halligalli-Freunden niemand findet, der sich kümmern will, war klar. Die sind längst weitergezogen, zur nächsten Gönnerin, die ihre Koksnasen finanziert.

Lars' Haarschopf erscheint für Sekunden im Fenster über seinem gigantischen Mischpult, er schaut kurz um sich. Dann taucht er erneut ab.

Ich überfliege ein paar weitere WhatsApp-Nachrich-ten und bleibe bei Thekla Herbstbaum hängen. Eine junge Talknudel beim NDR, die mir ihre Talkskizze – Zwinker-

Smiley! geschickt hat. Ob sie mich direkt nach meinem Alter fragen dürfte? Ob sie mich nach schönheitschirurgischen Eingriffen fragen dürfte? Ob ich etwas über die interessante neue Schule meines Mannes erzählen möchte? Ob ich Gelb tragen kann? Ich leite die Nachricht an Hagen weiter, soll er seine Schamlosigkeit mal zu meinem Nutzen einsetzen.

Mein Finger wischt über das Glas, dann starre ich wieder auf die zwei *grauen* Haken. Faszination für Bullshit – auch eine Begleiterscheinung.

Lars taucht endgültig wieder auf und wirft sofort einen mahnenden Blick durchs Fenster, als er mich mit dem Telefon in der Hand sieht. Ich stopfe es in die Hosentasche. Dann schnappe ich mir meine Liedtexte und tue zumindest so, als würde ich mir die Zeilen durchlesen.

Lars' Tonassistentin setzt die Kopfhörer ab, blickt ihn an und schüttelt den Kopf. Offenbar hat ihr noch nicht gefallen, was ich in der letzten halben Stunde eingesungen habe. Ich bin an diesem Vormittag nicht nur schrecklich unkonzentriert, ich klinge auch so. Kopf- und Bruststimme sind uralte Intimfeinde. Meine Stimmbänder haben Arthrose.

Lars setzt seine Kopfhörer auf und hebt die Hand. Ein Zeichen, dass er auch noch mal in die Aufnahme reinhört.

Er lässt sich auf seinem Stuhl nieder. Durch die Fensterscheibe sehe ich jetzt nur noch seinen inzwischen völlig ergrauten Pagenkopf und ein bisschen Schulter. Was das Leben ihm an Größe hinter seinem Mischpult zukommen ließ, hat es an Körpergröße wieder eingespart. Lars ist der kleinste Producer der Welt. Um über sein Mischpult blicken zu können, muss er sich in seinem Stuhl hochstemmen. Auf seinem Drehstuhl liegt ein Sitzkissen, das so berühmt ist wie Tutenchamuns grüner Skarabäus und vermutlich auch so alt. Unter Fachleuten heißt es nur: das Königskissen. Einer seiner Tonassistenten hat gewagt, den ausgefledderten Pupsbeutel gegen ein neues Kissen auszutauschen, mit stützendem Wirbelsäuleneffekt. Lars hat ihn umgehend gefeuert. Begründung: Wer im Musikbusiness kein Gefühl für den emotionalen Wert sinnstiftender Artefakte hat, wird auch den emotionalen Wert sinnstiftender Soundfetzen nicht erkennen können. Gebt Lars die richtigen Klinkekabel und setzt ihn auf sein Königskissen, und er macht aus Florence Foster Jenkins Nina Simone.

Bei diesem Album kann ich einen solchen Zaubermeister gut gebrauchen. Bei diesem ganzen verfluchten Comeback werde ich nicht ohne Zaubertricks auskommen.

Heute kommt mir die Sache wieder mal wie eine verdammte Schnapsidee vor. Schnapsideen – *Begleiterscheinung!*

Von allen wichtigen Menschen in meinem Leben wird mein Comeback skeptisch beäugt. Von meinem Mann Gregor, meinen Psychologenkollegen in der Praxis, von Marianne und vielen schlauen Freundinnen. Von meinen Kindern sowieso. Ich bin ja kaum noch zu Hause, seit wir angefangen haben, die neuen Lieder einzuspielen.

Selbst Lars hat mir am Anfang abgeraten: »Ellen, das Musikgeschäft hat sich verändert. Deine Fans sitzen heute zusammen mit dir im Wohnzimmer. Wenn du Pech hast, posten sie im Sekundentakt Kommentare über deine Augenringe, deine Frisur und die zwölf neuen Affären von Gregor. Sie lieben dich nur, wenn du getragene Unterhosen versteigerst und ein Stück deiner Seele als Sahnehaube obendrauf. Willst du wirklich zurück?«

Tja, wann, wenn nicht jetzt.

In einem früheren Leben, das fast zwanzig Jahre zurückliegt, war ich einmal so eine Art singendes Fräuleinwunder. Mariannes Sohn Jonas und ich haben Anfang der Neunzigerjahre eine Band gegründet. Monsters in the Floor hieß sie. Heute würde man sie wahrscheinlich der Kategorie Singer Songwriter Pop zuordnen. Ich war Sängerin und Frontfrau und dachte mir hin und wieder ein paar Liedzeilen aus. Jonas Kiekhöfel machte den ganzen Rest.

Er war ein begnadeter Gitarrist. Schrieb den Großteil unserer Songtexte, vertonte und arrangierte sie alle. Peter, unser alter Drummer, sagt heute: »Hab nie wieder mit jemandem Mucke gemacht, der so ein ausgefuchstes Gespür für die Talente seiner Mitmusiker besaß.«

Unser Erfolg kam erstaunlich schnell. Irgendwie passte unsere Musik gut zu den Neunzigern. Im Grunde drehten sich all unsere Songs darum, was für eine verdammte Zumutung das Erwachsenwerden ist. Sonst gab es ja auch nicht so viele Zumutungen. Kohl-Ära: Eiserne Vorhänge zerschnitten, Mauer offen, Curt Cobain lebte noch – alles war gut. Dass sich Jonas' melancholisches Gesicht neben meinem verwuschelten Trotzkopf so wunderbar auf Autogrammkarten und Covern von Illustrierten machte, war auch ein Pluspunkt.

In den Anfangsjahren waren wir sogar noch ein Paar, ebenfalls ein Marketinghighlight. Zumindest als wir beide noch so wahnsinnig verknallt waren.

Später dann ließen sich Jonas' Frauengeschichten ebenfalls recht gut vermarkten. Vielleicht sogar noch ein bisschen besser. Mehr Spannung. Mehr Abwechslung. So viele verschiedene Blickwinkel auf den »heißen Gitarristen von Monsters in the Floor«.

»Ellen, nimm meine kleinen Abenteuer nicht so ernst, unsere Musik ist viel größer!«

Diesen sensationell bekloppten Trostsatz habe ich heute noch im Ohr. Jonas hat sich später tausendmal dafür entschuldigt. Ausführlich und ohne sich für irgendwas aus der Verantwortung zu stehlen. Das hat er ohnehin nie getan.

Es gingen eine Menge schmerzvolle Tage, Wochen, Monate ins Land, ehe ich zugeben konnte, dass an seinen Worten etwas dran war. Dass unsere persönlichen Querelen beim Jammen und Songsbasteln absolut in den Hintergrund traten. Dass wir weiterhin mit derselben Energie und Leidenschaft in unsere Musik eintauchen konnten wie zuvor.

Eine Menge ehemaliger Wegbegleiter glauben bis heute, dass Jonas' Frauengeschichten unsere Bandkarriere frühzeitig beendet haben, aber das stimmt nicht. Mein Flottes-

Mädchen-Image nahm mir mehr und mehr die Luft. Kurz vor meinem dreißigsten Geburtstag ging mir ganz die Puste aus. Ich kam mir vor wie ein alternder Teeniestar, der aus seinen Kostümen geplatzt war.

Auch das Tourleben setzte mir immer mehr zu. Es wirkt auf Außenstehende aufregender, als es ist. Zerpflückte Wochen an verschiedenen Orten, in verschiedenen Betten und Hotellobbys. Oft lungerten wir schon ab Mittag beim Soundcheck herum und verließen den Auftrittsort spät in der Nacht. Es ist schwer, nebenher andere Inhalte zu entwickeln oder einfach nur sich selbst.

Die Konzerthallen wurden größer und größer. Hagen schloss immer fettere Werbeverträge für uns ab. Aber wir verschoben ein angekündigtes Album um ein Jahr. Wir hatten Spaß am Erfinden, aber nicht mehr daran, die Songs auch fertig zu machen. Wir ließen halb fertige Lieder auf Lars' Tonspulen verstauben.

Ich nahm mein Psychologiestudium wieder auf. Ich verliebte mich neu. In Gregor. Damals noch Lehramtsstudent. Ich konnte anfangs gar nicht glauben, wie entspannt und anders das Leben an seiner Seite war. Lebhafte Diskussionsgruppen in seiner Küche über überkommene Bildungspolitik und linke Pädagogik. Gregor brachte mit einem Freund eine Zeitung heraus. In seinen Texten ging es nie darum, dass es so verdammt anstrengend war, erwachsen zu werden. Er mischte mit seinen Themen längst in der Erwachsenenwelt mit.

Ich wollte ein Leben wie er. Mit Menschen und Inhalten,

die sich mit mir weiterentwickeln, die eher ein bisschen zu groß für mich waren, als mit Ende zwanzig schon überall zu kneifen.

Außer Frederike will mir bis heute niemand so richtig glauben, dass Jonas ebenfalls müde vom Tourleben war. Und irgendwie auch von seinem Image als tollkühner Sexgott. Er hatte sich hinter dem Rücken der restlichen Band für ein Soziologiestudium eingeschrieben. Aus kurzen Songtexten wurden immer längere Geschichten, Artikel, erste Veröffentlichungen in Zeitungen.

Und doch schaffte Hagen es, uns zu überzeugen, das verschobene Album noch abzuschließen. Eine letzte *kurze* Tour.

Am Vortag unserer ersten Studiowoche kam Jonas am Morgen mit dem Motorrad von seinen Großeltern zurück. Mariannes Eltern. Die Familie besitzt seit vielen Generationen einen Hof in der Nähe von Bad Harzburg. Heute bewirtschaftet ihn ihr jüngerer Bruder Bernhard.

Jonas wollte ursprünglich am Abend zuvor nach Berlin zurückfahren, aber man hatte sich verquatscht und ein bisschen zu viel getrunken. Nun brach er früh am Morgen auf. Der Nebel kroch malerisch über die Felder. Er schaffte es nicht mal bis zur Autobahn.

Mittelhofstraße, belangloser Name. Die Elbe in Sichtweite. Alte Obstbaumallee voraus. Die Namen der Bäume hatten schon einen bedeutenderen Klang: Gräfin von Paris, Prinzessin Marianne, Gelber Richard, Harberts Renette. Jonas raste mit seinem Motorrad in die Gräfin von Paris. Seine letzte große Eroberung.

Das war dann wirklich das Ende von Monsters in the Floor.

Unsere Songs werden bis heute hin und wieder im Radio gespielt. *Jonas' Songs* müsste man richtigerweise sagen.

Ich hatte nicht vor, die Musik ganz an den Nagel zu hängen. Aber ohne Jonas tat sie einfach zu sehr weh. Von diesem Trennungsschmerz habe ich mich in meinem neuen Leben erholt.

Eine Weile lang organisierte Johanna zu Jonas' Todestag ein großes Gedenkkonzert. Einmal im Jahr sollte sich die ganze Welt an ihn erinnern. Geld spielte keine Rolle, wie immer. Namhafte Künstler sangen unsere Lieder, aber keiner von ihnen konnte Jonas' Nachnamen richtig aussprechen.

Nun ist alles wieder zurück. Selbst Hagen, unser alter Manager. Seit drei Monaten fahre ich morgens nicht mehr in die Praxis zu meinen Patienten, sondern in den Probenraum zu unserem alten Drummer. Beuge mich über Texte und Noten anstatt über Explorationsprotokolle.

Real fühlt es sich immer noch nicht an. Auch wenn ich die verrückten Entwicklungen mittlerweile so oft erzählt habe. Vor einer Woche konnte man sie in der *Brigitte Woman* nachlesen.

»Mein Sohn hatte seine Geisterfinger im Spiel«, meinte Marianne schmunzelnd.

Dramaturgie und Zeitpunkt sprechen tatsächlich dafür. Mein Schicksal legte den Kippschalter an ihrem achtzigsten

Geburtstag um. Für diesen Tag habe ich die Reste unserer alten Band zusammengetrommelt, um ihr ein Ständchen aus den alten Liedern ihres Sohns zu bringen.

In ihrer Charlottenburger Wohnung bauten wir uns dafür auf. Ein Ort wie ein verrücktes Museum. Uralte Zimmerpflanzen stemmen die Stuckdecken in die Höhe. An den Wänden darunter: Ölbilder, griechische Schmuckteller, Scherenschnitte, Schautafeln mit Sütterlinschrift. Bei Marianne fügt sich all das zu einem harmonischen Ganzen. Genau wie der Mix ihrer Gäste. Die halbe Taxizentrale von Charlottenburg war da. Freundinnen aus ihrer Zeit als Synchronsprecherin saßen neben jungen Leuten, die sie per Aushang am Schwarzen Brett der Humboldt-Universität für ihre Doppelkopfrunden rekrutierte. Es gab viel Fleischsalat.

Unser alter Trommler Peter positionierte sich mit seinem Schlagzeug unter einem Gemälde von Mariannes Großeltern. In Bauerntracht, mit düsteren Mienen blicken sie in den Raum hinein. Ein lustiges Mahnmal, wie sich Zeiten und Gewohnheiten verändern können.

Um nicht nur alte Kamellen zu spielen, hatte ich ein neues Lied geschrieben. Eine Hymne auf Marianne – mein Role Model für die nächsten fünfzig Lebensjahre.

Unser alter Produzent Hagen sagte später: »Ellen, dein kleines Lied in allen Ehren. *Aber die Kulisse! Diese Kulisse!! So was kann man nicht planen!! Fett!*«

Auch nicht geplant war, dass Luises Sohn Philipp mit seiner Video-AG aufschlug. An dieser Stelle wird es für mich fantastisch. Peter hingegen regte sich über das Gehabe der drei verpickelten Teenager auf, die sein Schlagzeug besser ausleuchteten und auf Mariannes dunklem Parkett »Bewegungsräume« abklebten.

In den Wochen danach dampften Philipp und seine Video-AG ihren Livemitschnitt zu einem Musikvideo zusammen und stellten es ins Netz. *#Monsters in the Floor #New Song #Ellen Anselm #Jonas Kiekhöfel*

Nach zwei Tagen hatte mein neuer Song vierundzwanzigtausend Klicks, obwohl zumindest die Tonqualität zu wünschen übrig ließ. Am dritten Tag waren wir bei achtzigtausend, und die Kommentare unter dem Video wurden immer zahlreicher. Eine Menge alte Fans hatten den Weg zu unserem Lied gefunden. Erstaunlicherweise hatten wir noch so viele alte Fans. Das alles spielte sich im Verborgenen ab. Am vierten Tag bekam ich einen Anruf vom NDR, ob es meinen neuen Song in vernünftiger Tonqualität geben würde? Die Redakteurin wimmelte ich lachend ab.

Am fünften Tag stand Hagen, unser alter Produzent, in meiner Praxis. Trotz der vielen Krisen, die das Musikbusiness seit Jahren schüttelten, hatte er ihm die Treue gehalten und gehörte inzwischen zu den großen Namen der Szene. Aus der Ferne hatten wir verfolgt, was der andere so trieb. Mindestens einmal im Jahr saß Hagen als Quasi-Patient in meiner Praxis, erzählte von seiner letzten gescheiterten Beziehung und versuchte, die Gründe dafür seinen immer jünger werdenden Freundinnen in die Schuhe zu schieben.

An diesem Vormittag schmierte Hagen mir schon in den ersten drei Minuten so viele Komplimente um den Mund wie in all den Jahren unserer frühen Zusammenarbeit nicht: »Ellen, das beste Lied, das ich jemals von dir …« »*Kiekhöfel-Qualität!* Charisma der reifen Frauen!«, »Für dein Alter noch *erstaunlich frisch!*«, »Stimme *gewachsen!*«, »Song mit *gewaltiger Botschaft*«, »Endlich eine vernünftige Frisur!« »Was hältst du von einem Comeback?«

Ich lachte. Hagen lachte auch. Aber er meinte es ernst. Er hatte sich sogar schon tief greifendere Gedanken gemacht. »Ellen, gönn dir eine *kleine* Tour. Man sieht dir an, wie du es vermisst hast. Ich regele alles, wie früher. Lars Bock als Producer! Du weißt, wie schwer man mittlerweile an ihn rankommt. Er sitzt mit seinem neuen Studio direkt an der Spree. Euren alten Bassisten sollten wir optisch überdenken, ihr braucht was in der Altersgruppe Mitte dreißig. *Ellen!*« Hagen machte eine Pause und sah mich durchdringend an. »*Wann, wenn nicht jetzt?* Einhundertsiebzigtausend Klicks in vier Tagen! Das ist eine Riesenchance. Vielleicht die letzte. In zwei Jahren wirst du fünfzig. Das ist die Schallgrenze. Egal, wie frisch du noch aussiehst, egal, wie frisch du dich fühlst, die Zahl wird dich verändern, glaub mir. Der fünfzigste Geburtstag ist kein einmaliges Ereignis, diese Zahl bleibt bis zur Sechzig – *dann kommt die Siebzig!*«

Ich lachte noch lauter.

Dass Hagen sich vor dieser Zahl fürchtete, war klar. Allein, weil der Abstand zu seinen fünfundzwanzigjährigen Freundinnen immer größer wurde. Aber das konnte er doch nicht auf mich übertragen.

Trotzdem blieb etwas hängen. Ein Satz aus seiner langen

Rede saugte sich wie eine Zecke in meinen Gehirnwindungen fest, wurde fetter und fetter. Und sprach immer lauter zu mir: *Wann, wenn nicht jetzt?*

Bald nahm dieser Satz so viel Raum ein, dass alle anderen Fragen von Menschen, die mir näherstanden als Hagen, dahinter zurückblieben. Fragen, die, nüchtern betrachtet, eher eine Antwort verdient hätten und deutlich dringlicher waren, weil sie sich unmittelbar auf mein Leben auswirkten. Auf das Leben meiner Familie, meiner Freunde, meiner Patienten. Weil mich diese Menschen besser kannten als Hagen.

Ellen, warum willst du zurück auf die Bühne? Was wirst du aufgeben müssen? Vermisst du etwas in deinem jetzigen Leben? Ist es der richtige Zeitpunkt, drei, vier Jahre lang eine andere zu werden – eine Ellen, die du nicht kennst? Welche Ellen willst du sein? Welche Ellen lässt du zurück?

Unser Song bekam immer mehr Aufmerksamkeit. Ich ertappte mich dabei, wie ich die Sache selbst zunehmend aufgeregter verfolgte. Ich schaltete mich in die Kommentare ein. Während meiner Patientengespräche tauchte ich unmerklich in alte Bühnengeschichten ab. Ich holte meine Gitarre in die Praxis. Alle alten Noten und Liedtexte von Mariannes Sohn. Peter und ich hörten uns das unfertige Album von 1998 an. Ich ließ mir das erste Mal Botox spritzen. Die kleine Falte über der Nase.

Wann, wenn nicht jetzt?

Das Echo meiner Tage.

Als ich Hagen anrief, um ihm mitzuteilen, dass ich mir

seinen Vorschlag durch den Kopf hatte gehen lassen, überschlug sich meine Stimme im ersten Satz vor Aufregung. Mit Gregor, meinem Mann, hatte ich vorher gar nicht gesprochen.

Ein paar Patienten betreue ich weiter, den Rest haben meine Kollegen übernommen. Wir haben eine neue, lustige Babysitterin, die hilft, den Familienkarren in der Spur zu halten. Marianne und Frederike springen auch gerne ein. Die Außenwelt umzuorganisieren war einfacher als gedacht. Aber was ist mit meiner inneren Welt?

Auch da scheint viel in Bewegung geraten zu sein. Auch dort wird eine Menge umorganisiert, ich kann es spüren.

»*Eeeeellen!!!* Kannst du *bitte* dein Handy ausstellen?«, schallt es durch den Lautsprecher in meine Kabine. »Es brummt die ganz Zeit in die Aufnahme.«

Lars Bock stemmt sich in seinem Stuhl hoch und funkelt mich empört an. Schuldbewusst krame ich das Telefon aus der Hosentasche und denke, die alte Ellen hätte ihr Telefon längst ausgeschaltet. Die alte Ellen hätte ihr Handy an einem solchen Tag zu Hause gelassen. *Wer ist die neue Ellen?*

Lars schiebt ein paar Regler hin und her. Ich höre den Einspieler auf meinen Kopfhörern, der gleich wieder verstummt. Seine Assistentin lächelt in meine Richtung, dann wieder Lars' Stimme durch den Lautsprecher:

»Pass auf, wir machen nur die letzte Strophe noch mal. Ich habe die Backgroundvocals leiser gestellt, den Bass eine Spur lauter. Das Schlagzeug ist auch wieder drin, du hast am Ende geleiert. Zwei Takte Vorlauf? *Ist dein Handy jetzt aus?*«

Ich nicke, schaue ein letztes Mal aufs Display und stelle es dann wirklich aus. Schon startet das Playback. Ich höre die Rhythmusgruppe, Schlagzeug und Kontrabass.

Ich denke: *Die Haken waren endlich blau!*

Ich denke: *Aber warum hat er dann noch nicht geantwortet?*

Ich versinge mich bereits in der ersten Liedzeile.

»*Eeeellen!!!!*«, brüllt Lars durchs Mikrofon.

FREDERIKE

Herr Stelling starrt auf den Ketchupfleck auf meiner Bluse, und ich weiß genau, was er denkt. Warum muss die dicke Nudel sich Pommes frites reinfressen, wenn sie sowieso schon aus allen Nähten kracht?

Seiner Stimme merkt man das allerdings nicht an. Professionelle Nüchternheit, das Ergebnis zahlreicher Rhetorikseminare. Rhetorikkurse liegen auch bei unseren Autoren gerade voll im Trend.

Klick, klick. Herr Stelling klackert mit einem goldenen Kuli und sieht mich ausdruckslos an. »Frau Wanitschek, diese beiden Möglichkeiten haben wir.«

»Also Pest und Cholera.«

»Ich denke, damit kommen wir Ihrem Vater schon sehr entgegen. Wir sind leider kein Wohlfahrtsverein, *klick, klick*, und glauben Sie mir, dort hätte man in Ihrem Fall auch keine andere Wahl.«

»Hm?«

»Vielleicht tun sich in den nächsten Wochen noch erfreulichere Optionen für Sie auf. Vorläufig verlegen wir Ihren Vater in ein Doppelzimmer.« Er schaut auf seinen Bildschirm, jetzt klackert seine Tastatur. »Bei Frau Brinkmann ist ein Bett frei geworden, das könnte die Situation erleichtern.«

»Ist Frau Markbusch gestorben?«, frage ich.

Er runzelt die Stirn, er weiß nicht, wer Frau Markbusch ist.

Sie ist Frau Brinkmanns Zimmernachbarin. Ein winziges Vögelchen mit struppigen Haaren, die nach allen Seiten vom Kopf abstehen. Immer nach dem Mittagessen stiefelt sie wie ein Roboter den Flur hoch und runter. Erstaunlich schnell, den schmächtigen Oberkörper weit nach vorne gebeugt. Wenn die Sonne durch ein Fenster in den Gang fällt, nimmt sie auf der Bank vor der Pflegerkabine Platz und lässt sich aufwärmen. Wie erstarrt sitzt sie da. Doch sobald man sie anspricht, hebt sie ihr winziges Köpfchen in Zeitlupe empor und lächelt ganz entzückend.

Ich habe hier im letzten Jahr fast jeden Bewohner kennengelernt. Herr Frielinghaus, mit dem großen Aquarium auf seinem Zimmer, singt seinen Fischen Volkslieder vor. Lilo Borsche hatte einen Friseursalon in Steglitz und macht inzwischen allen Damen auf ihrem Flur die Haare. Dr. Kleiber, ehemals Ingenieur bei der Bahn, fährt in seinem Rollator-Korb Briefpapier mit eigenem Signet umher. Dazu Locher, Tacker, Klemmbrett. Sein rollendes Minibüro. Ein Fläschchen Aftershave und bunte Einstecktücher sind auch immer dabei, sein ganzes Auftreten ist tadellos. Wenn der alte Doktor Kleiber losflirtet, steigt selbst mir die Schamesröte ins Gesicht.

Natürlich gibt es auch hier ein paar abgestellte Gestalten. *Flurgeister,* wie sie von den anderen Bewohnern genannt werden. Oder: *die Körperlosen.* Jene Heiminsassen, von denen man nur die Stimmen kennt, weil sie nicht mehr in der Lage sind, ihre Betten alleine zu verlassen. Sobald sie jemanden durch den Gang laufen hören, rufen sie aus ihren Zimmern heraus: »Schätzchen! Hallooo! Komm doch mal rein. Schätzchen!«

Aber es ist ein gutes Heim, die Körperlosen müssen nicht lange rufen.

Der Geist dieser Seniorenresidenz wurde noch von Herrn Stellings Vorgängerin geprägt, sie ist vor drei Monaten in Rente gegangen. Sie hätte ihre Einrichtung ganz sicher als Wohlfahrtsverein verstanden.

»*Frau Dorothee Markbusch*«, erklärt Herr Stelling, er ist endlich fündig geworden. »Ja, richtig. Das war die Zimmergenossin von Frau Brinkmann. Sie ist leider in der vergangenen Nacht verstorben.« Kurzer pietätvoller Schweigemoment, dann *klick, klick* zurück zum Geschäft. Er schiebt ein paar Zettel über den Schreibtisch und macht sich eine Notiz mit dem goldenen Kuli. »Ich sehe hier gerade, Ihr Vater nimmt an einer Vielzahl unserer Kurse teil. Die Bewegungsgymnastik gehört leider auch zu den Zusatzleistungen, die ja bisher von Ihrem Privat… «

»Ich verstehe«, unterbreche ich ihn.

»Pflegestufe 2. Da ist Ihr Vater aber sicher noch recht mobil?«

»Er braucht immer wieder mal den Rollstuhl. «

Herr Stelling schaut bedauernd. »Ich würde die Kursteilnahme auf Stand-by halten. Sollte sich da bei Ihnen doch noch eine Lösung auftun, dann …«

Er lässt den Satz im Raum hängen. Er könnte meinen Vater auch direkt vor die Tür setzen. *Ohne Knete keine Fete,* muss ich denken. Mir fällt ein Buch ein, das ich vor einigen Jahren lektoriert habe. Eine wahre Geschichte über eine russisch-deutsche Starpianistin, die in den Siebzigerjahren Weltruhm erlangt hatte und inzwischen verarmt und vergessen in einer Laubenkolonie in Köln haust. Ihr alter Manager hatte es besser verstanden, aus dem verblassten Ruhm seiner Ex-Diva Geld zu schlagen. Ihr alter Flügel brachte ihm in einer Auktion ein Vermögen ein. Die profansten Alltagsgegenstände überdauern uns Menschen mit mehr Würde: königliche Bettpfannen, antike Milchkrüge. Konzertflügel.

Hätte ich irgendeinen wertvollen Gegenstand zum Versetzen, sähe die Lage meines Vaters jetzt auch deutlich besser aus. Leider ist bei uns nicht viel zu holen. Eine goldene Taschenuhr von meinem Großvater, eine baufällige Familiendatsche im Vogtland, fünf Umzugskartons voller Elektroschrott aus der Deutschen Demokratischen Republik, die Papa hütet wie seinen Augapfel.

Herr Stelling schaut immer noch konzentriert auf seinen Bildschirm. Ich studiere die Maserung der Tischplatte.

Mein Vater gehört zu den wenigen alten Menschen, die sich auf ein Altenheim gefreut haben. Bisher wurde er nicht enttäuscht.

Herrn Stellings Vorgängerin war promovierte Philosophin mit Krankenschwesterausbildung, Union-Berlin-Fan und begnadete Akkordeonistin. Sie hat den Alltag ihrer alten Herrschaften mit vielen klugen Kleinigkeiten bereichert und ein Pflegeteam zusammengestellt, das durchweg aus fröhlichen, zupackenden Menschen besteht. Genug davon zu finden ist schon für sich genommen ein extrem harter Job, der viel mehr Unterstützung bräuchte.

Ich habe in den letzten Jahren jeden Groschen zurückgelegt, um meinem Vater im Alter eine »echte Wessiresidenz« zu spendieren. Wenigstens in seinen letzten Lebensjahren Wiedervereinigung mit allen Schikanen. *BRD de luxe!*

Die Lebensmitte meines Vaters bestand aus Pleiten, Pech und Pannen. Leider reicht Westgeld allein nicht aus, um eine Lebensspur zu wechseln. Vor allem, wenn die Spur schon so tief eingegraben ist.

Mein Vater war Ingenieur. Zu Ostzeiten für die Vermarktung von Landmaschinen in den sozialistischen Bruderländern verantwortlich. Er galt als Fachmann und Spezialist in seinem Bereich und reiste für das Maschinenkombinat *Fortschritt* nach Syrien, Mosambik, Chile, Nicaragua. Für einen Ostdeutschen war er fast schon ein Weltbürger. Aber nach der Wiedervereinigung verwandelten sich viele Spezialisten innerhalb kürzester Zeit in törichte Figuren.

Die Landmaschinen im Westen waren längst halbe Raumschiffe. Als der Betrieb meines Vaters Anfang der Neunziger dichtmachte, verschickte er seine ersten Bewerbungen trotzdem voller Stolz.

Er legte Urkunden bei. Fotos von Latakia, seinem Einsatzgebiet in Syrien. Dazu ein langes, herzliches Empfehlungsschreiben seines Chefs. Ich half ihm bei seinen Bewerbungen und fuhr dafür extra in den Westen, nach Helmstedt, zu Büro & Co. Ein Laden, in dem ein großer Farbkopierer stand. Kopie neunzig Pfennig. Zehn Kopien neun Mark. Allein der Kopierer versammelte mehr Technik unter der Haube als die alten Kombinatstraktoren meines Vaters. Die Hochglanzbroschüre, die ich ihm damals zusammenkopierte, kam mir vor wie ein echtes Promimagazin. Wir waren beide so stolz.

Wenn ich mir die vielen bunten Zettel heute ansehe, schießen mir Tränen in die Augen. Es war eher ein Tagebuch als eine Bewerbung. Eher ein rührendes Zeugnis seiner damaligen Situation als eine Auflistung seiner Fähigkeiten und Tätigkeitsbereiche. Meistens erhielt er nicht mal eine Absage. Bei Bosch in Salzgitter hätte er am Band sitzen können. Linde in München spendierte ein Hotelzimmer, von dem mein Vater heute noch schwärmt. Eine neue Festanstellung kam nicht zustande. Bald hangelte er sich von einem Aushilfsjob zum nächsten. Nachhilfeunterricht, kurze Zeit selbstständig mit einer kleinen Werkstatt für DDR-Schrott. Hausmeister in der Grundschule von Ellens Kindern. Das machte ihm Spaß, brachte nur leider nicht genug Geld ein.

Meiner Mutter wurde das schnell zu bunt. Sie war schon immer eine zielstrebige Frau, was ihr eigenes Glück anging, und sie war wie er davon ausgegangen, dass in einem vereinigten Deutschland alles noch ein wenig behaglicher für sie werden würde. Um sich von den Strapazen zu erholen, die mein Vater der Familie zumutete, ließ sie sich eine Kur verschreiben. Sechs Wochen Schwarzwald im *Haus am hohen Berge*, ich werde diesen Namen nie vergessen. Genauso wenig wie den Namen ihres Kurschattens, Martin Knepp, mit dem sie bald darauf in ein Haus mit Garten, Carport und einem Labrador zog. Für meine Mutter BRD de luxe vom ersten Tag an.

Mein Bruder Martin, zwei Jahre jünger als ich, betrachtete sich jahrelang als Kollateralschaden dieser Ereignisse. In den letzten Jahren mit immer mehr Pathos in der Stimme auch gerne als Kollateralschaden eines vereinten Deutschlands. Aber das ist Unsinn. Martin hat schon als Kind ständig auf andere gezeigt, selbst wenn der Knüppel noch in seiner Hand hing. Die Lehrer waren schuld. Der Sommer, die Mücken, der schiefe Blick des besten Kumpels. Und ganz oft ich und unsere Meerschweinchen. Seine Ausreden waren einfallsreiche Meisterwerke. Manch Autor von mir könnte sich eine Scheibe davon abschneiden. Meine Mutter hat Martin mit seinen Geschichten immer eingewickelt. Als er noch klein und niedlich war, *weil* er so klein und niedlich war. Später, weil es ihr zu anstrengend gewesen wäre, sich mit ihm auseinanderzusetzen.

Als meine Mutter zu Martin Knepp nach Mannheim zog, studierte Martin in Clausthal-Zellerfeld Verfahrenstechnik und fiel durch seine erste große Prüfung. Er hatte nicht gelernt. Da er sein eigenes Geld dazuverdienen musste, seit unser Vater beruflich strauchelte, jobbte er in einer Tankstelle. Sein Zimmergenosse im Studentenheim brauchte das nicht. Das war das Maß, an dem mein Bruder verzweifelte.

In diesem Jahr räumte er das erste Mal ein Sparbuch mei-

55

nes Vaters leer. Eintausenddreihundert DM. Nicht viel Geld und trotzdem eine eiserne Notreserve. Martin hatte kein schlechtes Gewissen. Für ihn war es eine selbstverständliche Investition in seine Zukunft, die mein Vater freiwillig hätte anbieten müssen. Doch selbst wenn man das Geld als Investition begreifen wollte, dann hat sie nicht gezündet. Diese nicht und weitere auch nicht.

Martin sieht das anders. Bis heute hält er sich und seine Ideen für die lohnenswertesten Investitionsobjekte aller Zeiten. Bis heute sprudeln seine Ideen so lebendig aus ihm hervor wie seine Ausreden.

Vor zwei Tagen rief Herr Stelling an und wies mich darauf hin, dass die siebenhundertzweiundneunzig Euro Zuzahlung zum Pflegegeld seit drei Monaten nicht mehr von uns bezahlt worden seien. Da ahnte ich noch nichts. Da dachte ich noch an ein Versehen oder einen Fehler meinerseits. Am selben Abend fand ich zwei Briefe im Briefkasten. Ich las die Absender, und mich überkam das erste Mal ein mulmiges Gefühl.

Ein Brief kam von der Pflegekasse, der andere von der Bank meines Vaters. Seit er ins Heim gezogen ist, kümmere ich mich um seine finanziellen Angelegenheiten. Viel gibt es nicht zu tun, auf seinem Konto geht monatlich die spärliche Rente ein, dazu ein Dauerauftrag von mir, mit dem ich meinen Vater unterstütze. Vor ein paar Monaten habe ich achttausend Euro überwiesen. Ein Bonus, den ich im letzten Jahr von meinem Verlag bekommen hatte. Ich wollte das Geld aus den Augen haben, um es nicht nach und nach zu verplempern. Jetzt war der Überziehungskredit bis zum Anschlag ausgereizt.

Den Brief vom Altenheim öffnete ich schon gar nicht mehr. Ich sah meinen Bruder vor mir, wie er sich im Internet mit zwei schnellen Klicks eine Soundanlage bestellte: DJ in Ischgl war eine seiner neuesten Ideen.

Die Hausärztin meines Vaters sagt, wenn alle Stricke reißen, kann mein Vater für ein paar Wochen ins Krankenhaus verlegt werden. Aber dann ist sogar unsere kalte Hütte im Vogtland besser geeignet.

Mein Vater war schon zu oft in einem Krankenhaus, und nach jedem Aufenthalt bekam ich einen Fremden zurück. Einen apathischen Griesgram, der nicht mehr wusste, wie man einen Fuß vor den anderen setzt. Letztes Mal war sein Bein monströs angeschwollen. Im Krankenhaus wurde es mit Epilepsie-Tabletten und Schlafmittel behandelt. Das stand zumindest später auf dem Überweisungsbericht. Warum und wieso? Keiner wusste es.

Ich habe mich selten so hilflos und überfordert gefühlt wie in diesen Krankenhäusern. Irgendwas läuft total falsch, du weißt es genau, aber alle reden mit dir wie mit einem Kind, das wissen will, ob Dinosaurier wirklich ausgestorben sind.

Ich sehe meinen Vater noch vor mir, mit nassen, klebrigen Haaren und aschfahlem Gesicht. Er hatte hohes Fieber, dämmerte immer wieder weg. Aber alle beruhigten mich, und im nächsten Moment waren sie aus dem Zimmer geschlüpft. Die Krankenschwestern, die Pfleger, die Ärzte.

Wie oft habe ich sie über Krankenhausflure verfolgt. Laut rufend. Laut japsend. Die Dicke auf der Jagd. Ein Bild für die Götter.

Herrn Stellings Bürostuhl quietscht. Er dreht sich zu einem Drucker um, und als das Gerät rattert, brummt er zufrieden und tätschelt das Plastikgehäuse wie das Hinterteil eines Hundes.

»Frau Wanitschek, ich habe Ihnen hier alle offenen Beträge aufgelistet«, sagt er. »Ein paar Posten sind noch dazugekommen. Meine Vorgängerin war ein bisschen nachlässig. Wie es aussieht, sind auch die von Ihrem Vater beanspruchten Zusatzleistungen seit geraumer Zeit nicht bezahlt worden. Aquagymnastik, Fußpflege, Fahrdienst an den Wochenenden.«

Herr Stelling beugt sich vor und entnimmt dem Drucker drei Blatt Papier. Als er die Ausdrucke vor sich auf dem Schreibtisch liegen hat, mustert er sie prüfend. Der goldene Kuli klickt, er kringelt eine Zahl am Ende des letzten Blattes ein. Ich sehe von meinem Platz aus, dass sie vierstellig ist. Wir schulden dem Heim also mehr, als ich gedacht habe.

»Das Zimmer ist monatlich der größte Posten«, erklärt Herr Stelling und erläutert mir ein paar andere Punkte seiner Aufstellung. Sein Ton hat sich verändert, seit er die Blätter vor sich liegen hat. Er klingt, als würde ich ihm das Geld persönlich schulden.

Papas Heimleiter reicht mir die Blätter und erhebt sich langsam. Er lächelt.

»Frau Wanitschek, das Wichtigste haben wir besprochen. Studieren Sie die Zahlen in Ruhe, beraten Sie sich mit Ihrem Vater und geben Sie mir Bescheid. Den Umzug ins Doppelzimmer besprechen Sie dann gleich mit Frau Gönül.«

Er fährt sich durch die Haare. Die komplette Persönlichkeit dieses Heimleiters steckt in seiner Gelfrisur. Vielleicht tue ich ihm aber auch unrecht, vielleicht nehme ich Herrn Stelling zu persönlich, aber ich kann gerade nicht anders.

Er umrundet seinen Schreibtisch und läuft auf die Tür zu. Für ihn ist dieser Termin beendet. Sein goldener Kuli rollt auf mich zu.

Als ich eine halbe Stunde später in der Eingangshalle nochmals auf ihn treffe, empfängt er neue Besucher. Offensichtlich sind es Interessenten für einen Platz in dieser Einrichtung.

Eine alte Dame im hellen Trenchcoat läuft mit quietschenden Schuhen über das Linoleum, zwei Enkelkinder hüpfen um sie herum. Eine Frau meines Alters, wahrscheinlich ihre Tochter, drückt sich gerade durch die Eingangstür. Die ganze Gruppe wirkt gepflegt, auf dezente, sympathische Weise. Wohlstandswessis, ich bin mir sicher. Sie werden den armen Herrn Stelling nicht in so unangenehme Situationen bringen wie ich.

Herr Stelling schüttelt der alten Dame im Trenchcoat

die Hand und verwandelt sich vor meinen Augen in einen anderen. Er setzt ein Lächeln auf, das diesmal auch seine Augen erreicht. Er beugt sich zu den Kindern hinunter und lässt sich ein verfilztes Plüscheinhorn gegen die Brust drücken. Vielleicht zeigt er ihnen schon das Zimmer meines Vaters. Es ist ein schönes Zimmer. Man guckt in einen alten Park, der in dieser Jahreszeit farblich alles auffährt, was er zu bieten hat. Blühende Landschaften!

Für mich ist in den blühenden Landschaften immer noch der Wurm drin. An manchen Orten gibt der Boden einfach nicht so viel her wie anderswo. Märkischer Sand nicht nur in Märkischem-Oder-Land.

Ich bin ungefähr so alt wie die Tochter der Dame im Trenchcoat, ich arbeite seit vielen Jahren Vollzeit, ich lebe wirklich nicht auf großem Fuß. Aber das Einzige, was bei mir zuverlässig blüht, sind ungute Überraschungen. Die schießen wie Unkraut aus dem Boden.

Ich behaupte nicht, dass ein Leben im Wohlstand zwangsläufig einfacher ist. Das Schicksal ist weniger käuflich, als mein Bruder sich einbildet. Das führt uns Johanna seit vielen Jahren vor Augen. Aber es gibt einem ein größeres Grundvertrauen, um das ich meine Mitmenschen aus den alten Bundesländern beneide. Diese schwer zu erschütternde Zuversicht, dass sich die Dinge irgendwie regeln lassen werden. Sogar Luise, die in den letzten zwanzig Jahren nicht einen Cent eigenes Geld verdient hat, fühlt sich in finanzieller Hinsicht absolut abgesichert und unangreifbar. Faszinierende Mogelpackung.

Ich hätte Herrn Stelling ebenfalls eine Mogelpackung präsentieren können, mit Ellen und Marianne an meiner Seite. Sie hätten ihn mit ihrem selbstsicheren, gewinnenden Auftreten sofort um den Finger gewickelt. »Herr Stelling, Sie sind doch ein Menschenkenner. Sie sehen doch, wie verlässlich Frau Wanitschek ist, schon morgen sind alle Säumnisse behoben. Schon morgen bucht sie ein Extrapaket Zusatzleistungen für ihren Vater. Seniorenschnorcheln und Rollstuhlbreakdance.«

Ellen hat mit ihren achtundvierzig Jahren immer noch eine fast unheimliche Wirkung auf Männer. Der liederlichste Kerl nimmt Haltung an, wenn er sie erblickt. Wer sich am Hintern kratzen wollte, lässt die Bewegung in einen grazilen Handschlenker übergehen, mit dem er eine intelligente Bemerkung über das Leben einleitet. An ihrer Seite hätte ich auch einen anderen Herrn Stelling kennengelernt. Aber was hätte es geändert, meine Situation wäre dieselbe geblieben.

Ich weiß, Ellen und Marianne würden mir finanziell unter die Arme greifen. Für Johanna wäre es ohnehin nur Papiergeld, das sie aus ihrer Geldbörse schnipsen muss. Doch im Moment kann sie nicht mal schnipsen.

Ich verscheuche den Gedanken. Meine Probleme wären damit ohnehin nur verschoben. Ein paar Wochen später müsste ich meinen Vater trotzdem mit all seinen Habseligkeiten auf die Straße rollen.

Ich will eine andere Lösung finden. Nicht aus falschem Stolz heraus, sondern aus dem tiefen Bedürfnis, mich so weit wie möglich von meinem Bruder abzugrenzen. Martin hält jetzt schon wieder die Hand auf. Obwohl man einer nackten Frau nicht in die Tasche greifen kann. Für Menschen wie ihn gibt es immer was zu holen. Mitleid, Zuwendung und, so absurd es in unserer Situation ist, sogar eine Entschuldigung von mir. Ich hätte mir am liebsten die Zunge abgebissen.

»So, so, Freddy, hast du jetzt einen Anwalt auf deinen eigenen Bruder gehetzt?«

»*Entschuldigung,* aber ich muss doch irgendwie …«

Der Anwalt ist kein bedeutender Staranwalt, wie Martin mir unterstellt. Es ist Luises Mann Klaus. Er will herausfinden, wie mein Bruder überhaupt an das Geld kommen konnte ohne irgendwelche Unterschriften von mir. Ob die Bank in die Verantwortung genommen werden kann.

Ich bin Luises Mann dankbar und ziemlich überrascht, dass er sich kümmert. Für einen Kerl, dem die Bügelfalte bis zum Kinn reicht, ist er sogar erstaunlich witzig. Und Klaus riecht gut.

Ich bin der Ossi, die Kinderlose, die Dicke ohne Wohnkultur, die quasi noch in ihrer alten Studentenbutze haust – auch wenn sich meine Sofagarnitur inzwischen sehen lassen kann. Ich will nicht auch noch die Schnorrerin sein. Marianne und Ellen würden mir einen Vogel zeigen, wenn sie mich so reden hörten. Aber ich selbst sehe mich gerade so, und Herr Stelling hat das auch erkannt.

Er steht mittlerweile mit seinen Gästen vorm Fahrstuhl. Bereit für die große Schlossführung. Sogar seine Stimme klingt verändert. Er flirtet mit der Tochter, die ihn optisch anzusprechen scheint. Ein Grund mehr, ihnen das Zimmer meines Vaters anzubieten. Attraktive Anverwandte sind sicherlich gern gesehene Gäste in seinem Haus.

Wenn ich den Blick an mir heruntergleiten lasse, weiß ich, dass ich meinem Vater selbst in dieser Hinsicht keinen großen Dienst erweise.

Da ist nicht nur ein Fleck auf meiner Bluse. Die Jeans ist die einzige, in die ich noch hineinpasse. Und seit ich so viel hin und her renne, achte ich auf bequemes Schuhwerk. Sexy geht anders.

Die Fahrstuhltür öffnet sich. Herrn Stellings Gäste treten einen Schritt zurück und warten, bis die Insassen ausgestiegen sind. In diesem Fall ist es nur der alte Dr. Kleiber, der sich und seinen Gehwagen aus dem Fahrstuhl manövriert.

Ihm sieht man sein Geld auch auf den ersten Blick an. Fesch gekleidet wie immer. Es folgt ein kurzer Wortwechsel, bei dem er all seinen Altherrencharme auffährt. Dann entschwindet Herr Stelling mit seinem Besuch ins höhere Stockwerk.

Der alte Doktor bewegt sich mit seinem rollenden Büro in meine Richtung. »Wenn Sie Ihren Vater suchen, der ist im Lesezimmer«, ruft er schon von Weitem und hält unverwandt auf mich zu.

Als er vor mir steht, bekommt seine Stimme einen leisen, fast verschwörerischen Ton. »Frau Wanitschek, ein konspiratives Treffen. Wir bereiten eine Meuterei vor und sammeln Unterschriften. Dieser Stelling muss weg.«

Dr. Kleiber zieht ein Klemmbrett aus dem Korb seines Rollators und hält es mir hin. »Unterschreiben Sie auch? Wir brauchen ein paar mutige Angehörige, die vorangehen und die träge Masse mitziehen.« Er kramt erneut im Korb. »Warten Sie, ich habe auch einen Stift.«

»Danke, ich habe selbst einen«, sage ich und ziehe einen goldenen Kuli aus der Hosentasche. *Klick, klick.*

Schwungvoll setze ich meine Unterschrift auf den Papierbogen. Die Kulikugel rollt mit beeindruckender Leichtigkeit über das Papier.

»Schöner Kuli«, sagt Dr. Kleiber.

ZWEITE RUNDE

ALLERLEI
FANTASIETIERE

MARIANNE

Jule streckt den Arm aus. Ein knittriger Geldschein in ihrer Handfläche. »Zwei Blumenfeen sind weg!«, verkündet sie stolz. »*Acht Euro!* Wetten, Paula platzt vor Neid.«

Sie wendet sich wieder ab und wühlt in ihrer Kasse, eine umfunktionierte Brotdose.

Ellens Jüngste sitzt einen Meter von mir entfernt im Schneidersitz auf einer großen Decke am Boden. Rund um sie verteilt bunter Kinderzimmerklimbim. Überraschungseier, halbe Legobausätze, ausrangierte Bilderbücher, eine ganze Armada Playmobilfeen, ein Berg Stofftiere.

Jule und ich sind vor einer guten halben Stunde mit unseren Fahrrädern von der Kopenhagener an den Helmi gerollt. Fahrradkörbe und Gepäckträger beladen mit ausgemusterten Spielsachen, an den Lenkern baumelten platzvolle Jutetaschen – eine wacklige Überfahrt. Doch bisher gehen Jules Deckengeschäfte erstaunlich gut. Unserer Rückfahrt sehe ich deutlich entspannter entgegen.

Da ich mich ausdrücklich *nicht* am Verkaufsprozess beteiligen soll, sitze ich auf der Parkbank hinter ihr. Ich lese Marcel Proust. *Auf der Suche nach der verlorenen Zeit.* Was könnte in meiner Situation besser passen. Zweiter Band: *Im Schatten junger Mädchenblüte!* Wie wahr.

Konzentriert bin ich nicht. Das Buch liegt aufgeschlagen in meinem Schoß.

Es ist überhaupt vertrackt mit meiner Konzentration, seit ich aus der Klinik und vor Dr. Winterfeldt getürmt bin. Diesen Arztbesuch kann ich nicht so einfach hinter mir lassen, wie ich gehofft habe.

Vielleicht war es falsch, abzuhauen. Vielleicht hätte der junge Doktor gar nichts gefunden, und ich wäre längst entlastet. »Ihr Gehirn funktioniert tadellos, Frau Kiekhöfel. Der Denkapparat einer Zwanzigjährigen. Sie können noch Schachweltmeisterin werden. Ich gratuliere!«

Stattdessen versuche ich, mich durch Selbstdiagnosen und Selbsttests zu beruhigen: Sieh an, Marianne, so schnell hast du noch nie ein Kreuzworträtsel gelöst – du kannst nicht dement sein. Was für ein komplizierter, verschachtelter Artikel im *Zeit-Magazin* – den kann nur ein gesunder Kopf nachvollziehen. Gestiefelt und gespornt in *zwei* Minuten, Böhm in Strümpfen sucht immer noch nach seinem Schal – Marianne, du bist dermaßen auf Zack!

Oder ich frage mich Geburtstage und andere wichtige Lebensdaten ab:

Jonas' Geburtstag? 22. August 1969

Jule? 2. September 2013

Paula? 11. Januar 2008

Frederike? 20. Mai 1973

Böhms Pensionierung? 30. November 2006

Dann ein Schwierigkeitsgrad höher:

Hochzeitstag meiner Eltern: 24. September 1928

Todestag meines großen Bruders: 5. September 1948

Friedels Geburtstag: 20. Mai 1941, und so weiter.

Ich patze selten bei diesen Tests. Nur wehe, ich vergesse beim Einkaufen die Butter, das Haarshampoo, Böhms Pfefferminzschokolade. Einen Termin beim Friseur oder mein Fahrrad am Laternenpfahl beim Bäcker – wie vorgestern Abend. Es trifft mich wie ein Donnerschlag. Dann wähle ich im Geiste sofort die Nummer der neurologischen Praxis, die ich inzwischen auch auswendig kenne: *Acht-drei-drei-drei-zwei-sieben-eins!*

Sogar hier an diesem sonnigen Nachmittag, in gelöster Kulisse mit lachenden Kindern, tratschenden Passanten und so viel anderem unterhaltsamen Trubel, lässt mich das Thema nicht los. Ich ertappe mich dabei, wie sich mein Blick an andere alte Menschen heftet. Nein, er heftet sich nicht an die *Menschen* – er heftet sich *an ihre Gebrechen*.

Ich scanne ihre Zipperlein. Wie sicher ist ihr Gang? Wie beweglich ihre Hände? Wie wach ist ihr Blick? Sitzen sie schief auf der Parkbank? Ist der Mantel richtig geknöpft? Die Haare ordentlich gekämmt? Umklammern sie das Geländer, wenn sie den U-Bahn-Schacht hinabsteigen? Schaffen sie es alleine in den Bus oder in einer Ampelphase über die Kreuzung?

Wenn ich auch nur den leisesten Ansatz finde, dass auch sie ihren Verfall nicht mehr vollständig vor Außenstehenden verbergen können, deprimiert mich das zutiefst. Dann denke ich: *Sieh der Wahrheit ins Auge, bald ist unsere ganze Generation ausrangiert wie das Spielzeug auf Jules Decke.*

»Marianne? Kannst du mir den Schein wechseln?«

Wieder schwebt Jules Kinderhand vor meiner Nase. Diese niedliche, vollgekritzelte Hand, an der ich mich so gerne festhalten würde.

»Zehn Euro in kleine Stücke? Ich brauch mal Wechselgeld.«

Ich hole mein Portemonnaie hervor, ich bin gewappnet. Ich habe Böhms eiserne Zigaretten-Notgroschen an mich genommen, jetzt rasseln die Münzen in Jules Geldkassette.

»Weißt du was, Marianne?«, flüstert sie. »Der Stöpsel da wollte Kerli kaufen.« Sie deutet auf einen kleinen Jungen, der von seiner Mutter weggeführt wird und immer noch begehrliche Blicke in unsere Richtung wirft. »›Leider, leider unverkäuflich‹, habe ich gesagt, da hat er fast angefangen zu flennen.«

Jule streichelt einem seltsamen Wesen über den Haarschopf. Ein grüner Strumpf mit Augen, verfilzter Wollmähne und langen Stoffwürsten als Beinen.

Kerli!

Er sitzt auf Jules Schoß und ist die einzige unverkäufliche Kinderzimmergestalt auf ihrer Decke. Was drollig ist, wenn man die unförmige und sichtlich zerfledderte Kreatur mit den herrlichen Plüschtieren vergleicht, die sonst im Angebot stehen.

Den lustigen Strumpf hat Jule an ihrem dritten Geburtstag von Frederike geschenkt bekommen, seither ist er ihr engster Vertrauter. Und wie das so ist mit ersten großen Kinderzimmergeliebten, ihre Reize und Geheimnisse erschließen sich nur den stolzen Besitzern selbst.

Wir haben alle damit gerechnet, dass Jule Kerli unterm Bett verschwinden lässt, sobald sie in die Schule kommt. Stattdessen ist der Strumpf inzwischen auch in Jules Klasse ein gern gesehener Gast. Niemand stellt seine Wahrhaftigkeit und Bedeutung infrage. Nicht mal Jules Lehrerin. Großartig von ihr.

Nach wie vor bespricht Jule mit Kerli alle kuriosen Vorgänge in der Erwachsenenwelt, verbündet sich mit ihm gegen ihre große Schwester Paula, erfindet für den Strumpf und sich tollkühne Abenteuer. Manchmal schiebt sie ihn vor, um sich vorm Aufräumen oder anderen unliebsamen Tätigkeiten zu drücken, und trägt ihm immer noch ihre geheimsten Wünsche vor: Ich hätte doch gerne zwei Hamster. Mama soll nicht diese doofe Musik machen. Wenn ich groß bin, will ich unter Wasser atmen können. Ich möchte Paulas Kinderzimmer haben.

Als wir in Jules Zimmer die Flohmarktsachen zusammengepackt haben, durfte Kerli mitentscheiden, welches Spielzeug aus der vertrauten Kinderzimmergeborgenheit in die Fremde auswandern soll. Es waren zähe Verhandlungen. Etliche Sachen wurden im letzten Augenblick wieder aus den Taschen gezogen, weil Kerli offenbar anderer Meinung war.

Gregor, Jules Vater, zeigt sich hin und wieder besorgt

über diese seltsame Freundschaft zwischen seiner Tochter und einem Strumpf. Besonders, wenn Jule Kerli die Verantwortung für ihre eigenen Missetaten überbrät. Aber Ellen meint, eine Freundschaft dieser Größe und Innigkeit ist einmalig und bildet das Fundament für eine gute Freundschaft mit sich selbst. Sie fördert die Verbindung, wo sie nur kann. Ich sehe es wie sie.

Gerade denke ich sogar, man sollte die Kerlis dieser Welt nie aus seinem Leben verbannen. Ab einem gewissen Alter braucht man sie nämlich wieder dringend. Böhm wäre sicher erleichtert, wenn es für mich gerade ein Wesen gäbe, dem ich mich auf ähnliche Weise anvertrauen könnte. Er sorgt sich um mich, das spüre ich deutlich. Doch meine Stimmungen und mein großes Redebedürfnis überfordern ihn auch.

Er ist noch schweigsamer geworden, noch weniger in der Lage, einen Schritt auf mich und meine Angst zuzugehen. Er sagt: »Marianne, sprich bitte endlich mit Ellen und Frederike über deine seltsamen Aussetzer. Was ist mit deiner alten Freundin Hannelore?«

»Du hast recht. Bald!«, sage ich.

Kerli würde die Dinge von sich aus ansprechen. Er würde zuhören, ohne Ermüdungserscheinungen zu zeigen. Ohne sich an wirren, unfertigen, überforderten Gedanken zu stören. Er würde sich nicht beleidigt zurückziehen, wenn man ihn aus Versehen zu doll anmotzt. Er würde meine Geschichten und Geständnisse *nicht* persönlich nehmen, sich beim Zuhören *nicht* in eigenen Ängsten und Unsicherheiten verlieren. Und ja, auch das wäre schön, er könnte heimliche Wünsche erfüllen: »Marianne, wenn du morgen früh aufwachst, ist dein Kopf wie neu, wirst sehen.«

Glauben würde helfen. Auf eine Art ist Gott ebenfalls ein mächtiges Fantasietier. Doch leider ist mein Draht zu ihm schon früh zerrissen. Ich bedauere das manchmal.

Selbst bei Böhm erkenne ich in den letzten Jahren eine gewisse Neigung Richtung Himmelsmacht – was er natürlich niemals zugeben würde. Aber mein alter Herzenskavalier trägt einen tief verwurzelten Glauben an ordnende Mächte in sich. Ein hierarchisches Denken, das seiner gutbürgerlichen Herkunft entspringt. Den Blick nach oben gerichtet, muss es immer jemanden geben, der über mehr Einfluss und mehr Gewicht verfügt als der darunter. So landet man zwangsläufig im Himmel.

Hinzu kommt seine heimliche Überzeugung, dass er, Ferdinand Theodor Böhm, in sein großes, gewichtiges Leben hineingeboren wurde, weil eine göttliche Macht dies für ihn vorgesehen hat.

Doch auch in dieser Hinsicht konnte Gott bei mir keine Punkte machen. *Meine* Herkunft, *meine* Familie, *mein* Geburtsort, all das kam mir immer wie ein großes Missverständnis vor. Dabei bin ich sogar in ein Leben hineingeboren, bei dem er quasi mit zur Werksausstattung gehörte.

Jüngste Tochter des zweitgrößten Bauern im Umkreis, da bekommt man mit der Muttermilch eingeflößt, dass oben im Himmel jemand sitzt, der unsere Geschicke zum Guten oder zum Schlechten wenden kann. Jemand, mit dem man sich tunlichst gutzustellen hat. Damit die eigenen Weizenfelder mehr Sonne abbekommen, die eigenen Kühe mehr Milch geben als die vom ollen Wilhelm Bergmann – der ohnehin viel zu gut durch den Krieg gekommen war.

Vielleicht hielt ich Gott als Kind auch eher für eine Art Krämer, der Lebensglück gegen christliches Wohlgefallen eintauschte, denn meine Familie hatte wirklich eine Menge Deals mit ihm laufen.

Über den wichtigsten von allen wusste das ganze Dorf Bescheid. Wenn überhaupt, konnte nur noch der Allmächtige dafür sorgen, dass mein großer Bruder Otto aus russischer Kriegsgefangenschaft heimkehrte.

Otto war im Frühjahr 1943 als einer der Letzten im Dorf nach Russland ausgerückt. Jüngster in seiner Kompanie, zwei Monate vor seinem Abitur. Er galt im ganzen Dorf als perfekter erster Sohn und Hoferbe. Schlau, hilfsbereit, erstaunlich zupackend und arbeitsam. Selbst der olle Bergmann führte meinen großen Bruder an, wenn er seinen drei Söhnen die Leviten las.

Unser Pfarrer nahm seine Rolle als Unterhändler in dieser Angelegenheit damals sehr ernst. Er gab meinen Eltern zahlreiche Tipps, wie sie Gottes Gunst positiv beeinflussen konnten, um Ottos Gefangenschaft schneller zu beenden. Mein Vater spendete nach dem Krieg einen Brunnen für den Friedhof, erneuerte die Kirchentür und die Holzbalustrade der Empore über dem Altar und schleppte sich fünf Jahre lang, im guten Anzug, in jeden Gottesdienst. Meine Mutter buk und kochte Tage im Voraus für alle kirchlichen

Feste, und mein anderer Bruder, Bernhard, musste regelmäßig die Hecken im Pfarrgarten schneiden.

Mich fand meine Familie damals noch zu jung, um einen brauchbaren Beitrag zu leisten, was mich nicht davon abhielt, es trotzdem zu tun. Ich verteilte Gesangbücher auf den Kirchenbänken und hielt für Otto kleine Messen in unserem Heuspeicher ab. In einer Nische neben den Winterkartoffeln verteilte ich Schälchen mit Weihwasser. Eine Holzlokomotive mit Anhängern, die Otto geschnitzt hatte, diente als Schrein. Die Waggons bestückte ich mit Blumen und Zeichnungen. Manchmal träumte ich, dass Otto in dieser Holzlok zu uns zurückkehren würde, durch die Luft direkt zu mir auf den Heuboden.

Und der Deal ging auf – wir bekamen Otto zurück.

Zumindest auf den ersten Blick. Zumindest die Hülle, die unversehrte Hülle, was in seiner Situation überhaupt keine Selbstverständlichkeit war.

Noch heute, siebzig Jahre später, muss ich nur die Augen schließen und sehe die Kriegsheimkehrer aus dem Dorf vor mir. Josef Lüdecke mit seinem schief zusammengenähten Gesicht, aus dem an den seltsamsten Stellen Bartstrünke wuchsen, oder den zittrigen Hagen Papenburg, der unverhofft cholerische Anfälle bekam. Dann konnte ihn nur seine Mutter beruhigen, indem sie alte Nazilieder sang: »Es zittern die morschen Knochen der Welt vor dem roten Krieg …«

Otto war braun gebrannt. Er war die letzten zweihundert Kilometer zu Fuß gekommen, weil er es in engen Zugabteilen nicht aushalten konnte. Die blonden Haare reichten ihm bis zur Schulter. Er war sehr dünn, seine Bewegungen wirkten ruckhafter, seine Pupillen dunstiger, aber diese kleinen Veränderungen fielen damals nur meiner Tante Margret auf. Papas jüngster Schwester, die seit Kriegsende wieder bei uns auf dem Hof lebte.

Ottos Lachen soll ganz und gar das alte gewesen sein. Ein lautes, kollerndes Lachen, das sogar meinen ernsten, arbeitsamen Vater für einen Augenblick innehalten ließ.

Nach Ottos Rückkehr hielten wir alle ein bisschen länger inne. Mein Vater gab ein Fest, und das ganze Dorf war eingeladen. Auch der olle Bergmann kam, brachte seine große Sippe mit und schenkte uns einen alten Dreschkasten. Ich lag mit Friedel, seinem Jüngsten, die halbe Nacht unweit des großen Misthaufens auf der Lauer, der perfekten Nachschub für unsere selbst gebauten Schleudern lieferte. Falls Russen kämen, um meinen Bruder wieder einzufangen, waren wir vorbereitet.

Nun waren wir selbst auch ganz gut durch den Krieg gekommen. Der Erstgeborene zurück. Die Felder reichten immer noch bis zum Elmenstieger Wäldchen, ein Teil davon würde im nächsten Jahr Bauland werden. Den Schweinen hing der Bauch bis zum Boden. Zweiundzwanzig Milchkühe und vier Bullen im Stall. Mit Ottos Hilfe sollte ein neuer Unterstand für die Kälber entstehen.

Aber mein großer, zupackender Bruder brachte es nicht mal fertig, die Mauer im Heuspeicher um zwei Klinkerreihen zu erhöhen. Otto rührte Mörtel an, legte zehn Steine und ging fort. Er fuhr mit dem Trecker zum Heuwenden und kam zu Fuß zurück. Er besserte Drainagen aus und hinterließ überall offene Gruben.

Was er auch begann, er schien nach wenigen Minuten vergessen zu haben, wofür er sich auf den Weg gemacht hatte.

Eineinhalb Jahre nach seiner Rückkehr deckte Otto das Dach vom Schweinestall ab, das ganze Dach in einer Nacht. Da war sie wieder, seine alte Entschlossenheit, seine zupackende Art. Es blieb nicht das einzige Dach. Geschlossene Räume. Geschlossene Vorhänge und irgendwie auch geschlossene Gesellschaften konnte er nicht lange aushalten.

Meine Eltern verstanden nicht, was los war. Kaum jemand verstand damals, was los war mit diesen verdrehten Kerlen, die doch dankbar sein mussten, dass sie endlich wieder zu Hause waren. Dass sie überlebt hatten.

Tante Margret war die Einzige, die darüber nachdachte. Sie machte unzählige Versuche, es zu erklären. In meiner Familie hörte ihr niemand zu und vermutlich auch sonst niemand im Dorf. Papas verwöhnte kleine Schwester war schon immer eine Außenseiterin gewesen. Ein Nachzögling, achtzehn Jahre jünger als mein Vater. Nur Flausen im Kopf. Für echte Arbeit nicht zu gebrauchen. Sie hatte in Göttingen Philosophie studiert, bis die Uni sich als eine der ersten gleichschalten ließ. Propaganda statt Lehre, ganz ohne Not.

Später zog sie den Unwillen des Dorfs auf sich, weil sie oft tagelang verschwand und mit aufregenden Frisuren, zu kurzen Kleidern und seltsamen Männern an ihrer Seite wieder auftauchte. Mal stöckelte sie an der Seite dunkelhäutiger amerikanischer Soldaten durch die Schlammkuhlen der alten Dorfstraße. Mal knatterte sie auf einem Mofa ins Dorf, umschlang einen blassen Brillenträger im steif gebügelten Hemd, der dem restlichen Dorf ebenso suspekt war.

An dem Tag, an dem Otto sich an einen Dachbalken im Kuhstall hängte, tauchte Margret ebenfalls nach längerer Abwesenheit wieder bei uns auf.

Ende April, einer langen Regenphase folgte ein erster schöner Frühlingstag, Otto baumelte unter wolkenlosem Himmel und ziegellosem Dachstuhl. Die Sonne fiel tief in den Stall hinein. Die Kühe müssen ihn für einen tanzenden Engel gehalten haben, mit seinen langen blonden Haaren.

Tante Margret war gerade in der Hofeinfahrt abgesetzt worden, da lockten die lauten Schreie meiner Mutter sie in den Stall. Sie trat durch eine kleine Seitentür ein, mit schwingendem Tupfenkleid und knallroten Lippen. Als meine Mutter sie sah, fuhr sie herum und verpasste ihr eine schallende Ohrfeige. Dann stieß sie meine Tante so lange vor sich her, bis sie stürzte. Fast hätten sich an diesem Tag zwei Menschen auf unserem Hof das Genick gebrochen.

Meine Eltern stellten Margret noch am selben Tag die Koffer vor die Tür. Meine Mutter räumte ihre Schränke aus, da hing ihr Erstgeborener noch immer am Balken.

Bis zu ihrem eigenen Ableben war sie nicht davon abzubringen, dass die überkandidelte kleine Schwester ihres Mannes eine Mitschuld am Tod ihres Sohns trug. Dabei wäre Margret auf längere Sicht vermutlich als Einzige in der Lage gewesen, Otto vor sich und seiner aus dem Ruder laufenden Innenwelt zu beschützen.

Als sie fortging, verschwand mit ihr der einzige Mensch im Dorf, an dem der Duft der großen weiten Welt klebte. Die einzige Erwachsene, die ich damals als Freundin bezeichnet hätte.

Der Tod meines großen Bruders hatte mich erschreckt. Aber Otto war mir in der kurzen Zeit nach seiner Rückkehr ein Fremder geblieben. Trauriger war ich, dass Tante Margret uns für immer verließ. Und weil sie kurz darauf in die USA auswanderte, haben wir uns auch nie wiedergesehen.

Nach diesen Ereignissen gab es keine Deals mit dem Himmel mehr. Wir fühlten uns alle gehörig über den Tisch gezogen. Ich stellte meine Dachbodenmessen ein. Meine Mutter buk nie wieder Kuchen, nicht mal an den Geburtstagen ihrer verbliebenen Kinder. Mein Vater war ein Ehrenmann. Die Balustrade der Kirchenempore ließ er noch fertigstellen, doch seinen guten Sonntagsanzug trug bald darauf die Vogelscheuche am Kartoffelacker. Weißes Hemd, Weste, Sakko, mit allem Drum und Dran. »Pikfein mit Spucke«, kicherte Friedel jedes Mal, wenn wir daran vorbeiliefen.

Mit Jules freundlicher Erlaubnis nehme ich Kerli an mich und unterziehe ihn einer eingehenden Untersuchung. Die dünnen Beine sind etliche Male abgefallen und wieder angenäht worden. Unzählige gestopfte Löcher in der Hüftgegend. Ein Knopfauge hängt wie ein Tentakel an seinem Faden herab.

Man sieht es diesen Gestalten nicht an, aber sie sind machtvollere Wesen als Götter. Unabhängiger. Unbeeinflusster durch andere Menschen, die sie ihrerseits mit Bedeutung, Sehnsucht und Geschichten aufladen, oftmals konträr zu den eigenen Vorstellungen. Voll und ganz Jules Geschöpf. Voll und ganz *ihr* freundlicher, verzottelter Handlanger.

Ich zurre Kerlis Auge fest und versuche, mich daran zu erinnern, ob mein Sohn Jonas als Kind so ein mächtiges Fantasiegeschöpf in seinem Kinderzimmer wohnen hatte. Mir fällt keines ein. Was wohl auch daran lag, dass seine Fantasie sich schon früh an einem anderen Wesen abgearbeitet hat.

Jonas ist ohne Vater aufgewachsen. Um diese unbekannte Gestalt drehten sich viele seiner Gedanken. Er ist der Sohn von Friedel Bergmann. Friedel und ich hatten in späteren Jahren einen kurzen, leidenschaftlichen Zusammenstoß, aus dem Jonas hervorgegangen ist. Das einzig Große, das wir beide als Erwachsene zustande gebracht haben nach all den furiosen Abenteuern unserer Kindheit. In dieser Geschichte ist mein Kopf übrigens auch nach mehr als fünfzig Jahren noch zu erstaunlicher Detailverliebtheit imstande.

Den Tag, an dem Friedel aus unserem Leben verschwand, habe ich noch genauso deutlich vor Augen wie den, an dem er wieder in unserem Leben auftauchte. Fünfzehn Jahre später. Ich weiß, was für ein Wetter war. Ich weiß, dass ich mir am Morgen die Fußnägel lackiert habe. Ich erinnere mich an den Schlafanzug, den Jonas trug. Ich sehe seinen gedeckten Geburtstagstisch vor mir, für den ich extra eine Tischdecke gebatikt hatte. Unter der Geburtstagspost ein Brief ohne Absender. Verziert mit lustigen Tieraufklebern. Unsere Adresse in beeindruckend schöner Handschrift. L's so groß wie Schnürsenkelschleifen.

Ich erinnere mich sogar noch an den Rechtschreibfehler im neunten Wort: *Lieber Jonas, hier schreibt dir dein Vater, ein aler Trottel …*

Für Erinnerungen dieser Art gibt es offenbar eine Art Safe. Einen Erinnerungsbunker. Der auch dann unzerstört bleibt, wenn man den eigenen Namen längst vergessen hat.

»*Marianne!*«, brüllt Jule und schüttelt ihre Geldkassette, als wollte sie mich damit aus dem Totenreich zurückholen. »Ich hab alle Feen auf einen Schlag verkauft. Auch die kaputte!«

Ein junger Mann lächelt mich an. »Jetzt bin ich blank. Selbstbewusste Enkelin, aus der wird mal was.«

Jule wird rot und überlässt dem Feenkäufer noch ein paar winzige Feenhüte und Zauberstäbe, dann flüstert sie mir und Kerli zu: »Ihr seid meine Glücksbringer.«

Ich klappe mein Buch endgültig zu. »Auf der Suche nach der verlorenen Zeit«, murmele ich leise vor mich hin. Ich entwirre ein paar Knoten von Kerlis Wollmähne und pflücke ihm Wollflusen vom Po. Kleine, mächtige Fussel, die ich in meiner Hand sammle. Keiner darf verloren gehen.

ELLEN

»Ellen, du bist so schön«, sagt Marek und schiebt mich weiter in den winzigen Flur hinein. Er küsst meine Schulter, meinen Oberarm, durch den Stoff meiner Bluse meine Brüste, meinen Bauch. Ich versenke meinen Kopf in seine Haare, diese unglaublich dicken blonden Haare, und schiebe mit der Schulter Fahrradschläuche und einen nassen Parka aus dem Weg.

»Du bist schöner«, flüstere ich. Finde ich.

Marek knöpft meine Bluse auf, während meine Hände es eilig haben, an seinem Rücken hinab, vorbei am Hosenbund tiefer in die Jeans zu gleiten. Bis zu seinem festen, kleinen Hintern, den ich so gerne mit beiden Händen halte.

Heute schaffen wir es in sein Zimmer, bis zu seinem Bett. Achtzig mal einhundertneunzig Zentimeter lang. Studentenwohnheime gestehen ihren Bewohnern immer noch kein Liebesleben zu. Vor Marek lag ich das letzte Mal vor drei Jahren in so einem Bett, in einer Jugendherberge in Heidelberg. Wanderurlaub mit Gregor und den Kindern.

»Ellen, ein Kondom?«

»Natürlich, aber keine Noppen, ich bin zu alt für Noppen.«

Marek ist Kondomüberstreifprofi. Zumindest geht ihm

die Sache sehr schnell von der Hand. Wie so viele andere Handgriffe an Stellen meines Körpers, die ich sehr lange nicht mehr so intensiv gespürt habe. Leise Seufzer füllen Mareks Zimmer aus und meine Brust. Kleine, feine Geräusche, die einen Widerhall in mir auslösen können, als wäre mein Körper eine Kathedrale.

Dann ist es zu Ende, und über Mareks winzige Studentenbutze legt sich ein Weichzeichner. Ein Instagram-Fotofilter – über die Tennissocken am Boden, das Kellerregal mit einer Sammlung Lustiger Taschenbücher, die auseinandergebauten DJ-Plattenteller.

All das ist schön. Die abgehängte Gipskartondecke, die fleckige mintgrüne Tapete. Das Simpson-Plakat, die offene Chipstüte. Das ist schön.

Ich drehe Marek auf den Bauch, falte mich auf der schmalen Matratze zusammen, wende mein Gesicht seinen entzückenden Pobacken zu. Die ich küsse und immer wieder küsse, mit derselben unbeherrschten Lust, mit denen ich früher die entzückenden, winzigen Speckfüßchen meiner Kinder geküsst habe. Ich weiß um die moralische Verwerflichkeit dieses Vergleichs, aber die Gedanken sind frei, und das hatte noch nie nur Vorteile.

»Danke«, sagt Marek. »Danke, Ellen«, sagt er noch mal und beißt mir zärtlich in den Knöchel. Jedes Mal bedankt er sich, und jedes Mal rührt mich das zutiefst. Eine Rührung, die sich in manchen Momenten verdammt stark nach Liebe anfühlt.

Marek trat durch eine Hintertür in mein Leben.

So viele unverschlossene Hintertüren wie in den letzten Monaten gab es noch nie. Versteckte, vergessene, vermauerte Zugänge, die plötzlich sperrangelweit offen stehen.

Wobei der Vergleich in Mareks Fall einen Haken hat, denn Marek klingelte sogar, um Einlass zu bekommen. Nicht an unserer Wohnungstür, dann wäre sicher alles anders gekommen. Dann hätte ihm die alte Ellen geöffnet. Die Familien-Ellen, die kontrollierte, sortierte und abwägende Ellen. Zu so später Stunde sicher in Jogginganzug und Wolljacke – auch innerlich.

Aber Marek klingelte an Lars' Studiotür, und ich war die Letzte vor Ort.

Ich hatte mich im Studio verschanzt, um einen Songtext umzuschreiben. Neu zu schreiben!, trifft es besser.

Der Ursprungstext stammte vom angeblich begabtesten Songwriter des Landes. Ein junger Kerl, der laut Hagen auch Udo Lindenberg zu erfolgreichen Hits verholfen hat. »Er kann auch Oldie-Pop!«, erklärte Hagen ohne einen Anflug von Ironie.

Auch der Liedtext kam ganz ohne Ironie aus. Er klang, als wollte sich eine alte Schachtel einen schlechten Tauschhandel schönreden.

Bin Frau, bin frisch.
Bin Frohsinn pur.
Was kümmert mich die Lebensuhr?
Was kümmern mich die Falten?

Mich überkam schon bei der ersten Zeile ein spontaner Brechreiz. Früher hatte Hagen ein besseres Gespür für authentische Texte. Er hat uns angestachelt, mehr eigensinnige Zwischentöne in unseren Liedzeilen unterzubringen. Ich hoffe, ihm haben die vielen Jahre im Pop-Business keinen Weichzeichner im Hirn installiert. Ich weigerte mich, den Song auf unser Album zu nehmen. Worauf Hagen mit viel Managerpathos auf einem anderen Titel bestand, der sich in *kraftvoller* und *positiver* Weise mit dem Altwerden auseinandersetzt. »Ellen, die Leute wollen Rezepte von dir! Du bist Psychologin und Sängerin in einem. Das ist dein Alleinstellungsmerkmal. Du musst es auch bedienen, sonst wird es nichts.«

Also habe ich mich einen weiteren Abend bei Gregor und den Kindern entschuldigt, um etwas intelligenter und eigensinniger über das Alter zu philosophieren.

Nach vier Stunden hatte ich nicht mehr als ein paar lose Anfänge auf dem Papier. Keiner davon kam mir intelligent und eigensinnig vor. Ich fühlte mich ausgelutscht und müde und zweifelte wieder mal grundsätzlich an diesem verrückten Band-Comeback. Auch das hatte sich ja durch die Hintertür eingeschlichen.

An diesem Abend sehnte ich mich nach meinem alten Leben. Ein Glas Wein mit Gregor und guten Freunden. Einfach nur eine langweilige Netflix-Serie gucken. Früh ins Bett, am nächsten Tag mit klarem Kopf über die Untiefen meiner Patienten nachgrübeln.

Ich hatte mein Therapeutinnendasein im vergangenen

Jahr oft infrage gestellt. Wieder ein junger Kerl, der mit seinem Männerbild haderte, seit er zu viele Pornos guckte. Wieder eine Luise, die auf meiner Couch lag, weil sie auf diese von der Krankenkasse finanzierte Premiumzeit *verdammt noch mal ein Anrecht hatte.* Deren frühkindliches Trauma alleine darin bestand, von ihren Eltern mit Liebe und Bewunderung zugeschissen worden zu sein.

Aber musste ich dafür gleich meinen ganzen Job an den Nagel hängen? Reichte es nicht aus, mit der Praxis in den Wedding umzuziehen? Oder nach Marzahn? Zu Menschen, deren Seelen wirklich in der Kniekehle hingen?

Über solche Dinge dachte ich nach.

Da ging die Türklingel.

Der Typ im Treppenaufgang wirkte wie eine besonders niedliche, übergroße Handpuppe aus der *Muppets-Show*. Unglaublich viele blonde Haare, die unter einer Kapuze hervorwucherten.

Er trug eine abgeschnittene Anzughose über den ausgelatschtesten Sneakers, die mir jemals untergekommen sind. Er machte einen verstörten Eindruck.

»Entschuldige, meine Transportbox ist die Treppe runtergefallen, kann ich mal kurz nachsehen, was noch zu retten ist?« Ohne auf eine Antwort zu warten, trat er ein. »Habt ihr vielleicht so Papiertücher?«

Die Box stand am Boden, und ich begriff, dass wirklich Not am Mann war.

Eine Waschtrommel für Lebensmittel kurz nach dem Schleudergang. Kartoffelgratin, Weißbrotscheiben und ein

Nudelgericht mit heller Soße. Dazwischen meine Sushi-Rollen. Nur eine Pizzapackung war unversehrt.

Eine Weile sah ich zu, wie der junge Mann unschlüssig vor dem Koffer stand und irgendwann anfing, das Kartoffelgratin umständlich mit der Hand in eine Plastikschale zurückzuschieben. Dann begann er, jede Nudel einzeln aus der Kiste zu pflücken. Er schien in solchen Tätigkeiten nicht sehr bewandert zu sein. Es würde ewig dauern, und er würde den ganzen Eingangsbereich vollsauen. Als er mit spitzen Fingern nach meinen Sushi-Rollen griff und sich der Reis aus dem Seetang wickelte, verlor ich die Geduld. Es war fast zehn Uhr. Ich wollte weiterarbeiten.

»Ich helfe dir«, sagte ich und zog die dicke Kiste zu mir herüber.

In Windeseile hatte ich das Gratin in seinen Plastikbehälter verfrachtet, ein paar Brotscheiben gerettet, den Salat und den Nudelbrei aus der Tasche gewischt. Ich drückte ihm den versifften Pizzakarton in die Hand und deutete Richtung Badezimmer. Der junge Mann blickte mich ruhig an. Mein Stress und meine gereizte Stimmung ließen ihn kalt, er schien sie nicht mal zu bemerken. Er lächelte dankbar, dann trottete er gemächlich ins Bad.

So sah unsere erste Begegnung aus.

Keine zweideutigen Blicke, Gesten, Worte. Ich habe lange darüber nachgedacht. Minuten später war er schon wieder fort.

Weißbrot und Gratin hatte ich retten können. Das Nudelgericht war im Klo gelandet. Die Pizza behielt ich als Ersatz für meine zerfledderten Maki-Rollen ein. Ich saß gerade wieder auf dem Boden und klappte den Laptop auf, da schellte es erneut an der Tür.

Mir kam nicht eine Sekunde in den Sinn, dass es der Typ von eben sein könnte.

Ich dachte an Lars. Ich überlegte, ob einer der Musiker etwas vergessen hatte? Mir kam sogar ein Überraschungsbesuch von Gregor in den Sinn. Er hatte mir in den letzten Stunden zahlreiche aufbauende Nachrichten geschickt.

Aber Marek trat ein. So selbstverständlich wie ein paar Minuten zuvor.

»Willst du die Nudelpampe doch mitnehmen?«, fragte ich, und im nächsten Moment knutschten wir schon.

Alles, was er jetzt tat, wirkte erprobter und viel geschickter als sein Einsatz hinter der durchgerüttelten Transportbox. Jeder Griff saß. Das Timing stimmte, sein Geruch, der entzückende Hintern. Mareks Mund war das Beste, Weicheste, Schmackhafteste, das jemals meine Lippen berührt hatte. Er schob mir die Hand zwischen die Beine, und die Heftigkeit meiner Lust erschreckte mich fast.

Nur Mareks erster Satz nach dem Liebesspiel fiel ein bisschen ab: »Oh, du bist gar nicht rasiert?«

Es klang so erstaunt wie: »Du wählst AfD? Du nimmst Crystal Meth? Du weißt nicht, wer Bart Simpson ist?«

Ich musterte ihn belustigt und blieb an einem übergroßen Tattoo hängen, das ich auch erst jetzt bewusst wahrnahm. Ein Wolf, der den Mond anheulte.

»Wenn wir das noch mal machen wollen, sollten wir mit den Marotten unserer Generation etwas verständnisvoller umgehen«, erklärte ich, nahm seine Hand und zog ihn hinter mir her ins Badezimmer. Im Waschbecken lagen noch die Papiertücher der Reinigungsaktion.

Ich fand einen Rasierer im Regal und drückte ihm das Gerät in die Hand.

»Dann mal los.«

Marek sagt, er hätte sich just in diesem Augenblick in mich verknallt.

Ich lächle, wenn er so was sagt. Ähnliche Gefühlsbekundungen würde *ich* niemals laut aussprechen.

Wir blieben die ganze Nacht zusammen. Fünf Kondome pflückte ich im Morgengrauen vom Studioboden. Eins klebte an den Zetteln, auf denen die mühsamen Anfänge meiner Textzeilen standen – an der Begegnung mit Marek war absolut nichts mühsam gewesen.

Es war nicht einfach, Gregor meinen glatt rasierten Schambereich zu erklären. Aber die Flunkerei kam mir so locker über die Lippen, wir lachten beide herzlich über meine Geschichte. Die erste abgründige Lüge in unserer langen Beziehung. Seither gab es einige.

Gregor ist längst nicht mehr das einzige Opfer. Ich belüge meine Kinder und ihre Freunde. Ich belüge meine Arbeitskollegen, ich belüge die Band. Ich belüge mich selbst. Ich habe Frederike ohne ihr Wissen zur Mittäterin gemacht. Ich bin nach einem schnellen Mittagsfick mit ihr essen gegangen, um ein Alibi zu haben. Noch verachtenswürdiger ist ein vorgetäuschter Besuch bei Johanna in der Klinik. Aber auch der dankbarste, sie kann mich wirklich nicht verraten.

Ich benutze den Kummer meiner Freundinnen, um ungestört mit einem neunundzwanzig Jahre alten Studenten der Elektrotechnik vögeln zu können. Einem bildhübschen, unglaublich anziehenden Kerl, der nach dem Sex nach Lakritzbonbons riecht und leidenschaftlich gerne Lustige Taschenbücher liest.

Sein Geruch hat wirklich etwas Narkotisierendes, ich könnte also behaupten, ich tue all das hier nicht bei vollem Bewusstsein. Doch ich gehöre leider nicht zu den Menschen, die sich ihr Leben mit selbst gekritzelten Ablasszetteln austapezieren. Normalerweise bin ich es, die sie von der Wand reißt.

Ich drehe mich auf den Rücken, damit ich Marek besser ansehen kann.

Er lächelt. Er lässt seine Hand über meinen nackten Unterleib gleiten, kurz bleibt sie auf meinem Oberschenkel liegen, sofort reagiert mein ganzer Körper … Dann sehe ich mit leichtem Bedauern, wie sich die magische Hand von mir ablöst, durch die Luft gleitet, flattert, Schnörkel dreht.

Ich verdrehe die Augen, ich ahne, was kommt.

Mareks Hand landet bei seinem Nachttisch und greift nach einem Lustigen Taschenbuch. Ich höre ihn lachen, denn er weiß, dass ich diese Angewohnheit nach dem Sex im höchsten Maße befremdlich finde.

»Ellen, andere rauchen eine Zigarette«, höre ich ihn murmeln. »Wann musst du los? Können wir es uns noch ein bisschen gemütlich machen?«

Ich seufze. »Wolltest du nicht eine Zeitkapsel für uns in Auftrag geben, bei Daniel Düsentrieb und Helferlein?«

Marek hingegen findet es befremdlich, dass ich nie länger Zeit habe. Dass ich ihn immer nur *dazwischen*schiebe. Dass wir nicht einfach mal einen »ganzen Tag zusammen abhängen können und abends ausgehen. Dieser Club, in dem ich auflege, Ellen, der ist echt cool.«

Marek weiß fast nichts von meinem anderen Leben. Und rein gar nichts von dem Gedankenkarussell, das in meinem Kopf kreiselt, sobald mein hormoneller Rausch abebbt.

Ich habe ihm erzählt, dass ich verheiratet bin. Mutter zweier Töchter, keine Haustiere, normalerweise fester Job. Ich habe angedeutet, dass ich mein Leben im letzten Vierteljahr von den Füßen auf den Kopf gestellt habe.

Marek sagte: »Hey cool, Ellen, warum nicht? Immer in Bewegung. Gut, dass das nie aufhört.«

Was das alles bedeutet, was unser beider Leben so grundsätzlich voneinander unterscheidet, davon hat er nicht den leisesten Schimmer.

Es liegt nicht nur an seinem Alter – viele seiner Altersgenossen oder sollte ich sagen Altersgenoss*innen,* scheinen mir durch frühzeitiges Eintauchen in fremde Welten, Gedanken, Möglichkeiten, die das Internet bereithält, viel weiter zu sein, als ich es in ihrem Alter war.

Mein junger Liebhaber gehört nicht dazu. Seit Marek vor drei Wochen durch eine wichtige Prüfung gerasselt ist und zeitgleich sein Lieferando-Job flöten ging, fängt er an, eine Ahnung davon zu bekommen, dass Bewegungen nicht immer nur vorwärts verlaufen. Dass das Leben regelmäßig ins Stottern gerät, öfter den Rückwärtsgang einlegt als gedacht und hin und wieder ganz liegen bleibt. Er kann sich nicht vorstellen, dass sich eine vollbesetzte Familienkutsche schwerer manövrieren lässt als ein schnittiger Flitzer, in den man sich je nach Stimmung und Bedarf wechselnde Beifahrer einladen kann.

In sein achtzig mal hundertneunzig Zentimeter Kiefernbett lädt sich Marek zumindest noch eine weitere Frau regelmäßig ein. Milena. Er spricht ganz offen darüber. Es gibt Momente, in denen mich das mehr beschäftigt, als es sollte. In denen ich mir einbilde, dass dieser junge Kerl mit dem entzückenden Nussknackerhintern alles ist, nach dem ich mich in den letzten Jahren gesehnt habe. Nach dem ich mich mein Leben lang gesehnt habe. Dass ich ihn und seine Lustigen Taschenbücher exklusiv brauche.

Zum Glück ist das Gefühl nicht von Dauer. Sobald mein Hormonspiegel sich in normalen Bereichen einpegelt, kann ich einen anderen Gedanken zulassen: Auch Marek ist eine Begleiterscheinung.

Die verlockende Begleiterscheinung eines Phänomens, das ich in professioneller und privater Hinsicht völlig unterschätzt habe. Mehr noch, ich war fest davon überzeugt, dass ich gegen dieses Virus immun bin.

Eitelkeit kommt vor dem Fall, auch bei Psychologen. Gerade bei uns, denn Patienten sind immer nur die anderen. Dabei ist die Diagnose erschreckend banal: Alterspubertät.

In mir brodelt ein ähnlicher Hormoncocktail wie bei meiner vierzehnjährigen Tochter Paula. Ein Gebräu, das in einem Hexenkessel zubereitet wird.

Marek schlägt den Comic auf und schmiegt sich an mich. »Ah, schau an, eine *Phantomias*-Geschichte, da treffen wir ganz sicher auch auf Daniel Düsentrieb …« Er grinst, räuspert sich und setzt eine gewichtige Miene auf. »Ich lese uns ein bisschen vor.«

Ich richte mich auf, beuge mich über ihn, küsse seinen Bauch, lecke seinen Bauchnabel aus, arbeite mich mit dem Mund weiter zu seinem kleinen, krummen Schwanz vor und stupse ihn mit der Zungenspitze an … er füllt sich mit Blut und Wärme und Lust.

»Scheiße, Ellen«, stöhnt Marek und lässt das Buch sinken. Gerade noch rechtzeitig.

Tausche abgenutzten Heiligenschein,
gegen sieben neue Leben ein.
Miete Zimmer in einer fremden Stadt,
die einen Hafen, einen Bahnhof und ein Stundenhotel hat.
Nehme täglich einen neuen Namen an.
Bis sich niemand mehr
an meinen alten,
an meinen alten Namen
erinnern kann.

FREDERIKE

Kaffee to go: 2,20 Euro
Croissant to go: 1,80 Euro
S-Bahn-Ticket: 2,20 Euro
Soziales Gewissen am Hermannplatz: 2 Euro
Wollkleid mit Applikation: 48,99 Euro
Jeansrock, Victoria: 75,99 Euro

Seit Tagen drehe ich Preisschilder um und schiebe Cents in meiner Handfläche hin und her. Erstaunlich, wie sich mein Blick auf Zahlen dabei verändert hat.

Auch Zahlen erzählen Geschichten.

Ich habe das lange Zeit nicht sehen wollen. Zahlen, wie langweilig! Je mehr Ziffern sich aneinanderreihten, desto trüber wurde mein Geist. Telefonnummern, Steuernummern, Rentennummer, die Höhe meiner Altersvorsorge, der korrekte Prozentsatz meines Umbaukredits, die monatlichen Aufwendungen für meinen Vater, die Staffel in meinem Mietvertrag, die Höhe meiner Versicherungen …

Was sind dagegen Worte. Wie erzählerisch kann schon eine kurze Gedichtzeile sein. Ein einzelner Begriff, der in meinem Kopf einen ganzen Geschichtenorkan loswirbeln lässt.

Aber ich habe den Zahlen unrecht getan. Was mir unzählige Mathestunden in der Schule nicht begreiflich machen konnten, hat mir das Leben in den letzten Tagen im Crashkurs vermittelt. Hinter jeder Zahl steht ein Wert, und ein Wert erzählt auch eine Geschichte. Weniger poetisch. In den meisten Fällen mit weniger Interpretationsspielraum. Trotzdem genauso ausdrucksstark. Mein Leben in Zahlen verrät mehr über mich als das halbseitige Lektorenporträt auf unserer Verlagsinternetseite, an dem ich eine ganze Woche herumgefeilt habe.

Frederike Wanitschek: 44 Jahre alt. 102 Kilo schwer. 1,69 Meter groß. 3.400 Euro Gehalt. 0 Bausparverträge. 0 Rücklagen. 0 privater Besitz. 4 Jahre kein Sex. 720 Stunden Netflix in 324 Tagen. 11 Tage säumige Miete. 27.000 Euro derzeitiger Schuldenstand.

Siebenundzwanzigtausend Euro!

Diese neue Zahl liest sich für mich inzwischen wie eine logische Summe aus all den zuvor genannten. Und sie fühlt sich gigantisch an.

Dabei ist es, nüchtern betrachtet, keine so hohe Zahl. Ich erkenne das an den Reaktionen meiner Umwelt. Echte Schulden müssten mindestens sieben- oder achtstellig sein. In einer Welt, in der Menschen fünfhundert Euro für eine Nacht im Hotelzimmer ausgeben (unser Verleger), Kochtöpfe im Wert von Schlossküchen besitzen (Johanna), goldene Schnitzel bestellen und trotzdem herunterschlingen wie eine Currywurst (Franck Ribéry), hört sich die Zahl nicht dramatisch an.

Eine wichtige Zahl, die mir just im Augenblick auch viel Kummer macht, habe ich sogar noch vergessen. Frederike Wanitschek: Kleidergröße 46.

Der Rock, der in meiner Umkleidekabine am Bügel hängt, scheint mir allerdings eine außergewöhnlich zierliche Größe 46 zu sein. Vor allem in der Taille.

Der Preis ist jedoch alles andere als zierlich: 75,99 Euro. Eine Investition, die ich trotzdem unbedingt tätigen muss. Ich brauche ein Outfit, in dem ich ein bisschen mehr hermache als bei meinem Gespräch im Heim meines Vaters.

Ich habe Beratungstermine bei drei verschiedenen Banken ausgemacht. Meine Hoffnung liegt in einem Übergangskredit. Er soll die Lage für mich und meinen Vater verbessern und die auflaufenden Rechnungen abpuffern.

Ich wohne seit dreiundzwanzig Jahren in meiner Wohnung und habe das erste Mal meine Miete zu spät bezahlt. Ich kann die monatlichen Beiträge meiner Versicherungen nicht aufbringen, die Raten für mein Auto *und, und, und!*

Damit kein Bankangestellter von verschlissenen Ärmeln und glänzendem Hosenboden auf meine Potenz als Kreditnehmerin schließt, will ich meinen voluminösen Leib wenigstens hübsch verpacken.

Mein Vater zieht am kommenden Wochenende von seinem Appartement in ein Doppelzimmer um. Anderes Gebäude und auch ein anderer Zimmernachbar als ursprünglich gedacht. Herr Böttcher. Immerhin bleibt der Blick in den Park erhalten. Ich würde meinem Vater gerne schon beim Kistenpacken in Aussicht stellen, dass sein Umzug nur vorläufiger Natur ist.

Der Kabinenvorhang raschelt.

»Und, wie sitzt der Rock? Größer haben wir ihn leider nicht, aber von der Länge müsste er hinkommen.«

»Ja, vielleicht … ich bin nur nicht sicher … um die Hüfte … Einen Moment noch.«

Ich habe mir zum Einkaufen extra eine Zeit ausgesucht, in der in diesem Laden viel los ist. Aber leider bin ich auch in einem überfüllten Geschäft ein echter Hingucker. Die junge Frau, die vor der Kabine auf mich lauert, marschierte so zielstrebig auf mich zu, als hätten wir eine Verabredung. Seitdem bin ich ihr Sozialprojekt. Gerade steht sie so dicht hinter dem Vorhang, dass ich ihre Schuhspitzen sehen kann. Hübsche Schuhe, zarte kleine Ballerinas an gazellenartigen Beinen, die flink durch den vollen Laden eilen. Ich hingegen mühe mich in meiner engen Kabine mit jeder Bewegung ab. Auch die Kabine ist drei Nummern zu klein. Ich versuche, nicht so laut zu schnauben, wenn ich mich drehe, bücke oder den widerspenstigen Jeansstoff über meine Hüften ziehe.

»Wir haben im Moment auch lange Wolljacken, die eine dezent kaschierende Wirkung haben.«

»Ja … probiere ich gerne an.«

»Ein Blazer wäre ebenfalls etwas für Sie. Schulterpolster strecken. Die Frühlingsfarben sind so wunderbar lebhaft.«

»Auch eine Idee«, murmele ich.

Die Bluse, die sie mir ausgesucht hat, ist ebenfalls sehr lebhaft, aber sie gefällt mir gut. Ein goldgelber Ton, der mein Gesicht strahlen lässt. Tief geschnitten, wodurch der Blick vom Bauch Richtung Dekolleté gelenkt wird. Nur knistert das gute Stück bei jeder Bewegung wie eine Chipstüte. Hundert Prozent Polyester, Luise würde spontanes Nesselfieber entwickeln und mir eine Moralpredigt der Extraklasse halten. Aber Luise lässt sich ihr ökologisches Gewissen auch komplett fremdfinanzieren. »Organic Cotton, Freddy! Kein Bleichmittel, kein Elasthan! Bitte achte doch mal auf so was, wenn du Philipp Klamotten schenkst.«

Gerade würde ich mir auch jemanden wie Klaus an meine Seite wünschen, der meine Unpässlichkeiten für eine Weile abfängt. *Eine Weile!* Ich kann mir beim besten Willen nicht vorstellen, dass mich so ein Deal, wie Luise und Klaus ihn haben, auf Dauer glücklich macht. Dieses klassische Familienmodell, bei dem die Kerle sich in ihren Hamsterrädern Schwielen laufen und das kleine Plastikrad irgendwann mit ihrem Leben verwechseln. Während die schlauen Frauen im Kinder *Schrägstrich* Küche *Schrägstrich* Care Bereich Moos ansetzen – vor allem im Kopf.

Philipp hätte gerne mehr von seinem Vater, ich weiß das. Luise benutzt ihre Kinder ausschließlich, um sich selbst zu verwirklichen, Klaus hingegen machen die verrückten Ideen von Sophie und Philipp mächtig stolz. Gerade dreht er mit Philipp eine Reportage über Plastikmüll, in der er selbst einen schrulligen Professor mimt. »Aber, Freddy, der Film wird nie fertig, Papa wohnt ja eigentlich in seiner Kanzlei.«

Das propere Leben der Familie Wagner wäre wirklich nicht zu finanzieren, wenn Klaus weniger arbeiten würde. Drei Urlaube pro Jahr, die riesige Wohnung, die Privatschulen der Kinder. Musikunterricht, Luises arschteure Yoga-Retreats, Luises Privataudienz bei irgendwelchen Wunderheilern, Luises innenarchitektonische Verwirklichungsorgien – das ist nur der mickrige Anfang einer langen Liste an Wohlstandsbegehrlichkeiten.

Gestern war ich bei Klaus in der Kanzlei und habe ein paar Unterlagen vorbeigebracht. Natürlich steht ein Familienfoto auf seinem Schreibtisch. Als er im Flur mit einem Kollegen sprach, habe ich es mir näher angesehen. Vier wunderschöne Menschen liegen sich in den Armen. Sie tragen alle weiße Klamotten, stehen barfuß auf weißen Dielen vor einer weißen Wand und sind so ordentlich gekämmt, dass man die Bürstenspuren sieht. Luise strahlt ihre Kinder an. Sophie umklammert lachend ihre Mutter, nur Philipp schaut etwas schepp zu seinem Vater hinauf. Klaus habe ich mir am längsten angesehen.

Seit wir mehr miteinander zu tun haben, frage ich mich, wie so ein schlauer, interessierter Kopf Luises Schi-Schi-Welt auf Dauer ertragen kann. Ich dachte, ich würde in seinem Gesicht eine Spur Spott, Langeweile, Befremden entdecken. Aber Klaus blickt seine Frau an, als hätte er sich gerade noch mal frisch in sie verliebt. Und natürlich sieht Luise ganz fantastisch aus. Eine strahlende Heiligenfigur, durchflutet von selbstloser Hingabe für ihre Familie.

Philipp hat es auf den Punkt gebracht: Das Leben seines

Vaters findet in der Kanzlei statt. Wenn Klaus am Abend nach Hause kommt, macht es keinen Unterschied, *was* für eine Frau dort auf ihn wartet. Ihr hübscher Anblick reicht völlig aus, um den anstrengenden Tag angenehm ausklingen zu lassen.

Auf jeden Fall deutlich erfreulicher, als zu einer dicken, ungekämmten, ebenfalls überarbeiteten Unke in eine unaufgeräumte Dreiraumwohnung zurückzukehren. Wobei mir in Klaus' Kanzlei auch eine Menge extrem beleibter Herren über den Weg gelaufen sind. Doch eingehüllt in Status und schicken Zwirn machen dicke Männer trotzdem noch mehr her als dicke Frauen. Verrückt, dass selbst ich darauf reinfalle.

Ich konzentriere mich wieder auf meinen schicken Zwirn in der Umkleidekabine.

Der Jeansrock mit der engen Taille hängt gerade knapp unter meinem Hintern fest. Wobei sich meine Cellulitis im grellen Neonlicht besonders plastisch in Szene setzt. Termitenspuren. Verzweigte, weitläufige Gänge, die sich irgendwo unter meiner Unterhose verlieren. Eine Unterhose, die viele Rückschlüsse auf mein zum Erliegen gekommenes Liebesleben zulässt. Weg mit dem Gedanken, hoch mit dem Rock!

»Passt dieser Blumenstick auf dem dunklen Jeansrock farblich nicht wunderbar zu Ihrer Bluse«, zwitschert die junge Verkäuferin.

»Schon, aber bedauerlicherweise …« Ich trete ins Freie, ohne dass es wirklich einen Grund dafür gäbe. Ich will es der Verkäuferin recht machen und gebe mir damit mal wieder selbst eine Blöße. Ich sehe auch ohne sie, dass der Rock aus allen Nähten platzt und mein Bauch unvorteilhaft über den Bund quillt.

»Oh«, entfährt es ihr prompt. »Doch eher ein Rock mit flexiblem Bund?«

»Oder ein Kleid?«, schlage ich vor und ärgere mich über meinen unsicheren Tonfall.

Die junge Frau lässt ihren Blick durch den Laden streifen. Als er wieder bei mir ankommt, wirkt sie fast verschlagen. Für ihre Lieblingskundin würde sie auch Postkutschen überfallen.

»Wir haben schöne Wickelkleider hereinbekommen«, sagt sie und eilt davon.

Noch bevor ich wieder in Unterhose in der Umkleidekabine stehe, ist sie mit den Wickelkleidern zurück und reicht auch zwei neue Röcke mit Gummizugbund in die Kabine.

Ein Kleid ist petrolblau mit eingenähtem weißen Kragen. Das andere hat einen hübschen Himbeerton. Ein gutes Gespür für Farben hat sie zweifelsohne. Ich hätte nie danach gegriffen.

»Der Schnitt der Kleider ist perfekt für Sie. Sehr anpassungsfreudig. Melden Sie sich, wenn ich bei der Wickeltechnik helfen soll. «

»Ich probiere zuerst die Röcke.«

Mein Platz in der Kabine ist jetzt noch mehr eingeschränkt. Mit dem Stoff der Wickelkleider könnte man auch den Reichstag verhüllen. Ich lasse ihn auf den Boden gleiten, um Platz zu schaffen.

Ist Christo nicht letztens gestorben? Oder habe ich das nur geträumt? Was bin ich doch für eine Kulturbanausin geworden.

Ich habe diesem eingewickelten Reichstag damals nicht viel Euphorie entgegenbringen können, obwohl die Sache ja irgendwie auch uns Ostdeutschen gewidmet war – fünf Jahre nach der Wende. Seht her, ihr unterdrückten Völker dieser Welt, wie lässig wir mit unseren Machtapparaten umgehen! Wie wir diesem ehrwürdigen Gebäude ein glitzerndes Zaubertuch überwerfen, und, *Simsalabim!*, danach ist es bereit für einen Neuanfang.

Alte Geister vertrieben. Besenreine Übergabe.

Für mich war diese Reichstagsverhüllung ein stinknormales Happening, bei dem der Westen mal wieder auf Superlative setzte. Ständig sprangen Freaks aus den Büschen, die einem Alkohol und Haschkekse andrehen wollten.

Dass ich damals trotzdem oft dort war, lag an Mariannes Sohn, mit dem ich kurz zuvor zusammengekommen war. Für ihn war das Ganze ein Schildbürgerstreich der Extraklasse. Christo und Jeanne Claude echte Punker. Doch Jonas' Begeisterung für dieses Ereignis hatte auch persönliche Motive. Verwandeln, Verhüllen, Zaubertücher. Das waren Begriffe, über die er selbst viel nachdachte. Bis heute frage ich mich, was damals für ihn zutraf. Verwandelt, verhüllt, verzaubert? Denn das macht ja einen großen Unterschied.

Wandlungsreich war seine viel zu kurze Stippvisite in

dieser Welt definitiv. In seiner Pubertät ist Jonas aus einem Leben gekippt, das bis dahin recht behütet gewesen sein muss, das hat er mir selbst erzählt. Nach einem Zerwürfnis mit seiner Mutter ist er von zu Hause abgehauen. Eigentlich wollte er nur ein bisschen rebellieren, doch er geriet schnell an seltsame Freunde und an Drogen. Eine Clique Wohlstandskids, zu denen auch Johanna gehört hat – so früh haben sie sich schon kennengelernt. Diese jungen Leute verband ein gehöriger Groll auf ihre Eltern, und viel Geld. Und obwohl Jonas früh bemerkte, dass weder sein Groll noch sein Geldbeutel mit den anderen mithalten konnte, machte er bei allem mit, um dazuzugehören. Extra beflissen, damit es nicht auffiel. Ein verhängnisvolles Missverständnis.

Die experimentierfreudige Gruppe probierte alles aus, was der Markt damals hergab. So kamen sie auch an diese kleinen Kügelchen, die man auf Alufolie zu schimmernden Tropfen erhitzte und den Dampf durch ein Blechrohr tief in die Lunge inhalierte. Heroin in unscheinbarem Gewand. Ein Zahnarztsohn schoss sich ins Nirwana. Eine Freundin von Johanna in die Psychiatrie. Jonas traute sich dadurch immer weniger in sein altes Leben zurück und verlor sich noch mehr an die Drogen.

Johanna war es, die sich und ihn damals aus der Schusslinie zog. Im letzten Moment. Das schweißte die beiden bis zu seinem Tod eng zusammen.

Sie flohen zu Jonas' Großeltern in ein winziges Sechshundert-Seelen-Dorf im Harzer Vorland. Dort begann ihre erste Verwandlung. Zusammen machten sie einen Entzug und beendeten die Schule. Johanna als Beste des Jahrgangs, trotz der zwei Jahre, die ihr eigentlich fehlten. Jonas nicht wesentlich schlechter. Zwei Phönixe aus der Asche.

In den Jahren danach legten sie immer noch eins drauf. Studierten zügig und ebenfalls mit Bestnoten. Jonas Soziologie. Johanna Modedesign. Und sie verwandelte ihr gesamtes Umfeld in eine Traumwelt aus der Schneekugel. Sie kaufte eine Wohnung im schicksten, teuersten Teil von Wilmersdorf und richtete sie ein wie ein *Mad-Men*-Set. Sechzigerjahre-Perfektion bis hin zum Klopapier. Kein Möbelstück, das nicht eine Designgröße aus jener Zeit entworfen hätte. Kein Kleid, das aus der Rolle fiel. Sie schneiderte sich ihre Garderobe selbst, ersteigerte künstliche Wimpern und Nagellack von Doris Day und schenkte Jonas eine Gibson-Gitarre, die angeblich mal Peter Talk, einem Mitglied der Monkees, gehört haben soll.

Jonas widmete sich mit ähnlichem Eifer seiner Musik. Übte wie besessen Gitarre, schrieb Lieder. Gründete seine Band mit Ellen, und schon ihr erstes Album stürmte die Charts. Johanna und Jonas, zwei Musterbeispiele für einen gelungenen Wiedereinstieg in die Gesellschaft.

Doch wenn ich Jonas' Worten Glauben schenken will, setzte zumindest für ihn die echte Verwandlung erst später ein. Und nur durch einen Zufall.

Ellen wollte eine Auszeit vom anstrengenden Bandleben. Jonas sah der Pause im Vorfeld fast mit Panik entgegen. Dann konnte er erst gar nicht glauben, wie glücklich er über den gewonnenen Freiraum war. Er setzte sein Soziologiestudium fort. Er fing an zu schreiben. Kurzgeschichten, Reportagen, Kolumnen. Gerne über Menschen, die ebenfalls mal aus dem Leben gekippt waren.

Das war der Jonas, den ich kennengelernt habe. In den abgelegensten Nischen der Unibibliothek saß er, umgeben von Aufzeichnungen und Büchern. Er schrieb und las. Er starrte Denklöcher in die Gegend. Ein introvertierter, stiller Grübler, der einen spöttisch taxierte, wenn man ihn ansprach. Extrem verfilzte Haare, die meistens unter einer geringelten Wollmütze steckten, die seine Oma für ihn gestrickt hatte. In diesen Jonas Kiekhöfel habe ich mich verliebt.

Den anderen, den Glitzer-Jonas, der mit seiner Gibson-Gitarre halb nackt durch Springbrunnenfontänen hüpfte, den umschwärmten Teeniestar, von dem es gleich zwei *BRAVO*-Starschnitte gibt, habe ich nie persönlich getroffen. Das macht mir mitunter heute noch Probleme.

Selbst, als der Kerl mit der geringelten Wollmütze und ich immer mehr Zeit miteinander verbrachten, begegnete ich Jonas' Hochglanzvariante nur in Anekdoten. Jonas sprach von sich selbst wie von einem alten Freund. Ein cooler Typ, den man jedoch besser nur in kleinen Dosen genoss, weil er so irre anstrengend sein konnte.

»Freddy, ich muss mich nicht mehr unter einem Zaubertuch verstecken. Unsere perfekten Leben waren auch da, um andere abzulenken. Damit nicht immer alle auf unsere Wunden und Risse starren. *Darunter* fand die echte Heilung statt.«

Die Wohnung, die wir uns zusammen suchten, versteckte auch nichts. Nicht mal die Schüttung, die im Badezimmer aus einem Loch in der Zimmerdecke rieselte, sobald der alte Werner Mackensen über uns die Waschmaschine anstellte. Ihren Charme bezog sie aus alten Kastenfenstern und trotzigen Stuckresten an den Zimmerdecken. So klein, dass sie drei Mal in Johannas Altbaupalast hineingepasst hätte.

Jonas brachte von dort nur einen weißen Lederknautschsessel mit. Der und eine Matratze auf dem Boden waren lange Zeit unsere einzigen Möbelstücke. Die ochsenblutroten Dielen übersät mit Büchern, Zetteln, Zeitungen. An irgendeiner Wand lehnte immer Jonas' Gibson-Gitarre.

Ich möchte bis heute glauben, dass Jonas dort wirklich nichts mehr verstecken wollte. Ich möchte außerdem glauben, dass er diesen Ort und mich nur darum so lange geheim gehalten hat, weil er auf den richtigen Zeitpunkt gewartet hat, um Johanna einzuweihen. Unter ihrer Verhüllung fand keine Heilung statt. Tiefe Wunden und Risse, alles war noch da. Und Jonas wusste das.

Doch selbst, als wir beschlossen, dass es nun wirklich dringend nötig war, ein paar Möbel in den Zimmern zu verteilen. Als wir unser Namensschild in den Schlitz des Klingelschildes schoben und Jonas' gesamte Post per Nachsendeantrag zu uns herübersegelte – selbst da war der richtige Augenblick noch nicht gekommen. Und dann war es mit einem Mal zu spät. Für alles, was wir aufgeschoben hatten.

Nach Jonas' Unfall überschlugen sich die Ereignisse.

Rückblickend lässt sich die Sache so zusammenfassen:

Seine Geschichte wurde lauter und klarer von anderen weitererzählt. Vor allem von Luise. Diesem wunderschönen, schwangeren Goldrauschengel, der auch auftauchte wie ein Phönix aus der Asche. Ich kam nicht mehr darin vor. Bis heute weiß nicht einmal Marianne, dass der Name ihres Sohns mal unten an meinem Klingelschild gestanden hat. Manchmal denke ich selbst, dass ich mir unser gemeinsames Leben nur eingebildet habe. Dass der lustige Grübler, mit dem ich so viele schöne Stunden verbracht habe, nur eine Ausgeburt meiner Fantasie ist.

Dort besucht er mich allerdings bis heute regelmäßig. In den letzten Monaten wieder besonders oft. Ich sehe Jonas in seinem alten weißen Lederknautschsessel Gitarre spielen. Ich schaue ihm zu, wie er rostige Stellen in der Badewanne abschmirgelt. Wir sitzen auf dem Boden und lesen uns aus Lieblingsbüchern vor. Vielleicht bin ich nie aus unserer Wohnung ausgezogen, damit sein Geist mich leichter finden kann.

Warum ich ausgerechnet jetzt wieder so oft in diese alten Erinnerungen abtauche, hat sicher auch mit Johannas Balkonsturz zu tun. Jede ihrer verrückten Eskapaden aus den letzten Jahren hat die Geschichte hochgespült.

Aber es gibt noch einen anderen Grund. Ich mustere meinen unförmigen Leib im Spiegel der Umkleidekabine. Ich flüchte mich in alte Erinnerungen, weil ich dort meinem unverbrauchten Ich begegne. Ich sehe eine Frederike vor mir, für die noch alles möglich war. Eine Frederike, die eine Zukunft hatte. Eine Frederike, die hoffte, träumte, liebte und zurückgeliebt wurde. Dazu fantastischer Sex auf ochsenroten Dielen. Eine, die noch in hautenge Levis-Jeans gepasst hat. Jetzt ist selbst der großzügig geschnittene Gummizugrock, den meine junge Verkäuferin gebracht hat, bis zum Platzen ausgefüllt mit meinem breiten Hintern.

Ich versuche, den Stoff in Form zu ziehen. Meine linke Pobacke scheint dicker zu sein als die rechte. Der Rock sitzt schief.

Allein wegen meiner ungehörigen Körperfülle unterstellen mir viele Mitmenschen eine Mitschuld an der Misere meines Vaters. Anstatt meinem armen Vater das Glück seines Lebensabends zu gönnen, habe *ich* das Geld verfressen. Die junge Verkäuferin draußen vor dem Vorhang versteht auch nicht, wie mir diese vielen Pfunde passieren konnten. Ich erkenne es an ihren verschämten Seitenblicken, die sie mir zwischen all ihren zupackenden und fröhlichen Gesten zuwirft.

Dabei wird es für ihre Generation noch schwieriger werden, sich mit einem in die Jahre gekommenen »Ich« zu arrangieren. Wenn ihre Leute später zurückblicken, tun sie es auch über die vielen inszenierten Fotos von sich. *Wisch, wisch, wisch* – sie arbeiten sich durch ihr gefaktes Lebenstagebuch, das für alle Ewigkeit in den sozialen Netzwerken abgelegt ist. Eine Lebensspanne, in der sie sich alle glücklicher, hübscher, dünner, erfolgreicher, talentierter, witziger gemacht haben, als sie tatsächlich waren. Wenn sie mit ihrem gereiften Leben ebenfalls nicht dort angekommen sind, wo sie es hinhaben wollten, wird ihnen die Diskrepanz noch viel größer vorkommen.

Wenn ich in alten Fotokisten stöbere, bin ich froh, auf ehrliche Fotos zu stoßen. Ich bin rank und schlank. Auch die drei, vier Macken, die ich als Bremsklötze durch mein Leben schleppe, fallen sofort ins Auge. Meine abwartende Körperhaltung, die je nach Situation etwas Lauerndes, Grimmiges oder Verschrecktes haben kann. Auf Gruppenfotos immer das gleiche Fotogesicht: aufgerissener Mund, aufgerissene Augen. »*Cheese!*«, brülle ich so laut, dass meine Bildnachbarn oft wie schockgefroren in die Kamera schauen.

Wenn Jonas mich damals fotografiert hat, konnte er eine andere Freddy einfangen. Ich erkenne die gleichen Unsicherheiten, aber sie lassen mich verletzlich, versonnen oder einfach nur auf sympathische Weise verwirrt aussehen.

»Sitzen die neuen Röcke besser?«, fragt die Verkäuferin.

Ich meine, eine feine Enttäuschung in ihrer Stimme zu hören. Sie findet es undankbar von mir, dass ich immer wieder so lange hinter dem Vorhang verschwinde, ohne sie einzubeziehen. Ich bleibe in meinem Versteck.

»Ich probiere gerade eins der Wickelkleider«, sage ich und hebe den blauen Stoff in diesem Augenblick vom Boden auf.

Angenehm, dass es keinen Bund gibt. Ich schlüpfe ohne größere Probleme hinein. Der fließende Stoff arrangiert sich mit meinen Körpermaßen. Der kleine weiße Kragen lässt mich fast mädchenhaft aussehen. Auf Jonas' Fotos wirke ich auch mädchenhaft. Obwohl ich ein burschikoser Typ war. Ich lächle viel. Manchmal sogar kokett.

Ich versuche, meinem Spiegelbild ein kokettes Lächeln

zuzuwerfen. Doch es versandet, als mir auffällt, dass sich der blaue Stoff über meinem Bauch wölbt, als wäre ich schwanger. Besser schwanger als fett.

Ich lege meine Hände auf die runde Kugel und streichle sie. Dann sehe ich eine andere Hand meinen Bauch streicheln. Eine schöne, feingliedrige, muskulöse Hand. Ein zartes grünes Lederband am Handgelenk. Ich spüre ihre Wärme, ihre Zärtlichkeit. Tränen steigen mir in die Augen. Sie laufen über meine Wangen, über mein Kinn. Gleich saue ich den schönen Stoff ein.

»Und?« Vor dem Vorhang schnappt meine Verkäuferin deutlich vernehmbar nach Luft und signalisiert ihre Ungeduld.

Mich hört sie nicht. Leise weinen, darin bin ich in den letzten Wochen eine wahre Meisterin geworden.

LUISE

Verdammt, ich hätte mir noch einen Kaffee holen sollen, ich bin viel zu früh. Jetzt muss ich den nervigen Soundbrei noch zwanzig Minuten lang ertragen. Klarinette, Klavier, Gitarre. Seit Kurzem auch Cello, das sich mit jedem Bogenstrich tiefer in meine Gedärme kratzt.

Mutter und Sohn mir gegenüber sind auch kein Lichtblick. Die Mutter umklammert den Geigenkasten ihres Sohns. Der Sohn starrt auf seinen Nintendo. Wie alt ist er? Zehn? Darf er zocken, damit er eine Stunde Geigenunterricht ohne Murren erduldet? Völlig unvorbereitet, weil er sein Instrument seit dem letzten Unterricht nicht einmal ausgepackt hat?

Mit seinen dicken Fingern kann er es ohnehin gleich lassen.

Ich habe in den letzten Jahren ein gutes Gespür bekommen, welche Hände irgendwann über ein Griffbrett tanzen werden. Die da kleben fest wie Mett am Küchenbrett.

Sophie hat Geigenhände! Eine Geigenstatur. Kraft und Energie in ihrem Oberkörper. Und Sophie hat von Anfang an freiwillig geübt.

Der Junge stöhnt und wirft seiner Mutter einen genervten Blick zu. Wahrscheinlich umklammert sie seinen Geigenkasten, weil er sonst schon dreimal darübergelatscht wäre.

Ich setze mich um. Der Blick in den dunklen Flur verspricht mehr Entspannung.

Ich bin hier, um mir Sophies Geigenlehrerin zur Brust zu nehmen. Wir überweisen dieser Schule im Jahr *zweitausendsechshundert Euro!* Da erwarte ich ein bisschen mehr Beistand.

Wie konnte Sophie mir nur so in den Rücken fallen?

»Luise, Kinder müssen ihre Eltern auch mal hintergehen«, sagte Ellen. »Ein notwendiger Ablösungsprozess. Emanzipation vom elterlichen Leitbild, das später auch als Trugbild entlarvt werden können muss.«

Bla, bla … Psychogeschwafel.

Ich habe meine Eltern bis heute nicht ein einziges Mal hintergangen und fühle mich durchaus frei und abgelöst. Nicht überall lauern Trugbilder. Nicht alle Kinder wollen ausbrechen. Diese ganzen Analysen sind dafür gemacht, damit Leute wie Ellen Geld verdienen. Und zwar an allen Ecken und Enden. Die armen Mütter, die nach dem Verrat ihrer Kinder verzweifeln, sitzen ja auch in ihrer Praxis.

Sehr nett, dass Fräulein Vielbeschäftigt sich Zeit für mich genommen hat, aber mir helfen ihre Erklärungen nicht weiter. Ich will an Sophies Rebellion nichts Gutes sehen. Ich empfinde sie als Verrat. Vor allem an sich selbst.

Sieben Tage ist es her, da ließ Sophie beiläufig fallen, dass sie keine Lust hätte, auf Philipps Konfirmation Geige zu spielen.

»Erstens haben wir am Vormittag ein Treffen mit der Schülerzeitung, und zweitens ... da sitzen nur alte Leute rum.«

»Da sitzen deine Großeltern rum! Und auch sonst lauter reizende Menschen, die ich eingeladen habe, damit sie deinen Bruder in seinen neuen Lebensabschnitt begleiten.«

»Philipp findet es in Ordnung. Er will sowieso lieber, dass die alten Konfirmanden rappen.«

»Das kann er gerne wollen. Leider passt es nicht auf eine Konfirmation. Was hingegen wunderbar passt, ist Telemanns Fantasie No. 7.«

Mit Philipps Spleens habe ich mich früh arrangiert. Er kommt nach Klaus. Er hat seinen bayerischen Dickschädel geerbt, seine polterige Art.

Er ist ein Junge.

Diese übersinnliche Nähe zwischen Mutter und Sohn, die mir von allen Seiten prophezeit wurde, hat sich zwischen uns nie richtig eingestellt. Ich liebe Philipp, aber es gab von Anfang an etwas Fremdes zwischen uns. Sein Energiehaushalt unterscheidet sich fundamental von meinem und Sophies. Vom ersten Moment an war er ein wildes Kind. Immer in Bewegung, immer einen Plan im Kopf, der vor allem mit Verwüstungen und Verletzungen einherging.

Mit fünf Jahren hat er Sophie fast ein Auge ausgestochen. Ein selbst geschnitzter Stecken, den Klaus ihm in Ermangelung von echter Natur aus einem Kochlöffel geschnitzt hatte.

Für Klaus ganz normal. Er zählte aus dem Stand *seine* hundert brutalsten Vergehen auf, und ich sah Stolz in seinen Augen flackern.

Mit der Pubertät ist Philipp ruhiger geworden, aber auch seine Art von Ruhe ist mir völlig unvertraut. Ein bewegungsloses Alien, das hinter dem Laptop festgewachsen ist. Flackerndes Computerlicht auf blasser Haut unterstreicht den Eindruck noch.

Es gibt Tage, da erhebt Philipp sich nur vom Stuhl, um aufs Klo zu gehen oder um mich aus seinem Zimmer zu scheuchen. Für meinen Mann ebenfalls ganz normal.

Seit sein Sohn auf dem Computer diese Videowunder vollbringt, dürfte Philipp sogar nach künstlicher Ernährung verlangen.

Das Verhältnis zwischen Sophie und mir war seit ihrem ersten Atemzug übersinnlich eng. Wir sind aus einem Holz geschnitzt. Alle sagen das. Alle sehen das. Es gibt Babyfotos von ihr und mir, auf denen man uns nicht auseinanderhalten kann. Bis hin zu diesen kleinen Stirnlöckchen.

Wir haben zusammen gebastelt, gebacken, genäht. Ihre erste Geige hat Sophie nachts schlafen gelegt wie ein Stofftier oder eine Puppe. Wir haben ihr ein kleines Nest gebaut, mit winzigen Kissen ausstaffiert. Violinchen hieß ihr erstes Instrument. »Violinchen, träum süß.«

Damals konnten ihre Finger die Saiten kaum greifen, aber sie war wild entschlossen, sie zum Klingen zu bringen. Vor Kurzem habe ich sie erwischt, wie sie ihren Geigenkoffer in den Kleiderschrank gestopft hat. Genauso lieblos wie das Indianerzelt, das wir zusammen genäht haben.

»Mama, ich komme mir vor wie hinter einem Stickrahmen aus dem 18. Jahrhundert. Ich will mal was anderes ausprobieren. *Schlagzeug!*«

Ich dachte im ersten Moment, das wäre ein Witz. Sie wolle mich provozieren. Philipp versteckt sich im Schrank und lacht sich ins Fäustchen.

Stickrahmen aus dem 18. Jahrhundert? Das ist doch nicht von ihr. Das hat ihr jemand in den Kopf gehext. Und Schlagzeug? Schlagzeug ist überhaupt kein richtiges Instrument!

Aber Sophie meinte es ernst. Sie hat sich hinter meinem Rücken zum Schlagzeugunterricht angemeldet. Da bin ich völlig ausgeflippt.

Mir ist nicht entgangen, dass Sophie im letzten Jahr nicht so enthusiastisch bei der Sache war. Sie ist im Frühjahr zwölf geworden. Sie kommt bald in die Pubertät. Ein temporäres hormonelles Durcheinander, bei dem man mehr denn je ein festes Korsett braucht.

Sophie liebt ihre Geige, sie liebt die Orchesterreisen. Die Konzerte haben uns letztes Jahr bis nach Prag und Budapest geführt. Das ist auch *unsere* gemeinsame Zeit.

Inzwischen hat sie eingelenkt. Aber ohne Sanktionen ging es nicht. Kein Mensch erzieht seine Kinder heute noch mit Sanktionen, das ist auch so ein Ellen-Quatsch. Wo ist sie damit gelandet? Paula hat ein Loch in der Nase und ein Tattoo auf dem Handgelenk. Mit fünfzehn!

Ich werde nicht zulassen, dass Sophies gute Ansätze durch ein winziges Hormonunwetter zunichtegemacht werden. Ich habe ihr die Schülerzeitung gestrichen und bis auf Weiteres ihr Handy einkassiert.

Klaus war in dieser Angelegenheit so hilfreich wie eh und je. »Wenn die Lust zurückkommt, wird Sophie noch wissen, wie sie einen Geigenbogen halten muss.« Sein einziger Kommentar. Dann raus aus der Küche, rein in sein Arbeitszimmer, wo er Sophie kurz darauf seine alten Jazz-Platten vorspielte. Ich hätte ihn am liebsten erwürgt.

Aber später kam es noch schlimmer. »Freddy könnte stattdessen ein paar Lieder in der Kirche singen ...«, schlug er vor.

»Freddy? Wie kommst du denn auf Freddy?«

»Wir haben vorhin telefoniert.«

Seit wann weiß Klaus überhaupt, dass Freddy einen Chor hat? Bis vor drei Wochen war sie Philipps korpulente Patentante. Meine verrückte Altlastenfreundin. Die mit dem schlechten Schuhgeschmack und den ganzen Ossi-Spleens. Auf keinen Fall gebe ich Frederike auf Philipps Konfirmation mehr Raum als unbedingt nötig.

Freddy war es übrigens auch, die uns vor Urzeiten diese Musikschule eingebrockt hat. Ich hätte auf mein ungutes Gefühl hören sollen. Abgerockt und provisorisch kam mir das Gebäude vom ersten Augenblick an vor. Dagegen ist selbst meine alte Provinzmusikschule ein echtes Konservatorium.

Immerhin wurde letztes Jahr die Aula renoviert. Jetzt

lässt sie sich heizen, und wir Eltern müssen bei den Schülerkonzerten nicht mehr auf winzigen Holzstühlen sitzen. Es gibt sogar eine Licht- und Tonanlage.

»Leblos wie ein Autohaus. Und die Akustik ist schlechter geworden«, jammerte Freddy gleich los. Sie vermisst das hässliche Mosaik über der Bühne, das mich an stalinistische Arbeitslager denken ließ.

Freddy würde hier am liebsten alles so lassen, wie es ist. Aus romantischen Gründen. Egal, dass wegen der zugigen Fenster ständig alle Instrumente verstimmt sind und durch die Ritzen der Türen das laute Geklimper und Getröte der anderen Kinder in die Übungsräume dringen. Dazu quietschende Dielen und blubbernde Heizungsrohre. Als hätte das Haus Blähungen.

Im Flur riecht es auch so. Aber den Geruch will Freddy ebenfalls behalten. Er kommt von diesem alten Ost-Desinfektionsmittel: *Wofa-sowieso*. Bei ihr löst das wahre Erinnerungsorgasmen aus. Wohliges Erschaudern! Ein wunderbarer Kunstgriff des Unterbewusstseins, wenn die Vergangenheit sonst überdurchschnittlich viel Mief bereithält.

»Wie mit den Nazis. Die verströmen für euch Ostdeutsche doch auch so einen gemütlichen Kindheitsgeruch«, rutschte mir letztens auf einer gemeinsamen Autofahrt heraus.

Wir waren auf dem Weg zu Johanna. Zwei Stunden durch den alten Osten, also durch Freddys ehemalige Hood. An jeder Tankstelle Glatzen in Springerstiefeln. Als wir später durch die tristen Dörfer zuckelten, sah ich sie förmlich hinter den Fenstern stehen. »Man gewöhnt sich an solche Visagen, wenn man sie Tag für Tag um sich hat.«

Düsterer Blick von Freddy.

»Falsches Thema gerade«, würgte Ellen mich ab.

Sie saß auch im Auto. Genau wie Marianne, die während der ganzen Fahrt nicht ein einziges Wort gesprochen hat.

Ich ließ mich nicht beirren. »Das liest man doch gerade überall.«

»Als Denkanstoß, Luise. Als selbstkritische Beobachtung. Bei dir hat es einen anderen Beiklang«, kam es erneut von Ellen. Dann wieder Schweigen im Walde.

Auf dieser ganzen langen Fahrt zu Johanna schwiegen alle eisern vor sich hin. Darum ist mir die Sache auch nur rausgerutscht. Mir war die Stille unerträglich.

Außerdem lässt Freddy keine Gelegenheit verstreichen, sich über meine Vergangenheit lustig zu machen. Die ich in ihren Augen ebenfalls überhöhe und künstlich aufmotze. Wie oft muss ich mir ihre Leier anhören: »*Luise,* ich denke, deine Eltern haben sich nie gestritten.« »*Luise,* ich denke, ihr wart alle so tierlieb … so engagiert, so umweltfreundlich, so hilfsbereit?« »*Luise,* ich denke, deine Schwester und du, ihr wart immer beste Freundinnen? Komisch, dass Sonja schon seit Jahren kein Wort mehr mit dir redet. Auch *deine* Kindheit ist nicht nur unschuldig. Frag mal bei deiner Schwester nach.«

Aber es macht einen Unterschied, ob man das Verhältnis zu seiner Schwester ein bisschen aufhübscht oder ein ganzes politisches System.

118

Freddy kann nur nicht aushalten, dass sie aus einem Schurkenstaat kommt und ich nicht. Aus Neid sucht sie überall die Made im Speck. Unterstellt uns Wessis, dass wir immer noch an irgendeiner Nuckelflasche hingen und mit unseren riesigen Pampershintern alles aus dem Weg rempelten, was uns nicht passt. Dabei ist gerade ihr Hintern in den letzten Jahren so dermaßen in die Breite gegangen, damit kann sie nicht überall zu kurz gekommen sein.

Bei Philipps Konfirmation sehe ich für Freddys Hintern ernst zu nehmende Platzierungsprobleme auf mich zukommen. Eigentlich geht nur ein Sessel. Aber dann sitzt Fräulein Wanitschek tiefer als der Rest der Gäste, und das wäre ihr natürlich auch überhaupt nicht recht.

Wenn es nach mir ginge, bräuchte Freddy gar nicht zu Philipps Konfirmation zu kommen. Leider ist sie seine Patentante. Ich hätte die Verbindung zwischen den beiden nie so eng werden lassen dürfen. Aber sie hat sich damals förmlich auf ihn gestürzt. Und ein Baby kann anstrengend sein. Da freut man sich über Unterstützung.

Freddy als Patentante, diese lottrige Ost-Musikschule und auch die verdammte Fahrt zu Johanna in die Klinik – im Grunde sind das alles Altlasten, die Jonas Kiekhöfel hinterlassen hat. Sie kleben an mir wie alter Kaugummi. Sorgen dafür, dass wir *alle* nach so vielen Jahren immer noch aneinander festpappen. Ellen, Freddy, Johanna und ich. Trauernde Witwen.

Für mich hat sich das nie echt angefühlt. Mich haben sie ohnehin nur in ihre hehre Gemeinschaft aufgenommen, weil ich … egal. Damals hat es unserem Witwenquartett zusätzlich Tiefe gegeben. Tragische Ereignisse halten uns bis heute zusammen, das hat uns Jonas tief in unsere DNA eingeschrieben. Künstliche Beatmung durch Schicksalsschläge. Dieser Tage sogar wörtlich zu nehmen. Wann hatten wir das letzte Mal so viel Kontakt wie nach Johannas Sturz vom Balkon?

Wobei ich inzwischen bereue, dass ich mich breitquatschen lassen habe, mit in die Klinik zu kommen. Johannas Anblick war schockierend. Kanülen, Pflaster, Verbände auf leichenblasser Haut. Der unheimliche Trichter in ihrem Gesicht und die vielen Maschinen rund um ihr Bett.

Hoffentlich kriege ich die Bilder wieder aus dem Kopf. Und die Geräusche. Klackern. Piepsen. Brummen. Schlürfen. Wenn ich seither die Spülmaschine anstelle, sehe ich Johanna vor mir. Wenn unsere Espressomaschine rattert oder der Milchschäumer piepst, liegt sie da und starrt mich an. Heute Morgen sind mir Sophies Toastscheiben entgegengesprungen. *Klack!* Da war Johanna auch sofort in meinem Kopf. Starrt mich an, zischt mir zu: »Luise, ich glaube dir nicht. Luise, ich glaube dir nicht.«

Mal sehen, ob sie uns überhaupt wiedererkennt, wenn sie aufwacht. Es soll ja nicht gut aussehen. Diesmal hat Misses Wonderwoman einen überdrehten, zugekoksten Schritt zu viel getan. Drei Mäntel und ein bekloppter Federhut sind kein Fatsuit, der einen Sturz aus drei Metern Höhe abpuffern könnte.

Diesmal bleibt es nicht bei einem großen Schrecken.

Einem Riss im Prada-Röckchen. Einem Kratzer auf der Piaget-Uhr. Trotz der arschteuren Spezialisten, die ihr Vater einfliegen ließ. Grotesk, wie viele Geschenke schon wieder um ihr Klinikbett aufgestapelt sind. Aber besucht hat er seine Tochter noch nicht, dieser viel beschäftigte Mann. Dieser vertrocknete, seelenlose Schraubenmogul.

Seit jeher geht es Johanna nur um seine Aufmerksamkeit. Darum war es auch ganz sicher kein Selbstmordversuch, wie Marianne schon wieder fabuliert. Es war krankes Pech. Haltloser Wahnsinn. Einer Toten könnte Johannas Vater beim besten Willen nicht mehr über die Wange streicheln. Und nur darum geht es doch. Nur darum. Armes, reiches Hascherl.

Ich sehe auf meine Uhr. In acht Minuten ist Sophies Geigenstunde zu Ende. Im Nebenzimmer versucht sich ein Kind das zwanzigste Mal am Anfang von *Für Elise*. Über mir zerlegt eine Rhythmusgruppe den Übungsraum. Sophies Geigenspiel höre ich trotzdem heraus. Sie spielt Bériot. Es fällt ihr so leicht. Sie hat so viel Talent. Meine Tochter wird mir einmal dankbar sein, dass ich es für sie gerettet habe.

»Ah, Frau Mooser, warum sitzen Sie hier unten? Spielt Ihre Tochter doch wieder Geige?«

Ein Mann, ungefähr mein Alter, läuft durch den Empfangsraum. Kerim Yekit, Leiter der Musikschule und ehemaliger Gitarrist bei … Es fällt mir nicht ein.

»Es war nur ein Zwischentief. Wir haben das geklärt.«

»Ich hatte den Eindruck, Sophie ist wild entschlossen, zum Schlagzeug zu wechseln? Frau Mawardi hatte mir …«

Ich unterbreche Herrn Yekit. »Um mit Frau Mawardi zu reden, bin ich hier. Man kann ein Instrument nicht wechseln wie seine Unterhemden. Erst recht nicht, wenn man eine Begabung hat wie Sophie.«

Ich lausche ostentativ und deute in Richtung der Übungsräume. »Hören Sie mal, für eine Zwölfjährige eine beachtliche Bogenführung. Bériot, Concerto Nr. 9, erster Satz … gleich kommt die Stelle … «

Herr Yekit lauscht und lacht. Natürlich kann er Sophie bei dem Getöse nicht heraushören. »Talent ist das eine, aber wenn man sich auf seinem Instrument nicht ausdrücken kann, sollte man auch mal herumprobieren.«

»Ich finde durchaus, dass sich Sophie mit der Geige ausdrücken kann. Und viele andere finden das auch. Haben Sie meine Tochter auf dem letzten …?«

Jetzt unterbricht er mich. »Wir können das gerne ein andermal ausführlich besprechen, ein wichtiges Thema. Viele Kinder finden nicht zur Musik, weil sie das falsche Instrument spielen. Jetzt muss ich leider in meinen Unterricht.« Er nickt mir zu, dreht sich um und steuert auf einen kleinen Flur zu.

Ich mag seinen Gang, energisch und lässig zugleich. Ich mag seinen Knackarsch. Aber die Haltung seiner Schule gefällt mir partout nicht. Die Kinder finden hier nicht zur Musik, weil man ihnen zu viele Freiheiten lässt. Es hat erst mal nur mit Disziplin zu tun.

Ich greife nach Mantel und Tasche und mache mich auf den Weg zu Sophies Übungsraum. Die Stunde ist fast zu Ende. Ich werde ihr noch etwas beim Spielen zuhören. Sophie soll unbedingt im Raum bleiben, wenn ich mit Frau Mawardi rede. Es ist wichtig, dass sie sieht, wie ich mich für sie einsetze. Und sie soll ruhig ein Gefühl dafür bekommen, dass man auch Forderungen stellen darf, wenn man so viel Geld investiert.

Direkt vor dem Raum verweile ich. Sophie spielt das Stück, das sie im vergangenen Jahr als Jüngste des Abends in Potsdam beim Preisträgerkonzert des Landeswettbewerbs von »Jugend musiziert« gespielt hat. Ohne Lampenfieber trotz der rasanten Läufe und Doppelgriffe. Vorsichtig drücke ich die Türklinke herunter und schiebe mich in den Raum.

Sophie hat sich die Haare abgeschnitten, denke ich.

Es ist gar nicht Sophie.

Ein Junge dreht sich zu mir um, lässt sein Instrument sinken und guckt verwirrt. Frau Mawardi kommt, Geige spielend, hinter dem Flügel hervor. »Oh, Frau Mooser, suchen Sie Ihre Tochter? Die ist oben bei Frederik. Schlagzeug. Raum 120. Direkt neben der Aula.« Sie lacht. »Da, wo der ganze Krach herkommt.«

DRITTE RUNDE

BLINDE KUH

MARIANNE

Ich werde meine verflixte Angst nicht mehr los, und sie ist ein verdammter Vielfraß. Sie schleicht sich auf leisen Sohlen an und stillt ihren Heißhunger absolut geräuschlos. Ich höre sie nicht kauen, schlucken, rülpsen. Ich höre sie nicht schmatzen, wenn sie in den ersten Augenblicken des Tages die Morgensonne verschluckt. Als hätten ihre Strahlen nicht eben noch fett und gemütlich auf meiner Fensterbank gelegen. Ostseite. Irgendwann mal Böhms Arbeitszimmer. Nun schon seit zehn Jahren die gemütlichste Schlafkammer, die ich mir denken kann. Vollgestellt mit Lieblingströdel. Ein Hindernislauf zum Bett, den ich immer wieder gerne bewältige. Vorbei an Zeitungsstapeln, hohen Büchertürmen, alten Bilderrahmen.

Seit sich Luise vor zwei Tagen eine Kaffeegarnitur aus meinen Meissner-Porzellan-Beständen zusammengesammelt hat, finden sich überall Tassen und Teller mit Sprung, die von ihr aussortiert wurden. Farbtupfer im vertrauten Chaos.

An diesem Morgen kommt mir alles wie ein undurchdringlicher Urwald vor. Meine alten Klapperbeine werden nach den ersten Schritten zu Fall kommen, ich werde stürzen, mich nicht mehr aufrichten können …

Ich schaffe es unbeschadet ins Bad. Dort reiße ich das

Fenster auf und lasse frische Luft herein. Das klamme Gefühl verschwindet nicht. Auch nicht unter der Dusche. Das Kribbeln der Wassertropfen, die glitschige Geschmeidigkeit der Seife, der wohlige Schauder nach einem eiskalten Strahl. Nichts kommt bei mir an.

Auf tauben Fußsohlen stapfe ich in die Küche und lasse mich im Morgenmantel am Küchentisch nieder.

Keine Lust, die Haare zu föhnen, keine Lust, mein altes, verschrecktes Gesicht auch nur einen Augenblick lang im Spiegel betrachten zu müssen. Diesen ganzen verschreckten Körper, der sich in Habachtstellung von einem Augenblick zum nächsten tastet.

Ich kenne mich nicht gut aus mit Angst, vielleicht liegt es daran. Es gab in meinem Leben wenig Anlass für wirkliche Furcht. Bis auf die schwierige Zeit mit Jonas, aber wie lang liegt das zurück? Und selbst damals hat mich das Gefühl nicht so vereinnahmt wie heute.

Kiekhöfel, Marianne – Angsthase der Nation. Jetzt schrecke ich vor jedem komischen Geräusch zurück, obwohl meine Wohnung immer schon viele komische Geräusche gemacht hat. Ich habe Angst vor der Größe meiner Wohnung, vor falschen Blicken auf falsche Dinge, die falsche Erinnerungen und Gedanken wachrufen. Ich habe Angst vor den Untiefen meiner Schränke, vor meinen Küchengeräten, vor Steckdosen und Herdplatten.

Ich erwarte eine böse Überraschung hinter jeder Ecke, einen Abgrund nach jedem neuen Schritt. Am liebsten würde ich hier sitzen bleiben. Ungekämmt, in Unterwäsche und Morgenmantel. Mit kalten, nackten Füßen. Stand-by-Modus in alle Ewigkeit.

Mein Rezept gegen Trübsal aller Art war immer Quirligkeit.

Ich war schon als Kind eine ausgemachte Zappelliese. Bereits beim Aufwachen voller Pläne und Vorhaben, die sich auf kein banges Gefühl festnageln ließen. Bange Gefühle mischten sich in Sekundenschnelle mit anderen Empfindungen, die aufflackerten, sobald mir einfiel, was der Tag noch bereithielt. Das konnten Kleinigkeiten sein.

Als junges Mädchen reichten ein repariertes Fahrrad, Regenpfützen im Hof, die Aussicht auf ein Treffen mit Friedel auf unserem selbst gebauten Hochsitz in der alten Pestlinde. Ein neuer Schultag, ich ging sehr gerne in die Schule.

Meine flinken Gedanken waren auch bei mir, wenn es mal nicht so gut lief. Gerade dann. Immer fiel mir etwas ein, was mich ablenkte, mich vorantrieb, mich anders und neu über die Sache nachdenken ließ. »Zappelliese« hieß ich früher schon. »Hummeln im Hintern!«, sagt Böhm.

In dem Jahr, als Jonas weglief, gab es viele ähnliche Morgen wie diesen. Da saß ich auch ungekämmt, im Schlafanzug und mit kalten Füßen in unserer Kreuzberger Küche, auf Jonas' Bettkante, an seinem Schreibtisch, der immer noch ein Kinderschreibtisch war. Ein Garfield-Plakat über alten Marmeladengläsern voller Filzstifte. Später fand ich darin kleine Blechröhrchen, mit denen man Heroin rauchen konnte. Seine Drogen versteckte er in leeren Kassettenhüllen. *Drei ???, John Sinclair, Sherlock Holmes.*

Doch selbst an diesen düsteren Morgen kamen meine Gedanken irgendwann in Bewegung und flatterten in den Tag voraus. Mir fiel ein Freund ein, ein alter Lehrer, ein versiffter Musikschuppen, den ich noch nicht aufgesucht hatte. Ich klapperte Ärzte ab, Apotheken, Tankstellen. Markierte auf einem Stadtplan jede verdammte Ecke, an der sich Jugendgruppen versammelten, die mich in ihrer nihilistischen Verzagtheit an meinen Sohn und seine neuen Freunde erinnerten. Ostberlin habe ich auf diese Weise kennengelernt.

Ich war dankbar für diesen wachen Geist, der mir immer wieder Beine gemacht hat. Angst in Entschlossenheit verwandeln, das habe ich fast schon als meine Superkraft betrachtet.

Jetzt gibt es keinen wachen Geist mehr, nur einen alten Kopf, der langsam seinen *Geist* aufgibt. Es gelingt mir nicht mal, in die Vergangenheit zu flüchten.

Das müsste mir an einem Tag wie diesem doch wenigstens gestattet sein! Eine flinke Rolle rückwärts, hinein in alte, *schöne* Geschichten. Ein paar glückliche Momente mit meinem Sohn, von denen es ja trotzdem zahlreiche gab. Doch die entziehen sich alle.

Selbst meine alte Heimat, dieses pittoreske Dorf, umzäunt von düsteren Tannen und festgefahrenen Ansichten, hält schöne Bilder bereit. Aber mein Kopf tritt auf der Stelle. Er kaut auf einem einzigen Gedanken herum: Wie viel Zeit, bis der letzte Funken erlischt?

Seit ich Frederikes Vater vor zwei Tagen im Altenheim besucht habe, ist es noch schlimmer geworden. Frederike hatte mich darum gebeten, abschlagen konnte ich ihr diesen Wunsch ohnehin nicht.

Ich hielt den Ausflug anfangs selbst für eine gute Idee. Ich dachte: *Marianne, schau dir die Alten an, die wirklich krank sind. Die durch die Tage schwanken und wanken und in keinem Augenblick mehr Herr oder Herrin ihrer selbst sind.*

Herr Böttcher, der neue Zimmernachbar von Frederikes Vater, gehörte gleich in diese Kategorie. Er murmelte ununterbrochen vor sich hin, viel wirres Zeug, manchmal richteten sich seine Worte auch an uns. Er lud uns zu seinem Geburtstag ein. Ein Kindergeburtstag, wie sich herausstellte. Der uralte Kleine wollte *Blinde Kuh* und *Fischers Fritze* mit uns spielen. Später stiefelte er mit nacktem Po aus der Toilette, setzte sich ganz unbefangen neben uns und schwärmte von der Kirschtorte, die seine Oma für ihn backen würde.

Zwischen diesem alten Herren und mir liegen in der Tat Welten. Beruhigen konnte mich das nicht.

Meine Gedanken kleben an diesem Besuch fest. Die Stimme von Herrn Böttcher begleitet mich seither wie ein Tinnitus durch meine Tage: »Kommt ihr auch sicher? Wann kommt ihr denn? Wisst ihr, wo ich wohne? Das große Haus mit der Veranda. Finkenried 4. Ich lade viele Mädchen ein.«

Ich versuche, mich davon loszureißen. Ich bemühe mich wirklich, den alten Motor in Gang zu bringen, mit allen möglichen Tricks. Ich zähle mir gebetsmühlenartig Ereignisse auf, die mich früher ganz sicher nach vorne gezogen hätten: drei Tage Oma-Einsatz bei Ellens Mädchen, ein Doppelkopfabend mit Frederike und Luises Sohn Philipp. Böhms alte Liebschaft, Hilde Neuhans, lädt zu ihrem legendären Tangosalon ein – die Einladung wie immer brillant und geistreich formuliert, ihr altes Hirn befindet sich noch nicht in Selbstauflösung. Ich könnte mich auf lange Spaziergänge mit Johannas Hund freuen, den Böhm und ich in ein paar Tagen übernehmen. Oder darauf, dass ich in zwei Wochen mal wieder im Studio stehe. Ich synchronisiere einen Trickfilm und leihe einer uralten Gorilladame meine Stimme. Aber keiner dieser Ausblicke zündet. Im Gegenteil, ich fürchte mich davor, und der Oma-Einsatz bei Ellen bereitet mir die größten Sorgen.

Normalerweise ist mir nichts heiliger, als mit diesen beiden lustigen Gören Zeit zu verbringen. Jetzt kommt mir die Aussicht darauf wie ein Ausflug in den Raubtierzoo vor. Ich habe Angst vor den Mädchen und noch größere Angst vor mir selbst.

Der Haustürschlüssel dreht sich im Schloss, ich zucke zusammen. Schnell ziehe ich den Morgenmantel enger um mich.

»Marianne?«

Böhms schlurfende Schritte in meiner Diele. Ich fahre mir durch die Haare, sie hängen wie welke Petersilie an mir herab. Mein Gesicht nicht eingecremt. Blau gefrorene Füße – so bin ich Böhm noch nie untergekommen. Schon erscheint sein Kopf im Türrahmen. Auf die Minute pünktlich, wie mir ein Blick auf die Küchenuhr bestätigt.

»Sieh an, immerhin schon geduscht«, sagt er und lächelt. Im Gegensatz zu mir ist der alte Dandy bereits wie aus dem Ei gepellt. Ein schnieker Dreiteiler: Hose, Weste, Sakko mit großen Schulterpolstern. Die Schaumstoffeinlagen überspielen kunstvoll, dass man Böhms schrumpelkleinen Körper in einem solchen Kleidungsstück inzwischen suchen muss.

Er mustert mich, lächelt immer noch. Er überspielt gut, dass ihm mein Anblick nicht geheuer ist. »Eine Stunde hast du noch, soll ich dir erst beim Packen oder beim Anziehen helfen?«

Ohne Böhm anzusehen, murmele ich: »Du kannst wieder gehen, das war eine Schnapsidee. Ich rufe Ellen an und sage die Sache endgültig ab.«

Böhm lässt sich in einem Korbstuhl nieder. Er schlägt die Beine übereinander. Bleiche Knöchel blitzen zwischen Hosensaum und Strumpfende hervor. Dunkelgraue Strümpfe, die aussehen wie gebügelt.

Böhm hält Abstand zu mir. Das ist eine Neuerung in *seinem* Verhaltensrepertoire. Dazu winzige Schutzgesten. Obacht geben vor unverhofften Ausbrüchen meinerseits. Durchaus keine übertriebene Ängstlichkeit. Erst gestern habe ich ihn einen verweichlichten Wohlstandsgreis genannt und eine Ladung Haferflocken über ihm ausgeleert.

Ich sage: »Ich habe noch mal darüber nachgedacht. Es ist verantwortungslos, drei Tage mit Ellens Kindern alleine zu sein. Die ganze Sache überfordert mich. So was kann ich nicht mehr.« Böhm faltet die Hände im Schoß. »Paula ist mit ihren ganzen Pubertätsmätzchen schon für gesunde Menschen eine Herausforderung. Wenn etwas passiert? Wenn ich vergesse, den Herd auszustellen, bevor wir ins Bett gehen? Wenn ich vergesse, die Balkontür zu schließen, und Jule stürzt hinunter. Wenn ich plötzlich nicht mehr weiß, wo ihre Schule ist? Ellen weiß nicht mal, worauf sie sich einlässt. «

Der Stuhl knarrt, als Böhm sich vorbeugt. »Warum bist du dann aus dieser Arztpraxis weggelaufen?«, fragt er.

Ich antworte nicht, starre weiter zu Boden.

»Wenn du auch ohne Diagnose unbedingt kranker und unzurechnungsfähiger sein willst als jeder Demenzpatient, hättest du auch bei Dr. Winterfeldt bleiben können.«

Ich mustere meine Zehen. Sie waren mal so schön und wohlgeformt. Lang, zierlich … ich habe ihnen voller Stolz einen Klecks Farbe auf die Nägel gegeben. Jetzt blicke ich auf krumme, verkümmerte Hexenkrallen hinab.

Wieder knarrt der Stuhl. Böhm erhebt sich und gibt seinen Sicherheitsabstand auf. Seine Anzughose ist wieder in Position gerutscht. Der restliche Anzug tut es ihr gleich. Taschen, Knopfleiste, Schulterpolster, alles an seinem Platz. Das hält Böhm zusammen. Das hat ihn immer schon zusammengehalten. Früher seine Persönlichkeit, heute den alternden Körper.

»Marianne, ich kann nicht erkennen, dass sich an deinem Zustand in den letzten Wochen etwas verschlechtert hat. Außer dass du dich von früh bis spät damit auseinandersetzt.«

Ich hebe ruckartig den Kopf. Böhm weicht zurück, aber er redet weiter auf mich ein. Viele Worte, sehr viele Worte für diesen stillen Denker. Er hat unten in seiner Wohnung Socken gebügelt und sich dabei ein Skript für seinen Besuch gemacht.

Böhm erinnert mich an die hundert lustigen Begebenheiten mit Ellens Töchtern. An meine langen Gespräche mit Paula, die pubertätsbedingt gerade einen besonders guten Draht zu mir hat. An Ellens Wohnung, die ich so mag, an den quirligen Kiez drumherum, an Gregors exquisiten Weinvorrat.

Böhm hat eine schöne Stimme. Tief, ruhig. Er benutzt sie wirklich viel zu selten. *Viel zu selten*, denke ich. Seiner Stimme gelingt, was ich den ganzen Vormittag nicht vermocht habe, sie trägt mich in Gedanken aus meiner Wohnung hinaus. Ich sehe mich mit Jule und Paula lachen, kochen, basteln. Ich liege neben Jule und ihren hundert Kuscheltieren im Bett und berate Paula bei neuen, coolen Outfits vorm Flurspiegel. Für einen winzigen Augenblick umfängt mich Vorfreude. Doch dann springt eine andere Szene in meinen Kopf, ohne dass ich Einfluss darauf nehmen kann: Die Tür von Ellens Gästetoilette schwingt auf. Ich selbst komme herausgelaufen, mit nacktem Po, voll überschwänglicher Freude. Ich halte auf Paula und Jule zu. Sie starren mich an. Bestürzte, verstörte Kindergesichter.

ELLEN

»Mama, ich bin fertig, kann ich mein Handy wiederhaben?«

Ich sehe nicht auf und lese weiter in meinen Patientenno-
tizen. »Kann nicht sein. Kein Mensch übersetzt eine ganze
Seite in vier Minuten.«

»Ich hatte schon in der Schule damit angefangen.«

»Paula, hör auf, mich zu veräppeln. Du kommst hier sowieso nicht weg, ehe ich mir das angeschaut habe. Was ist
mit deinem Navi-Referat?«

Meine Tochter stöhnt und schubst ein paar Zettel von
meiner Behandlungscouch. Sie hat sich darauf ausgebreitet
wie in einem Privatseparee. Stifte, Brotbox, Handy, Glitzer-
adressbuch. Vor sich auf den Knien ein Hefter – zerfleddert,
als hätte sie damit drei Stunden lang Mücken erschlagen.

»Mama, du bist fies. Ich bin um vier mit Ada und Jan am
Späti verabredet. Das ist ganz wichtig, wir müssen was besprechen.«

»Noch wichtiger ist, die nächste Fünf in Physik zu verhindern.«

»Physik … was soll ich mit dem Kack? Papa sagt, Haupt-
sache, ich rutsche durch.«

»Genau. Durchrutschen nicht *raus*rutschen. Konzentrier
dich einfach, dann schaffst du es bis vier.« Ich lächele Paula

an, sie wirft mir einen biestigen Blick zu. Irgendwann versenkt sie sich wieder in ihre wilden Zettel. Seufzen, Stöhnen, große Geste beim Unterstreichen einzelner Wörter.

Würde sie nur halb so viel Energie darauf verwenden, mir ihren Unwillen zu demonstrieren, käme sie schneller voran.

Ich sehe auf die Uhr. In zwanzig Minuten kommt mein Herzchirurg in die Praxis und gleich im Anschluss eine sechsunddreißigjährige Frau mit gewaltiger Borderline-Störung. Am Vormittag habe ich mich mit zwei anderen Patienten getroffen, die ich weiterhin betreue.

Anfangs dachte ich, ich bekomme das nicht unter einen Hut: Band und Praxis. Doch gerade jetzt kommt mir meine Praxis wie eine kleine Insel in stürmischer See vor. Die altvertrauten Macken meiner Patienten sind große Palmenstämme, an denen ich mich festhalten kann.

Unserem Manager Hagen ist dieser Tag trotzdem ein Dorn im Auge: »Nein, Mittwoch kann Ellen nicht. Mittwoch ist Psychoday«, erklärte er seiner Assistentin gereizt. Sie suchte nach einem Termin für ein Social-Media-Coaching. Für die vielen Videos, die wir drehen müssen.

Hagen ist schleierhaft, warum ich mich noch mit meinen Verrückten abgebe, da er die zweite Weltkarriere für uns plant und sich alles so wunderbar entwickelt.

»Deine Verrückten laufen nicht weg, deine Karriere schon«, murrte er und zählte auf, was er schon alles für uns auf die Beine gestellt hat. Er klang wie ein enttäuschtes Kind, das nicht genug Anerkennung für seine Purzelbäume bekommt. »Ellen, ihr werdet auf dieser großen Berlinale-Party im alten Gasometer auftreten.« »Ellen, ich habe was in der Julian Bam Show klargemacht.« »Ellen, du hast ein Interview bei diesem schwulen Modeblogger, riesige Reichweite. Ellen, ihr fahrt nach München – nach Köln – nach Hamburg. Ihr spielt bei der Eröffnung, der Gala – der neuen Revue – der Mitternachtsshow … *bla, bla!*«

Gerade frage ich mich allerdings, welche Karriere mir tatsächlich wegläuft? Ich finde, ich bin eine gute Psychologin. Ich finde, ich war mal eine bessere Mutter. Und meine Laufbahn als Ehefrau!?

»Heißt *stepmother* Stiefmutter auf Deutsch?« Paula starrt mich an.

»Hört man das nicht? Klingt doch fast genauso.«

Paula stöhnt laut. »Und warum muss ich ein blödes Märchen übersetzen? Warum muss ich wissen, was Stiefmutter oder Zwerg heißt? «

»Weil das normale Wörter sind.«

»… die ich später niemals benutzen werde.«

»Wenn du dich in einen Zwerg mit einer bösen Stiefmutter verliebst, vielleicht schon.«

Paula denkt nach, dabei kullert ihr der Stift auf den Boden, und sie blickt ihm hinterher. Ein zeitlupenartiger Schildkrötenblick, gefolgt von einem lethargisch ausgeführten inneren Kampf: Soll sie sich erheben, um den Stift wieder aufzuheben, oder fliegt er von selbst zu ihr zurück, wenn sie nur lange genug wartet?

Für meine nächste Ermahnung lasse ich mir Zeit, aber

dann kann ich mich doch nicht zurückhalten. »Paula, auf die Art wirst du nie fertig. Sei froh, dass es nur ein kurzes Märchen ist.«

»Mama, hör auf, mich anzumotzen. Wenn ich dich hier einsperren würde, könntest du auch nicht richtig arbeiten.«

»Ich motze nicht, und du bist nicht eingesperrt. Du sollst nur deine Hausaufgaben fertig machen.«

»Du motzt wohl. Hörst du nicht, wie fies deine Stimme klingt? Voll creepy.«

Es ist gar nicht so komisch, aber ich muss trotzdem lachen. Darüber, dass Paula in anderen Zusammenhängen so locker mit englischen Wörtern hantiert.

Paula wird rot, und ich setze sofort wieder eine ernste Miene auf. Aber es ist zu spät. *Ich sperre sie ein. Ich motze. Ich mache mich über sie lustig.*

Zu viel für mein kleines Pubertätssensibelchen.

Paula springt auf, noch mehr Zeug poltert zu Boden, aber jetzt rafft sie es in Windeseile zusammen, stopft alles in ihre Tasche und stapft aus dem Raum. Ich höre, wie sie ihren Ranzen im Behandlungszimmer meines Kollegen auf den Boden pfeffert. Dann knallt die Tür zu. Ich muss wieder grinsen. Ich darf auf keinen Fall vergessen, dort nach dem Rechten zu sehen, bevor ich die Praxis verlasse.

»Du sperrst mich wohl ein!«, erschallt es dumpf aus dem Nebenzimmer, als ich mich gerade wieder meinen Unterlagen zugewandt habe. »Du weißt ja nicht, wie wichtig das für mich ist. Dir ist total egal, wenn ich alle Freunde verliere.«

Ich schmunzele wieder. Eine Sache weiß ich dafür sehr

genau: Es macht absolut keinen Sinn, mit Paula in diese Auseinandersetzung einzusteigen.

Würde man das Leben meiner älteren Tochter und meines als inszeniertes Theaterstück offenlegen, gäbe es so viele Überschneidungen, dass wir teilweise die gleichen Texte sprechen könnten. Wir würden die gleichen Kostüme tragen. In ähnlichen Kulissen herumspringen und uns mit Darbietungen von hochemotionaler Wucht gegenseitig überbieten.

Auch ich bin gestern Abend Türen knallend durch unsere Wohnung gerannt. Auch ich komme mir ständig eingesperrt vor, obwohl ich mir in den letzten Wochen mehr Freiheiten nehme als jemals zuvor in meinem Leben. Auch ich fühle mich ständig grundlos angegriffen, vor allem in Gegenwart meines armen Ehemanns. Als Gregor gestern vorsichtig nachgefragt hat, warum ich entgegen eigener Ankündigung so spät nach Hause komme, schossen mir umgehend Feuerblitze aus den Augen.

Meine familiären Verpflichtungen lasse ich mindestens so schleifen wie Paula ihre Schulaufgaben. Ihre neuen Extensions sind meine neuen Lederröcke. Paulas inniger, unausgereifter Wunsch nach einem großen Bauchtattoo entspricht meinem innigen, unausgereiften Wunsch nach neuen Botoxspritzen. Neue Unterwäsche haben wir uns beide zugelegt – ich könnte die Reihe ewig fortsetzen.

Zwei Geschichten aus den letzten Tagen ähneln sich so sehr, dass mir beim Gedanken daran die Schamesröte ins Gesicht springt. Ich fange mit Paulas an.

Gregor war mit den Kindern zu Hause, es war später Abend, und ich ging davon aus, dass die Mädchen schon selig in ihren Betten schlummerten. Da begann mein Handy im Sekundentakt zu blinken und zu brummen.

Ich selbst war mit Hagen, meinen Musikern und einem kleinen Filmteam am Start. Seit Stunden besprachen wir einen Videodreh, der am nächsten Tag reibungslos über die Bühne gehen musste. Wir hatten uns in die Kühlkammer eines Schlachthofs eingemietet, was nicht nur aus finanziellen Gründen einen straffen Drehablauf erforderte.

Eine Weile ignorierte ich mein Telefon. Ich war sicher, dass Marek den Aufruhr veranstaltete – ich wollte mich nicht ablenken lassen.

Doch mein Handy gab keine Ruhe, irgendwann schielte ich doch aufs Display, und Gregors Name prangte mir entgegen. Acht Anrufe in Abwesenheit!

Mein verantwortungsvoller, geerdeter Mann würde niemals so oft anrufen, wenn es nicht wirklich etwas Wichtiges gab. Mich überkam ein ungutes Gefühl, und das verwandelte sich schlagartig in einen echten Schrecken, als ich Gregor in der Leitung hatte. Er war vor lauter Aufregung kaum zu verstehen, weil unsere jüngste Tochter Jule im Hintergrund laut herumjammerte. Mir wurde noch zittriger ums Herz.

Ich sah Gregor schon mit der schwer verletzten Jule durch Krankenhausflure jagen. Dann erfuhr ich, dass es um Paula ging. »Ellen, du bist nicht ans Telefon gegangen. Ich habe Jule geweckt, wir sind auf dem Weg nach Hamburg. Paula steht an der Autobahn, sie ist getrampt. Sie wollte zu Tim …«

Lautes Geschrei von Jule: »Papa, wo ist Paula? Wo ist Paulaaaaaaa?« Dann fing sie an zu weinen, sie weinte bitterlich, und Gregor versuchte, sie zu beruhigen.

Ich sah auf die Uhr, es war kurz nach zehn. Meine vierzehnjährige Tochter stand mitten in der Nacht irgendwo an der Autobahn? Die Bilder, die mir in den Kopf schossen, waren mindestens so gruselig wie die Krankenhausbilder zuvor.

»Hamburg?«, brüllte ich in mein Handy, als Gregor wieder zu hören war. »Warum Hamburg?«

»Paula ist getrampt«, wiederholte Gregor. »Ich dachte, sie übernachtet bei Melinda, aber sie ist ganz alleine zu einer Party bei diesem Tim aus der Theater-AG aufgebrochen, den sie so anhimmelt. Er feiert im Landhaus seiner Eltern, und …«

Jule heulte wieder auf, noch lauter als zuvor. »Papa, wo ist Paula? Ich will Paulaaaa sehen.«

Gregor beruhigte sie erneut, und ich presste mir mein Handy gegen das Ohr. Ich rief nach Gregor, ich brüllte unzählige Fragen in den Hörer. Es dauerte eine halbe Ewigkeit, ehe Gregor das Gespräch wiederaufnahm. Da rannte ich schon mit Peter, unserem Schlagzeuger, die Schlesische Straße entlang, auf der Suche nach seinem Auto.

»Gregor, ich fahre hin!«, rief ich in mein Handy. »Das heißt, Peter fährt. Du musst mit Jule umkehren, sie beruhigen und ins Bett legen. Gregor, wo seid ihr denn?«

Tatsächlich war Gregor gerade erst auf den Autobahnring gerollt, und zwanzig Minuten später schossen Peter und ich

an der Stelle vorbei, an der er mit Jule den Rückweg angetreten hatte.

Peter mit Bleifuß, ich mit einer Standleitung zu Paula.

Meine kleine, große, trotzköpfige Tochter wollte gefasst
klingen, aber ihr war deutlich anzuhören, wie wenig Rücklagen es noch dafür gab. Ich versuchte, sie zu beruhigen.
Statt eine Standpauke zu halten, spielte ich die ganze Sache
runter. Ich machte sogar Witze darüber. Doch Paulas Angst
blieb.

Es stellte sich heraus, dass sie auf einem Autobahnpark-
platz gestrandet war. Sie hatte ihren Schwarm Tim überraschen wollen und sich ohne Vorankündigung auf den Weg
gemacht. Ich denke, sie hat ihm nicht Bescheid gegeben, um
keine Abfuhr zu erhalten.

Das Ferienhaus von Tims Eltern lag etwa dreißig Kilometer hinter Neuruppin. Nicht so weit von der Autobahn entfernt. Paula hatte sich auf Google genau informiert. Auf der
Strecke nach Hamburg gab es in gleicher Höhe einen Rast-
platz, dort wollte sie sich abholen lassen. Verlockendes Ziel,
schwammige Planung.

Von zahlreichen Ausflügen ins Berliner Umland kannte
Paula die letzte Tankstelle, von der aus man recht schnell auf
den Autobahnring in Richtung Hamburg gelangte. Sie war
kurzerhand mit dem Fahrrad hingeradelt. Sie fand ein junges Pärchen, das bereit war, sie mitzunehmen, und nutzte
die gesamte Fahrt, um den jungen Leuten eine wilde Geschichte von Pfadfindern aufzutischen, die im anliegen-
den Wäldchen der besagten Raststätte ein Pfadfinderlager

abhielten. Ich weiß, wie überzeugend man flunkern kann, wenn einen der Liebesderwisch reitet. Doch dort angekommen, erreichte sie Tim nicht. Bei Einbruch der Dunkelheit und nach den ersten seltsamen Blicken anderer Raststätten-Besucher erlosch Paulas Abenteuergeist abrupt. Sie schlich in das kleine Wäldchen neben dem Parkplatz, versteckte sich hinter einem Stapel Baumstämme und rief ihren Papa an. Immerhin eine sehr gute Idee, die ihrer Spritztour schlussendlich auch einen guten Ausgang bescherte.

Als Peter und ich sie in diesem kleinen Waldstück ausfindig machten, fiel sie mir in die Arme und wollte sich gar nicht mehr lösen. Wir standen eine kleine Ewigkeit im Brandenburger Niemandsland herum. Neben uns brausten Autos durch die Nacht – nach Hamburg und Berlin, als wäre nichts passiert.

Zwei Stunden nach Mitternacht pellte ich die schlafende Ausreißerin aus ihren Klamotten, zog ihr ihren Lieblingsschlafanzug an und wickelte sie so fest in die Bettdecke ein. Als könnte ich damit einen neuerlichen Ausbruch verhindern. Mir schwante jedoch, dass es nicht Paulas letzte Aktion dieser Art bleiben wird. Noch sitzt ihr der Schrecken in den Gliedern, noch setzt ihr zu, dass sie auch uns so viel Angst eingejagt hat. Jule will ihre große Schwester seither gar nicht mehr aus den Augen lassen. »Ich mach euch nie mehr solchen Kummer«, schwört sie täglich. Aber Kummermachen gehört dazu, wenn man erwachsen werden will. In *diesem* Alter unbedingt.

Und nun zu meinem verrückten Pubertätsabenteuer. Es beginnt ebenfalls mit einem Ausbruch mitten in der Nacht. Es ist nicht so dramatisch wie Paulas Unternehmung, die Kulisse ist langweiliger, aber Motivation und innere Seelenlandschaft scheinen mir absolut identisch zu sein. Der gleiche ferngesteuerte Aktionismus, der ganz und gar auf eine leidenschaftliche Idee fixiert ist. Eine Idee, die trotz aller Hindernisse *unbedingt* umgesetzt werden muss. Jedes Hindernis wird zu einer Herausforderung erklärt: eine kränkelnde Jule, ein Gregor mit Weinflasche und großem Redebedarf, nichts hält mich auf.

Kaum liegt die Familie im Schlaf, besteige ich ein Raumschiff, mit dem ich durch eine extra für diesen Zweck geschaffene Dimension schwebe. Auf einen Ort und ein Ereignis zu, das mir mit großer Leuchtkraft entgegenstrahlt – und sich bei meiner Ankunft als mindestens so weltlich und profan herausstellt wie eine zugemüllte Raststätte irgendwo im Nirgendwo.

Sex mit Marek. Erst im Park, später im Hotelzimmer.

Im Weinbergspark hinter einem Gebüsch. Der Boden kalt, stachelig und sicher voller Hundehaufen. Berlins Parks sind flächendeckend mit Hundehaufen übersät, es ist ihr Markenzeichen. Aber Mareks Berührungen, die Nähe unserer Körper und das ebenfalls überirdische Lustgefühl wären auch auf Rattenkadavern oder einem nachtaktiven Ameisenhaufen absolut vordergründig gewesen. Als ich Mareks Hose aufgeknöpft habe, dachte ich an Eis am Stiel. Ich weiß es noch genau.

Nach Mareks Körper hatte ich mich schon Stunden vorher gesehnt. Alle Sinnesorgane hatten sich tentakelartig in seine Richtung gestreckt und meine Gedanken sowieso. Gedanken, die trotz ihrer dumpfen Schlichtheit beängstigend allmächtig sind. Später im Hotel erinnerte mich mein extra gestellter Handywecker daran, dass noch ein anderes Leben auf mich wartete. Um fünf Uhr morgens schlüpfte ich auf leisen Sohlen zurück in unsere Wohnung, schlich ins Schlafzimmer und wickelte mich meinerseits sehr fest in die Bettdecke ein.

Doch auch diese kokonartig gewickelte Decke wird mich nicht vor weiteren Ausbrüchen schützen. Für mich erfüllte sie in dieser Nacht ohnehin einen gänzlich anderen Zweck. Sie war eine Schutzhülle. Eine Schutzhülle gegen die große Fremdheit, die ich in meinem eigenen Ehebett empfand.

Paula kennt diese Fremdheit zu uns anderen nicht.

Das ist einer von vielen, sehr wesentlichen Unterschieden zwischen unseren zwei Geschichten. Paula tut niemandem weh. Ihr Gewissen ist rein. Sie strapaziert ihre Umwelt, sie verbrennt sich selbst die Finger. Aber das bleibt alles im Rahmen und ist Teil eines notwendigen Entwicklungsprozesses.

Gregor und ich spüren dieser Tage beide, wie wichtig Paula das enge und gute Verhältnis zu ihrer Familie ist. Sie spricht von Freiheit und wünscht sich gleichzeitig nichts mehr, als von uns fest umarmt zu werden. Sie vergewissert sich fast stündlich bei Gregor, Jule und mir darüber, wie

wichtig sie uns ist. Jule darf seit Tagen in Paulas Bett über-
nachten, zusammen mit Kerli. Sie kann ihr Glück kaum fassen.

Ich hingegen entferne mich mit jedem neuen Abenteuer
weiter von meiner Familie. Mein Gewissen kommt mir vor
wie ein uraltes Radiogerät, das nur noch Rauschen und
Piepstöne empfangen kann. Ab und an mischen sich ent-
fernte Stimmen darunter, die mich sehnsuchtsvoll und traurig zugleich machen.

Ich lasse zu, dass ich immer weiter forttreibe. Obwohl ich
mir in einer Sache nach wie vor ganz sicher bin: Ich liebe
meine Familie. Ich liebe Gregor, ich will an seiner Seite alt
werden und habe nie wieder einen Mann getroffen, der besser zu mir passt. Ich kann das mit weichen und harten Fak-
ten gleichermaßen belegen.

Trotzdem setze ich alles aufs Spiel. Trotzdem riskiere ich,
meinen Kindern und Gregor Wunden zuzufügen, die nie
mehr richtig verheilen werden.

Was wäre passiert, wenn Gregor in jener Nacht bemerkt
hätte, dass ich verschwunden bin? Was geschieht, wenn mich
durch einen absolut irrsinnigen Zufall eine meiner Töchter
dabei erwischt, wie ich einen blondwuscheligen Wollschopf
abknutsche oder an den Hintern greife? Ich könnte eine Ket-
tenreaktion an Kummer und Verzweiflung in Gang setzen,
die in völlig unberechenbare Bahnen abdriftet. Offenes Ende
für alle Beteiligten.

Und es gibt noch einen Grund, weshalb *meine* Egoaus-
flüge ganz anders zu bewerten sind als Paulas. Ich kann tau-

sendmal besser einschätzen als ein vierzehnjähriger Teenie und überhaupt eine Menge Menschen, was eine intakte Familie bedeutet. In meiner Praxis erlebe ich jeden Tag, wie wertvoll sie ist. Wie selten.

Die meisten meiner Patienten haben sich ihre Psychowürmer in der Kindheit eingefangen. Viele durch die kaputten Beziehungen ihrer Eltern. Ich kann stolz sein auf unsere unbeschwerten, lustigen Kinder, die selbstbewusst und tatkräftig in ihr Leben hineinmarschieren. Kein Psychowurm in ihrem Innern, der Energie absaugt, ihre Gedanken und Gefühlswelt anknabbert und unbemerkt riesige Hohlräume entstehen lässt. Ich kann das so klar formulieren: Bisher gibt es in unserer kleinen Kernfamilie keine ernst zu nehmenden psychologischen Untiefen. Bisher ist es Gregor und mir gelungen, unseren Kindern ein Zuhause zu bieten, das stabil, berechenbar und harmonisch ist. Abgesehen vom normalen Familienirrsinn, wie Wutausbrüchen beim Aufräumen und nach Spielekonsolenentzug, blauen Flecken nach Klopperei um Lieblingsstofftier, Drama nach Wegzug der Kindergartenfreundin.

Dass Gregor diese Stabilität auch in Zukunft für nichts in der Welt gefährden würde – dafür lege ich meine Hand ins Feuer. Ich habe mich vor dreiundzwanzig Jahren auch darum so in ihn verliebt, weil mir sein Kopf und sein Herz so erstaunlich gesund und frei vorkamen. Nach meiner leidenschaftlichen, fast schon obsessiven Verehrung für Mariannes Sohn, an dessen Seele eine ganze Armada Psychowürmer genagt hatte, kam mir Gregor wie ein Wunder an

Unversehrtheit vor. Unsere Beziehung fand von Anfang an auf Augenhöhe statt. Beide Seiten konnten sich frei entwickeln, weil man nicht die ganze Zeit damit beschäftigt war, die tiefen Täler des anderen zu durchwandern.

Wie sehr die Macken eines Menschen, den man liebt, einen von sich selbst wegbringen können, habe ich an Jonas' Seite deutlich zu spüren bekommen.

Im Nebenzimmer höre ich Paula rumpeln, dazu lautes Quietschen auf dem Fußboden. Ich unterdrücke den Impuls, nachzusehen, was sie dort treibt. Vermutlich hat sie den Schreibtisch meines Kollegen vor die Tür geschoben. Wenn sie gleich aus dem Fenster klettert und sich an der Dachrinne herunterhangelt, um doch noch rechtzeitig zu ihrem Cliquentreff am *Späti* zu kommen, kann ich ihr nicht so schnell folgen.

Das Vertrauensverhältnis zwischen Marianne und Jonas brach auch in dessen Pubertät auseinander. Als er von zu Hause fortlief, war er nur zwei Jahre älter als Paula. Und wenn man diese alte Geschichte herunterbricht, geht sie ebenfalls auf ein aus dem Ruder gelaufenes Liebesabenteuer zurück.

Jonas war das Resultat eines kurzen, leidenschaftlichen Flashbacks mit Mariannes altem Kinderfreund Friedel Bergmann. Zehn Jahre nachdem sie ihrem Heimatdorf den Rücken gekehrt hatte, liefen sie sich auf der Hochzeit ihres Bruders über den Weg. Ein Zusammentreffen, so elektrisierend, dass sie für ein paar Augenblicke vergaßen, dass ihr

Leben außer vielen schönen Erinnerungen kaum noch Anknüpfungspunkte bot. Friedel hatte gerade den Hof seines Vaters übernommen, war mit der Tochter des Dorfdoktors verlobt und baute ein Haus auf der ehemaligen Rinderkoppel seines Vaters. Marianne lebte in West-Berlin, freute sich über ihre erste Anstellung als Radioredakteurin und machte nebenher eine Weiterbildung zur Synchronsprecherin.

Ein halbes Jahr trafen sich Marianne und Friedel hier und da. Nie in Berlin. Nie in ihrem gemeinsamen Geburtsort Elmarode. Das war schon immer der Haken ihrer Freundschaft gewesen. Für Friedel war das Dorf die einzige Heimat, die er sich vorstellen konnte. In der er sich bewähren wollte, als jüngster Sohn des größten Bauern. Marianne hatte es direkt nach der Schulzeit fluchtartig verlassen, weil sie ahnte, dass sich ihre Träume nur außerhalb dieser engen Gemeinschaft verwirklichen ließen.

Doch dann wurde sie schwanger. Ein paar Wochen gaben beide der romantischen Vorstellung nach, dass es sich um einen Wink des Schicksals handelte. Dass sie zumindest den ernsthaften Versuch wagen müssten, ihre unterschiedlichen Leben unter ein Dach zu bringen. Gemeinsam sahen sie sich eine Wohnung in Bad Harzburg an, die ihnen auf Anhieb gefiel. Doch als Marianne das nächste Mal aus Berlin anreiste, gab es dieses »gemeinsam« schon nicht mehr. Ich kenne hier nur Mariannes Version, aber ich habe keinen Zweifel, dass es sich so zugetragen hat.

Kurz darauf ließ Friedel Bergmann sich am Telefon verleugnen. Als Marianne anreiste, um ihn zur Rede zu stellen, war er nicht aufzutreiben. Das ganze Dorf deckte ihn. Selbst Mariannes Mutter trug ihren Teil dazu bei. Den Rest regelte die Familie von Friedels Verlobter Inge. Sie boten Marianne Geld, wenn sie das Kind abtreiben ließ. Marianne löschte Friedel und das ganze Heimatdorf endgültig aus ihrem Leben. Jonas schwindelte sie vor, er sei das größte Glücksgeschenk, das ihr ein charmanter Fremder nach einem wunderschönen Abend hinterlassen habe. Bis in seine frühe Teeniezeit lebte er mit dieser Erklärung so selbstverständlich und zufrieden, wie Kinder alles bedenkenlos hinnehmen, das sie in den ersten Jahren umgibt. Aber Marianne blieb auch dann noch bei ihrer Version, als sie längst spürte, dass Jonas' Fragen nach seinem Vater immer drängender wurden.

Ein Brief von Friedel Bergmann an Jonas' fünfzehntem Geburtstag war wie eine Bombe mit Zeitzünder. Marianne konnte sie ticken hören. Entschärfen ließ sie sich nicht mehr.

Mariannes und Jonas' Geschichte enthält insgesamt viel mehr Sprengkraft und Tragik als meine, ich will das nicht auf eine Stufe stellen. Doch man kann seine Kinder auch mit weniger verwirren und aus der Bahn werfen als mit einem verleugneten Vater.

Eltern tun Dinge, die Kinder nicht einschätzen können. Deren Motive für sie im Dunkeln liegen. Wenn sie nach Erklärungen suchen, wenden sie selbstverständlich ihren kindlichen Blickwinkel an, legen ihren noch recht überschaubaren Erfahrungskosmos zugrunde. Wie leicht kommt es zu

Missverständnissen, die sich nie wieder ausräumen lassen. Für Paula ist unvorstellbar, dass ich drei Meter von ihr entfernt ähnliche Kämpfe austrage wie sie. Dass ich Angst vor der Zukunft habe, Angst vor mir selbst. Angst vor ihr, vor ihrem Vater, vor allen Menschen, die mich gut kennen. Dass ich imstande bin, unsere Familie sehenden Auges in einen Abgrund zu stoßen, von dem niemand sagen kann, wie tief er ist.

Würde meine Tochter all das auch nur ahnen, wäre das sicher ein Realitätseinbruch, der ihre Welt erheblich aus dem Gleichgewicht brächte.

Wieder durchfährt mich der Impuls, aufzustehen und nachzusehen, was Paula im Nachbarzimmer treibt. Diesmal gebe ich ihm nach. Als ich die Klinke herunterdrücke, lässt sich die Tür problemlos öffnen.

Kein schweres Möbelstück, das mir den Eintritt verwehrt. Paula sitzt gesittet am Schreibtisch meines Kollegen. Das Arbeitszeug ordentlich neben sich aufgereiht. In diesem Zimmer ist sie ein höflicher Gast. Der quietschende Krachmacher war der schwere Feigenbaum meines Kollegen, den sie vor das Fenster geschoben hat, damit er mehr Sonnenlicht abbekommt.

Paula knabbert am Ende ihres Glitzerkulis und starrt auf ihre Zettel. »Mama, ich hab das ein bisschen freier übersetzt ... ich finde es richtig gut.« Sie hebt den Kopf und strahlt mich an, die Auseinandersetzung von eben ist vergessen. Vor ihr liegt ein vollgeschriebenes Blatt Papier, am Rand mit unzähligen Äpfeln verziert. Paula hebt das Blatt an. Darunter kommt ein Block mit weiteren Zeichnungen zum Vorschein. »Ich mache da einen Comic draus«, erklärt sie mir. Ihr wichtiger Cliquentreff ist vergessen.

Sie liest mir die ersten Zeilen ihrer Übersetzung vor: »*Once upon a time, there was a wicked, wicked stepmother. She was so jealous of her king's beautiful young daughter, that she wanted to kill the young princess.*«

Ich sehe Paula an und möchte sie am liebsten abknutschen. Ich bin ganz und gar nicht neidisch auf meine lustige, unbeschwerte, unglaublich entzückende Tochter. Ich bin sehr stolz, gerade in diesem Augenblick. Nur, was mich betrifft, habe ich Angst, dass mir beim nächsten unbedachten Schritt eine Ladung giftiger Äpfel, Kämme und Haarbänder aus der Jackentasche purzelt.

LUISE

- kleinen Sessel im Wohnzimmer neu beziehen
- neue Gästehandtücher, neuer Seifenspender, neuer Handtuchhalter im Gästeklo, Raumduft??
- Gartenmöbel, Manufactum
- Dessertschalen, Manufactum
- Mariannes Meissner-Porzellan aufstocken
- neue Sitzkissen abholen, Badezimmervorhang?
- Flurfarbe, Ellen fragen?
- Friseurtermin Philipp, Sophie, ich
- Sophies Diät, Termin Ernährungscoach
- Papa an Geld erinnern
- Papas Hauswein!!
- Mama wegen Gitarre instruieren, eBay?
- Sophie Stücke raussuchen
- Klaus zu Oleanderbüschen briefen, Staudengärtnerei Hertzig
- Freddy an Kindertisch?
- Johannas Hund abbiegen
- Philipps Zimmer!! Kabel, Technik, wohin?
- Sitzsack, Plakate, altes Legozeug, wohin?
- Familienfotos rahmen lassen
- kommt Sonja???

FREDERIKE

Mein neues Kleid knistert wie eine Wundertüte, und es kommt super an. Selbst hier im Verlag.

Mein Verleger hat mich das erste Mal in siebzehn Jahren als weibliches Wesen wahrgenommen. Vorhin in seinem Büro jubelte er noch vor einer Begrüßung los: »*Frau Wanitschek, was für ein Kleid!* Damit stechen sie sogar unser junges Fräulein Fendrich aus.« Dann ist er trotzdem schneller als bei Fräulein Fendrich zum Geschäftlichen zurückgekehrt: »Wo wir uns gerade sprechen, haben Sie Frau Quinn schon von unserem warmherzigeren Titelbild überzeugen können, das mit der Abendrotstimmung?«

»Hatte ich das jemals vor?«

Seit meiner kleinen Bankenrunde fühle ich mich deutlich entspannter. Ich stand diesen Institutionen immer skeptisch gegenüber, aber ich habe durchweg ermunternde Signale auf meine Kreditanfragen erhalten.

Mein letztes Gespräch mit Herrn Holm von der Ergo Credit Bank hatte nahezu therapeutische Wirkung. Die ganze Begegnung war so hemdsärmelig und zupackend, dass ich mich wieder traue, meinen Blick optimistisch in die Zukunft zu richten.

»Frau Wanitschek, ich sehe kein Problem für Sie, kurz-

fristig an einen größeren Kredit zu kommen. Mit Ihrer lang-
jährigen Festanstellung – da helfen wir gerne schnell und
entschlossen aus.«

Ich war auch darum so positiv überrascht von Herrn
Holm, weil er auf den ersten Blick viele Ähnlichkeiten mit
Herrn Stelling, dem Leiter von Papas Seniorenheim, auf-
weist. Beide Herren teilen ihre Vorliebe für kurze, pflege-
leichte Haarschnitte, Krawatten mit dezenten Mustern,
extrem gepflegte Hände und ein Aftershave, das man eher
als Raumduft wahrnimmt. Herr Stelling klickt mit dem
Kuli, um ein Gespräch zu gestalten oder Ungeduld zu demonstrieren. Herr Holm wischt mit schneller Geste über
seine Papiere, um Akzente zu setzen.

»Frau Wanitschek, wir Banken haben immer so einen
schlechten Ruf. Unverdient, wie ich meine. Wie oft wir
Retter in letzter Sekunde sind.« *Wisch!* »Die höhere Kre-
ditsumme verschafft Ihnen eine Atempause, und bei den
jetzigen Zinsen wirkt sich das kaum auf Ihre monatliche Be-
lastung aus.« *Wisch!* »Schließen Sie im Interesse Ihres Vaters
noch eine Restschuldversicherung ab, dann sind wir alle auf
der sicheren Seite. Das haben wir heute noch in trockenen
Tüchern. Morgen rollt Ihr Vater in sein altes Zimmer zurück.«

Ich bin aus dem Bankgebäude getanzt. Auch für diesen
Zweck war mein neues Kleid absolut passend. Jeder Hüft-
schwung legte ein bisschen Knie frei. Direkt im Anschluss
habe ich meinen Vater besucht – einen Pappkarton Herrentorte unterm Arm.

Die letzten Wochen haben ihm mehr zugesetzt, als ich befürchtet hatte. Er denkt von früh bis spät darüber nach, was aus ihm wird, falls ich mir den Heimplatz wirklich nicht mehr leisten kann. Er ist noch dünner geworden und sitzt wieder öfter im Rollstuhl.

Um ein bisschen Schwung in die Bude zu bringen, habe ich ihn vor ein paar Tagen mit Marianne besucht. Papa hatte immer schon ein unglaubliches Faible für sie gehabt. »Er ist in sie verknallt!«, behauptet Ellen.

Tatsächlich gelang es ihr, Papa für ein paar Augenblicke aus seiner Lethargie zu reißen. Mehr noch, er verwandelte sich in einen echten Grandseigneur, mit frisch gestutztem Bart und glänzenden Schuhen.

Marianne revanchierte sich mit einer Kostprobe ihrer alten Synchronstimmen. Sie schüttelt diese alten Rollen nach so vielen Jahren immer noch aus dem Kehlkopf, als säße sie gerade vor dem Mikrofon. Beim Abendessen unterhielt sie die ganze Tischrunde, bestehend aus Dr. Klotzbach, Frau Waltershof und unserem Lieblingsbufti mit einer sagenhaft giftigen Marilyn Jones. Eine Undercover-Ermittlerin aus einer amerikanischen Achtzigerjahre-Serie und eine von Mariannes Lieblingsstimmen, weil man in ihre fortwährenden Wutausbrüche so viel Kraft und Energie legen kann.

Eine ähnliche Wuchtbrumme in Papas Doppelzimmer hätte ihm den Umzug einfacher gemacht. Aber der Anteil an Wuchtbrummen von Mariannes Kaliber ist im normalen Leben schon ziemlich gering, in einem Seniorenheim sind sie echte Mangelware.

Papas neuer Zimmergenosse Herr Böttcher ist ein freundlicher und ruhiger Geselle, aber viel zu verwirrt für echten Austausch: »Kommt ihr zu meinem Geburtstag? Ich habe viele Mädchen eingeladen.« Wenn man Herrn Böttcher eine Freude machen will, plant man eine riesige Kinderparty mit ihm. Gerne dreißigmal am Tag, denn er hat nach wenigen Minuten schon wieder vergessen, welch rauschendes Fest man zusammen auf die Beine stellen wollte.

Was meinem Vater allerdings mehr Unbehagen bereitet, ist, dass Herr Böttcher ständig Sachen im Raum verteilt. Unterhosen, halbe Schrippen, gestern einen nassen Hausschuh in Papas Bett. Papas heiligster Schatz, ein altes Buch über den Bau von Segelfliegern, ist in Herrn Böttchers Badezimmerschrank wieder aufgetaucht.

Die alten Flurnachbarn meines Vaters, Dr. Klotzbach und die gemütliche Frau Waltershof, wohnen zwei Stockwerke höher in einem Nebengebäude. In diesem Alter offenbar eine Weltreise, die von beiden Seiten nicht so oft angetreten wird. Zwischen den beiden ist mein Vater im letzten Jahr richtig aufgeblüht. Den Stationsbufti hätte er am liebsten adoptiert und gegen meinen Bruder eingetauscht. Dort benutzte Papa den Rollstuhl nur, wenn es gar nicht anders ging. »Ich bin kein alter Mann, Freddy!«

Ohnehin ließ er sich durch seine eingeschränkte Bewegungsfähigkeit nie von seinen hundert Ehrenämtern abhalten. Ausleihbevollmächtigter in der kleinen Bücherei, Notenwart für den Volksliederabend, Gerätetüftler des gesamten Heims. Ich weiß nicht, wie viele Weltempfänger,

Radiowecker und durchgebrannte Föhne im letzten Jahr durch seine Hände gewandert sind.

Der Umzug meines Vaters ins kleine Unterklassendoppelzimmer hat viele alte Wunden aufgerissen. Seither kann er sich oftmals nicht mal zu den ganz normalen und notwendigen Alltagsdingen aufraffen. Frühstück, Mittagessen, Abendbrot. Vor mir gibt er das natürlich nicht zu, seine neue Stationsleitung hat es mir besorgt gesteckt.

»Alles in bester Ordnung, Frederike. Das wird schon wieder. Das neue Zimmer ist schön. Hast du gesehen, dass man durch unser Fenster das neue Vogelhäuschen im Blick hat?«

Wenn mein Vater so klein und eingefallen auf seiner Bettkante sitzt und mit dieser »Das wird schon wieder«-Stimme auf mich einredet, wird mir ganz eng ums Herz. Ich weiß nämlich, dass er ihr selbst auch schon lange nicht mehr traut. Ich verspüre den großen Drang, mir Luft zu machen, indem ich meinem Bruder den Hals umdrehe. Nein, das wäre zu prosaisch. Es müsste qualvoller sein, alttestamentarisch. *Sein Blut soll über ihn kommen!*

Ich kenne das nicht von mir, aber ich ertappe mich in letzter Zeit öfter bei handfesten Rachefantasien. Auch Herrn Stelling stelle ich mir regelmäßig als Opfer opulenter Exzesse vor. Erst recht, seit mir der nette Bufti anvertraut hat, dass er in Anwesenheit meines Vaters und aller Stationspfleger aufzählte, »welche Zusatzleistungen Herr Wanitschek bedauerlicherweise auf unabsehbare Zeit nicht mehr in Anspruch nehmen kann«. Ein Teil von mir wollte ihn umgehend nackt auf einen Klostuhl schnallen und mit sehr viel Schwung die Altenheimflure entlangbrausen lassen. Alle alten Leute treten aus ihren Zimmern und bewerfen ihn mit Schnapspralinen.

Ich entwickle auch ein seltsames Verständnis für den unberechenbaren, pöbelnden Mob, der seine Frustration in ein kollektives Lust- und Krafthappening verwandelt.

Herr Stelling rechnet natürlich nicht damit, dass ich in der Lage sein werde, die Position meines Vaters wieder zum Positiven zu wenden. Es ist gekommen, wie ich vorausgesagt habe: Das Zimmer hat jene alte Dame bezogen, die mir mit ihrer adretten Familie im Eingang begegnet ist.

Der alte Dr. Klotzbach hat beim Abendessen mit Marianne verraten, dass sie Ingeborg Birnbach heißt. Ein wohlklingender Name für ein wohltemperiertes Leben »Aber, Frau Wanitschek, die Birnbach ist eine etepetete Nörglerin. Nicht auszuhalten, selbst unser Liederabend ist ihr zu abgeschmackt. Wir werden alle Hebel in Bewegung setzen, Ihren Vater in unsere Reihen zurückzuholen.«

Diese Ansprache ging meinem Vater runter wie Öl, ich konnte es ihm ansehen. Später nahm mich der alte Doktor sogar noch mal zur Seite und flüsterte mir zu, dass ich ihm bitte sofort ein Zeichen geben möge, wenn die finanziellen Angelegenheiten geregelt sind. »Das biegen wir wieder hin, vertrauen Sie mir.«

Seine Worte haben Gewicht im *Seniorenstift am Hohen Berge*. Und gerade will ich lieber nicht so genau wissen, warum das so ist. Wenn die Sache mit dem Kredit so zügig über die Bühne geht, wie mir Herr Holm in Aussicht gestellt hat, könnte Papa nächsten Monat in sein altes Appartement zurückkehren.

Ich habe den Kreditantrag an Ort und Stelle unterschrieben. Ich durfte alle fehlenden Unterlagen nachreichen. Als Letztes ein Schreiben meines Verlags, in dem vermerkt ist, dass niemand gedenkt, mich in den nächsten Wochen zu entlassen. Immerhin, was das betrifft, muss ich mich nicht sorgen, denn beruflich läuft es schon länger sehr gut. Wenn mein Vater meinem Bruder nicht von der Bonuszahlung erzählt hätte, die ich erhalten habe, sähe vermutlich alles anders aus. Aber das ist verschütteter Kaffee.

Ich kann mit Stolz sagen, dass ich meinem Verlag in den letzten Jahren gleich mehrere dicke Fische an Land gezogen habe. Elisa Quinn, eine Krimiautorin, die ich seit mehr als acht Jahren betreue, hat sich mittlerweile in einen glitzernden Koikarpfen verwandelt. Ihre letzten drei Bücher haben es innerhalb weniger Tage auf die Bestsellerlisten geschafft und sich dort monatelang festgewanzt. Für mich haben ihre Schuppen von Anfang an gefunkelt, auch als unser Verleger noch eine öde Tümpelflunder in ihr sah. »Die Quinn? Die ist zu verdreht! Das *gefühlige* Geschwurbel lenkt von der Handlung ab, der Fokus fehlt.«

In der Buchwelt tummeln sich immer noch unzählige Männer, die sich selbst und ihre Gedankenwelt für die Blaupause aller Möglichkeiten halten. Weshalb ich die Worte meines Chefs meist ungehört verhallen lasse. Überhaupt

wird das »gefühlige« Gequatsche männlicher Autoren lediglich anders wahrgenommen. Neandertaler, die das erste Mal
ihre empfindsame Seele freilegen und ein Gänseblümchen
pflücken. Auch heute noch.

»Gefühlig« ist übrigens so ein Lieblingswort unseres Ver-
legers, weil er es für seine eigene Erfindung hält. In einem
Manuskript müsste ich es ihm als störende Wortwiederho-
lung markieren.

Ich merke, dass die Erlebnisse der letzten Wochen meine
Animositäten gegenüber der Männerwelt auch eher ver-
stärkt haben. Ich bin Herrn Holm von der Ergo Credit Bank
wirklich unendlich dankbar. Doch dass er sich als Retter
in der Not erwiesen hat, ändert nichts daran, dass meine
Misere bisher ausschließlich von männlichen Schranken-
wärtern flankiert wurde. Herr Stelling, mein Vermieter, all
die netten Bankberater bis hin zu meinem Verleger, der mir
meinen *Es droht keine Entlassung*-Wisch mit den Worten:
»Aber im Ernstfall, Frau Wanitschek, hat so eine Beschei-
nigung natürlich überhaupt keinen juristischen Bestand!«,
überreichte.

Ich bitte und bettle, meine vertrackte Lage gibt meinen
Selbstzweifeln und meiner Scham immer mehr Raum –
und all diese Kerle scheinen nicht mal zu wissen, was beide
Worte bedeuten.

Passend dazu habe ich herausgefunden, dass mein Bruder nach wie vor mit seinem dicken Auto durch die Gegend
fährt. Er fliegt mit seiner Freundin nach Teneriffa, wo er

sich als DJ ausprobieren will. Und so braun gebrannt und durchtrainiert, wie mein Vater ihn beschrieben hat, ist er sicher Mitglied in acht verschiedenen Fitnessclubs, besucht dreimal in der Woche ein Solarium und gönnt sich diese arschteuren Muskelaufbaukuren, von denen er meinem Vater immer vorschwärmt. Allein von diesem Geld könnte er die verflixten Zusatzleistungen im Heim bezahlen. Täglich drei Herrentorten on top.

Stattdessen war der Rest Herrentorte, den ich zusammen mit Bioäpfeln, Papas Lieblingskäse und einer Flasche Weißwein in seinem winzigen Zimmerkühlschrank untergebracht hatte, nach Martins Besuch verschwunden. Aber was sind ein bisschen Obst und Torte gegen dreißigtausend Euro?

Der einzige Vertreter der männlichen Zunft, der sich nach wie vor selbstlos meiner annimmt, ist Luises Mann Klaus. Wer hätte das gedacht?

Ruhig und verständig, mit drolliger Hartnäckigkeit versucht er, mich zu überzeugen, Martin endlich anzuzeigen: »Freddy, seine Aktionen haben weder mit Geschwisterliebe noch mit sozialistischem Gütertausch zu tun. Es sind Straftaten, für die er sich verantworten muss, sonst sieht er sich in seiner verrückten Logik ganz sicher als Sieger.«

Ich weiß, Klaus hat recht. Trotzdem fällt es mir schwer, diesen Schritt zu tun. Martin ist mein Bruder.

Gefühliges Geschwurbel lenkt von der Handlung ab!, denke ich. Irgendwie hat mein Verleger da doch einen Punkt, was uns Frauen angeht. Der alte weiße Mann kann sich auch darum in jeder Generation neu erfinden, weil wir Frauen ihm immer wieder die Steigbügel halten.

Schnipp, schnapp! Ich schneide sie durch. Und rufe Klaus an.

SORRY FOR OUR ABWESENHEIT

MARIANNE

»Schnieke mit Spucke!«, sage ich.

Ellens Mann Gregor dreht sich vor mir wie eine Ballprinzessin.

»Nicht zu schnöselig?«

»Nee, dafür hättest du dein Hemd bügeln müssen.«

»Ein anderes Mal.« Gregor klopft sich Muffinkrümel vom Jackett. Jule hatte ihm gerade noch eins ihrer Backerzeugnisse aufgedrängt, er musste es vor ihren Augen aufessen.

Paula und Ellen sind vor zwei Minuten in ihre Zimmer verschwunden und schlüpfen angeblich schon in ihre Schlafanzüge. Wir werden uns gleich einen gemütlichen Abend machen. Pfannkuchen auf den Knien und dazu ein alter Heinz-Erhardt-Film.

»Wo habe ich jetzt meinen Zettelstapel hingelegt?«, fragt Gregor.

»Küchentisch.«

»Ah.«

Eigentlich ist Ellens Mann gar nicht hier. Er ist nur kurz reingehuscht, um sich in Schale zu schmeißen und einen Vortrag auszudrucken. Jetzt düst er zurück nach Potsdam auf ein Symposium, das er mitorganisiert hat. Soziologen und Pädagogen geben sich die Klinke in die Hand und erörtern, wie man Kindern die reale Welt so schmackhaft machen kann wie ihre digitalen Kosmen.

Ellen habe ich die letzten drei Tagen auch nur rein- und raushuschen sehen. Doch bevor ich heute Abend wieder zu Böhm übersiedele, wollen wir noch ein bisschen quatschen. Als Jule Muffins gebacken hat, habe ich uns eine Quiche vorbereitet und schon mal Weißwein kalt gestellt.

Ellen ist die ganze Woche im Studio und spielt mit ihrer Band drei letzte Songs für ihr Touralbum ein. Direkt nach den Sommerferien haben sie ihr Releasekonzert und gehen auf eine erste kleine Reise. Erst jetzt, da ich es in den letzten drei Tagen hautnah miterlebt habe, verstehe ich, wie einschneidend dieses Comeback ist. Ihr altes Leben ist komplett auf Stand-by.

Ihre Praxisräume hat sie bis auf einen Tag in der Woche gegen einen winzigen Arbeitsplatz in der Küche eingetauscht, an dem sie Lieder schreibt und Orgadinge erledigt. Auch ihre bunten Psychologinnen-Rollis mussten weichen und wurden durch deutlich aufregendere Klamotten ersetzt. Heute Morgen stöckelte Ellen auf Pfennigabsätzen durch den Flur. Sie wäre fast umgefallen, als sie in ihrem engen Lederrock versucht hat, Jules Fahrradhelm vom Boden aufzuheben.

Gregor läuft in den Flur hinaus. Ich folge ihm.

»Marianne, wir sind dir so dankbar, dass du den Laden in den letzten Tagen zusammengehalten hast. Ich hoffe, es war nicht zu anstrengend?« Ich winke ab. Gregor wühlt in der voll behangenen Garderobe. »Paula hat schon verkündet, dass Ellen nur auf Tour gehen darf, wenn du in der Zeit bei uns einziehst.« Er hat einen Trenchcoat gefunden, schlüpft hinein. »Unsere große Tochter hält nichts davon, dass auch Eltern sich ab und an eine neue Spielwiese suchen dürfen.«

»Ach was. Paula findet Ellens Musik cool. Nur, dass ihre Mutter plötzlich Teenierollen besetzt, ist seltsam für sie. Instagram, Nagellack, knallrote Lippen. Und gestern Glitzerwimperntusche, als sie von diesem Fototermin nach Hause kam.«

»Oha. Daran muss ich mich auch erst wieder gewöhnen.« Gregor schüttelt den Kopf. Dann schreibt er mit Kreide ein paar Notizen an die Tafel neben der Eingangstür. Die interne Poststelle der Familie Anselm.

Jules AG Schrottbasteln fällt aus.

Jule, 14 Uhr Augenarzt!

»Wenn du Ellen nachher siehst, erinnere sie ruhig an den Arzttermin. Wir haben beide so viel um die Ohren, wir kommunizieren nur noch über Flaschenpost.«

Paulas Zimmertür schwingt auf, ihr Gesicht erscheint im Türrahmen, sie hat ein explodiertes Wollknäuel auf dem Kopf. »Marianne, ist Papa endlich weg? Ich krieg's nicht hin. Machst du mir meinen Messi neu?«

»Paula, ich stehe direkt hinter dir, was für ein Messi?«

Paula wendet sich ihrem Vater zu. »*Das hier!*«, schnaubt sie und rupft an ihren Haaren herum. »*Auf dem Kopf, was so kacke aussieht.*« Sie verdreht die Augen und zieht die Tür wieder zu.

Gregor schüttelt den Kopf. Ein Pullover verschwindet

in seiner Tasche, eine glitzernde Brotdose mit zwei weiteren Muffins von Jule. Dann wirft er einen Blick in den Flurspiegel. »Ich weiß gar nicht, was Paula hat. Ich finde, meine Frauen werden immer schöner, nur ich bleiche aus. Hoffentlich nur äußerlich. «

»Definitiv nur äußerlich«, sage ich. Und als er aus der Tür geschlüpft ist und bereits die Treppenstufen herunterspringt, rufe ich hinterher: »Und das macht euch Männer nicht alt, sondern seriös!«

»Die Zeiten sind vorbei, Marianne. *Leider!* Ich armer alter weißer Mann!«

Kaum ist die Tür ins Schloss gefallen, schießt Paula erneut aus ihrem Zimmer. Sie zieht mich vor den Flurspiegel und drückt mir eine Ladung Spangen und Gummis in die Hand. »Marianne, der Messy wie auf dem Foto«, sprudelt sie los. »Ganz locker. Ein paar Strähnen rauszupfen, aber nicht so viele. Ein bisschen schräg zur Seite, aber nicht ganz. Dann ziehe ich Mamas Glitzertop an, dann mache ich ein Foto, dann poste ich das, dann …«

»Geht es heute Abend trotzdem früher ins Bett«, unterbreche ich ihren Redefluss. »Ich muss deine gestresste Mama auch mal ein bisschen verwöhnen.«

Paula wirft mir durch den Spiegel einen fassungslosen Blick zu. Wie ich ihr mit diesen Nichtigkeiten kommen kann, wo es um Leben und Tod geht. Ich verstecke mein Schmunzeln hinter ihrem explodierten Haarknoten und löse ihn gleichzeitig langsam auf.

Es ist nicht ohne Ironie, dass ich bei meinem Oma-Einsatz in Ellens Familie auf eine Paula stoße, die sehr ähnliche Kämpfe mit sich und ihrem Körper ausficht wie ich in den letzten Wochen.

Paula hat im letzten Jahr einen ordentlichen Schuss gemacht. Ein schlaksiger Körper mit riesigen Füßen. An Armen und Beinen breitet sich ein feiner dunkler Haarflaum aus, den sie misstrauisch beäugt und kommentiert. Wächst da eine junge, hübsche Frau aus ihr heraus oder doch eher ein haariges Alien? Sicher ist sie sich nicht. Der Flurspiegel vor uns ist eine heilige Pilgerstätte, von der sie sich tiefere Einsichten erhofft. Und Opfergaben darbringt! Smokey Eyes, lackierte Nägel, bauchfreie Tops, Ellens Pumps, Ellens Glitzeroberteile. Aktuell: einen Witwe-Bolte-Haarknoten. Der jedoch seit meiner Zeit ein schillerndes Revival erfahren hat. Bei Paula heißt er *Messy Bun*. Und sie misst ihm so viel Bedeutung zu, dass man ihn auch getrost in *Messias Bun* umtaufen könnte.

»*Nicht so glatt kämmen!*«, stößt sie hervor. Ich habe den alten Knoten aufgelöst und bürste ihre Haare. Paula überwacht jede Handbewegung mit Argusaugen. Ich konzentriere mich. Ob dieser Tag friedvoll ausklingt oder nicht, ist eng mit dem Gelingen der Messy-Bun-Mission verknüpft.

Genau wie bei mir hängt auch Paulas Seelenfrieden gerade an extrem dünnem Faden. Ein falscher Blick, ein falsches Schmunzeln, eine Geste, die missverstanden werden kann, reichen aus, um ihn zerreißen zu lassen. Heute Morgen ein unbedarfter Satz ihrer kleinen Schwester: »Marianne, guck mal, Paula hat Arme wie ein Gorilla, die kann 'ne Banane aufheben, ohne sich zu bücken.«

Ratsch!

Paula und Jule waren kurz davor, zur Schule aufzubrechen, sie standen exakt da, wo wir jetzt stehen. Zwischen Wohnungstür und Flurspiegel. Paula schlüpfte in eine Strickjacke und verharrte in ihrer Bewegung. Sie blickte Jule an, dann an sich herab – warf dem ollen Spiegel den verzweifeltsten und längsten Blick zu. Dann schleuderte sie Jule die Strickjacke vor die Füße und verschwand türenknallend in ihrem Zimmer.

ICH HASSE MEINEN LANGEN-LULATSCH-KÖRPER!

UND MEIN LEBEN!

ICH KOMME NIE WIEDER RAUS!

Böhm hat in den letzten Wochen wirklich sehr ähnliche Sätze von mir zu hören bekommen. Wenn man *lang* und *Lulatsch* durch *alt* und *abgeraucht* ersetzt, waren sie nahezu identisch.

Jule musste sich alleine auf den Schulweg machen. Ich habe mich vor Paulas Zimmertür postiert. Die ersten Minuten stehend. Dann auf einem Klappstuhl in ihrem Türrahmen, denn eine Weinattacke jagte die nächste. Die erste Schulstunde war längst verstrichen, da schniefte sie hinter ihrer Tür hervor:»Marianne, warum muss ich eigentlich erwachsen werden? Warum bin ich nicht die Kleine, wie Jule? Ich will auch die Kleine sein.«

»Du willst mit Strümpfen sprechen und Peppa-Wutz-Schlafanzüge anziehen?«

»Nee.«

»Feenpartys schmeißen als Emmelie Erdbeerbrause?«

»Nee.«

»Zwischen hundert Stofftieren schlafen?«

»Manchmaaal.« Wieder heftiges Schluchzen auf der anderen Seite der Tür. Mir wurde in diesem Moment klar, dass Paulas Angst nicht nur darin bestand, vernünftig in ihren erwachsenen Körper hineinzuwachsen, sondern auch darin, ihren Kinderkörper zu verlieren. Ihren Kindskopf. Ihre Kinderunabhängigkeit. Ihre Kindergemütlichkeit. Wie lange bekommt man noch knatternde Pupsküsse auf den Bauch? Darf man als langer Lulatsch mit Tattoo auf der Schulter mit seinen Eltern kuscheln? Ich kenne kaum eine Familie, in der so ausgiebig gekuschelt wird wie bei den Anselms. Überhaupt kuschelt man heute viel mehr als in meiner Kindheit. Aber natürlich verändern sich Zärtlichkeiten mit der Zeit. Man schließt eine Vierzehnjährige nicht auf die gleiche Weise in die Arme wie eine Fünfjährige. Wie eine Neunjährige. Wie eine Fünfzigjährige. Wie eine Achtzigjährige.

Was kommt? Was bleibt? Was geht für immer verloren? Fragen, die sich bei jedem Umbruch in eine neue Lebensphase stellen. Sie rumoren im Hintergrund herum und können selbst alten Streitrössern wie mir einen rutschigen Untergrund verschaffen. Ich kann mir diese Fragen leichter ins Bewusstsein holen als Paula und dadurch besser Antworten finden. Trotzdem bleiben auch für uns Alte genug Unsicherheiten übrig. Zumal wir uns ja genau genommen nicht mit einem Umbruch, sondern vielmehr mit einem Abbruch arrangieren müssen.

»Marianne, kuschelst du noch?«, kam Paulas leises Stimmchen hinter der Tür hervor.

»Na klar.«

»Mit Böhm?«

»Mit Böhm. Mit euch. Manchmal mit deiner Mutter. Mit anderen Freundinnen. Und jede Nacht mit meinen vielen Kuscheltieren.«

Paula lachte. Ab da gelang es mir, ihren Untergrund wieder trittfester zu machen. Zumindest für den Vormittag. Wir lästerten ein bisschen über ihre kleine Schwester, planten einen Streich im Schlafzimmer ihrer Eltern. Da stand ihre Zimmertür schon wieder offen. Paula hatte sich umgezogen, gelbe Latzhose und rote Socken. Sie las mir einen kurzen, lustigen Dialog vor, den sie für ihre Theater-AG geschrieben hatte. Dann konnte sie gar nicht schnell genug zur Schule aufbrechen. Dritte Stunde Ethik bei ihrer Lieblingslehrerin.

»Marianne? Soll ich einen BH unter Mamas Glitzertop anziehen?«, ruft Paula jetzt. Mir flutscht das Haargummi aus der Hand, als sie sich zu mir umdreht. »Lotte macht all ihre Posts im BH. Obwohl sie auch noch keine Brüste hat. Manchmal sieht man Dellen.«

»Wo?«

»In ihren Brüsten.«

»Aha. Heb mal das Gummi für mich auf, und halt still.«

»Lotte, Adele, Frieda und Simla haben alle schon echte

Brüste«, zählt Paula auf. »Kennst du Mädchen, die keinen Busen bekommen haben?«

»Ich, zum Beispiel. Ich stopfe meine BHs heute noch aus.«

Noch etwas habe ich in Paulas Gegenwart verstanden. Beim Älterwerden arbeitet sich immer gleich die ganze Generation an ähnlichen Unsicherheiten ab. Der Alltag ist übervoll davon. Paulas Geschichten aus der Schule handeln von Simlas erster Periode, uralten Kindergartenfreunden im Stimmbruch. Sie berichtet vom süßen Pepe aus der Theater-AG, mit dem alle befreundet sein wollten, bis er sich im letzten halben Jahr in den pickligen Pepe verwandelt hat.

In unserem Seniorenalltag dreht sich viel zu viel um körperliche Zipperlein: Böhm beim Orthopäden, ich bei der Fußpflege. Böhm beim Hüftspezialisten, ich beim Urologen. Böhm in den Fängen seiner neuen Chiropraktikerin, ich in den Fängen des Internets, das über Demenz und löchrige Köpfe noch mehr zu wissen scheint als alle Neurologen dieses Landes.

Auch da muss man sehr bewusst gegensteuern.

»Soooo«, sage ich und bringe Paulas heiligen Haarknoten zur Vollendung. »Was sagst du nun zu deinem Dutt?«

Paula mustert sich kritisch von links und rechts, zupft sich ein paar Strähnen in die Stirn. Ihr scheint zu gefallen, was sie sieht. Ich betrachte uns beide im Spiegel. Junges Mädchen. Altes Mädchen. Ich kann meinen Anblick jetzt auch wieder genießen. Ich rassele mit meinen bunten Armreifen und zupfe an meiner Bluse, die eine fesche Bluse ist. Zu Hause habe ich einen großen Bogen um diese dünkelhaften Scheiben gemacht, beim Älterwerden zeigen sie nur den Verlust, mit pingeliger Akribie. Die vielen bunten Schleifen, die unsere Persönlichkeit dazugewinnt, verschweigen sie kackfrech.

»*Cool, Marianne. Sauuuuu-cool!*«, ruft Paula und hüpft einmal um mich herum. Dann zieht sie mich vom Spiegel weg in ihr Zimmer, wo ich mit ihr zusammen Glitzeroberteile aussuchen soll.

Für uns Alte ist es viel entscheidender, sich in den Augen unserer Mitmenschen zu spiegeln. Ellens fantastischen Rotzgören kommt ja gar nicht in den Sinn, eine alte Schachtel in mir zu sehen. Hier bin ich Messy-Bun-Profi. Kitzelkönigin. Pokerface. Quatschgurke. Zahnbürstenschreck. Pfannkuchenprofi. *Und Geheimnisträgerin!* Ich weiß als Einzige, dass Paula sich ein Tattoo hat stechen lassen.

Paula schlüpft in ein grünes Glitzertop und fabriziert kurz darauf einen Instagrampost, der ihr sofort zehn Likes ihrer besten Freundinnen einbringt. Nebst einem Kommentar vom pickligen Pepe, für den er dann doch wieder »*totaaaaal süüüß*« gefunden wird.

Bis zum Abend ist Paula so gut drauf, dass sie ihrer kleinen Schwester und mir überall zur Hand geht. Gästezimmer aufräumen. Pfannkuchen backen. Mit Jule eine lange Fähnchengirlande basteln. »Marianne, du willst doch in Ruhe mit Mama quatschen«, flüstert sie mir zu, als ich im Gästezimmer schon meine Sachen zusammenpacke. »Ich könnte Jule ins Bett bringen.«

So geschieht es. Und als ich Paula erinnern will, dass

auch für sie langsam Zapfenstreich ist, finde ich sie schlafend im Bett ihrer kleinen Schwester vor. Umgeben von hundert Kuscheltieren, in einem Frottee-Schlafanzug, der in den Kniekehlen endet. Wenn es gut zwischen den Geschwistern läuft, kann Paula ihren inneren Zwist bei Jule am besten versöhnen. In ihrer Gegenwart ist sie beides in einem: coole Große *und* lustiger Kindskopf.

Plopp! Ellen kommt, als ich gerade die gekühlte Weinflasche entkorke. Aber sie entschwindet noch mal kurz in den hinteren Teil der Wohnung, um nach ihren schlafenden Kindern zu sehen und aus ihrem Lederrock zu schlüpfen.

Obwohl die Tage so gut gelaufen sind, habe ich mir fest vorgenommen, ihr endlich von meinen seltsamen Aussetzern zu erzählen. Jetzt habe ich den Mumm dazu. Und es kann gar nicht genug Menschen geben, die einen in unsicheren Zeiten ins Leben zurückschubsen.

Ich nehme zwei Weingläser aus dem Regal und bleibe an dem kleinen Holztisch darunter stehen. Ellens *Katzentisch*. Hier liegt auch ein Stapel Fotos aus Ellens alten Bandtagen. Jenen Anfangsjahren ihrer Musikkarriere, in denen mein Sohn noch Teil von Monsters in the Floor war.

Was ihn angeht, hat Ellen mich in den vergangenen Jahren auch immer wieder schubsen müssen. Zu Lebzeiten und weit über seinen Tod hinaus. Ich schiebe den Fotostapel auseinander und betrachte einen Schnappschuss, auf dem Ellen und Jonas kopfüber aus ihrem Tourbus hängen. Sie strahlen in die Kamera, als hätten sie etwas ausgefressen.

Ich musste viel an Jonas denken in den letzten Tagen. Er war nur wenig älter als Paula, als er von zu Hause fortlief. Seine Stimme hatte sich gerade drei Oktaven tiefer eingependelt, aber Jonas wartete noch vergeblich auf einen Wachstumsschub. Im Türrahmen seines Zimmers gab es Bleistiftmarkierungen, die anzeigten, was sich in dieser Hinsicht tat: Jonas – 1,49 m, Jonas – 1,50 m … 1,56 m war der letzte Eintrag. Ich sehe ihn noch vor mir. Als ich wieder an seinem Leben teilnehmen durfte, war er zwei Köpfe größer als ich. Auf dem Türrahmen wäre das nur eine kleine weiße Fläche gewesen, die wenig darüber aussagt, was ich in seinem Leben alles verpasst habe.

Ellen steht im Wohnzimmer, jetzt in Schlabberpulli und Jeans und tippt etwas in ihr Handy. Sie lächelt mich entschuldigend an. Sie war die Erste, die sich dafür eingesetzt hat, dass Jonas und ich uns wieder annähern konnten. Als sie mit ihm zusammen war, bekamen unsere Treffen einen Raum, in dem wir nicht immer nur über Altlasten stolpern mussten. Wir konnten die Menschen sein, die wir inzwischen geworden waren. Ich hätte Ellen längst in mein Kopfschlamassel einweihen sollen.

»Marianne, du hättest mich vorwarnen müssen«, seufzt sie, als wir uns kurz darauf auf dem Balkon in unsere Korbstühle sinken lassen.

»Vor was?«

»Dass man in meinem Alter noch so ein überforderter, planloser Vollpfosten ist.«

»Habe ich immer.«

»Nicht entschieden genug.« Ellen gießt Wein ein, hält eine kleine Lobrede auf meine Quiche und den hübsch gedeckten Tisch und kehrt zum Thema zurück: »War das Versprechen des Alters nicht, dass man zumindest ein bisschen schlauer ist als die vielen jungen Krümel um einen herum?«

»Na ja, man ist schon schlauer. Aber man benutzt es viel zu selten.«

Wir müssen beide lachen. Obwohl das schon ein ganz guter Übergang wäre, schwappt in den nächsten Minuten ein Thema ins nächste. Ellen und ich haben uns so lange nicht mehr ausgiebig unterhalten.

Ich erzähle ihr von den vielen Abenteuern mit ihren Töchtern und anschließend von meinem kleinen Synchronsprecherjob in der nächsten Woche. Ellen berichtet von ihrem Comeback, das sich bisher nicht so entwickelt hat wie erhofft. Ich frage mich nicht zum ersten Mal, ob sie nicht ohnehin etwas anderes vermisst. Mehr kreativen Freiraum für sich, nicht die nächste Maschine, die am Laufen gehalten werden muss. Die schelmische Ellen von den Fotos kann sich darin auch nicht austoben.

Doch als unsere Mägen von Käse und Quiche angenehm gefüllt sind und die Weinflasche leerer und leerer wird, habe ich immer noch keinen Anfang gefunden. Stattdessen schneide ich selbst eine neue Geschichte nach der nächsten an. Und langsam beschleicht mich das Gefühl, dass ich mich doch nicht traue, von meinen Aussetzern zu berichten. »Übrigens hat Johannas Vater mich gestern angerufen«, höre ich mich sagen und bringe wieder ein Thema aufs Tapet, das sich nicht in zwei Sätzen abhandeln lässt.

»Ach ja?«

»Für seine Verhältnisse war er richtig aufgelöst.«

»Weil er einfach nicht versteht, warum das Projekt Tochter immer wieder gegen die Wand fährt, wo er so viel investiert. Dieser Mann trifft in Sekundenschnelle Entscheidungen, an denen abertausend Angestellte hängen, und dann sitzt er neben seiner durchgedrehten Tochter, und nichts davon zieht. Muss sich gruselig anfühlen.«

»In die Klinik hat er es trotzdem noch nicht geschafft.«

»Warum auch? Johanna ist noch nicht ansprechbar.« Ellen schnaubt in ihr Weinglas. »Aus seiner Sicht wäre das Zeitverschwendung. Dass solche Typen niemanden haben, von dem sie sich etwas sagen lassen, ist das Schlimmste. Man braucht andere Menschen, die einem den Kopf zurechtrücken.«

Ich blicke Ellen an und denke, damit hat sie mir doch wirklich ein schönes Stichwort geliefert. Endlich gebe ich mir einen Ruck. Lege mir eine Einleitung zurecht und falle Ellen damit ins Wort. Sie wollte auch noch etwas sagen.

»Entschuldige«, sage ich.

Wir sehen uns grinsend an. Ich gieße mir Wasser ein und verschütte ein bisschen auf die Tischplatte. Ellen greift nach einem Messer und spießt Käse auf.

»Nicht so wichtig«, sagt sie nach einer Weile, lässt den Käse im Mund verschwinden und wischt meinen Wasserfleck mit ihrem Pulliärmel vom Tisch.

Es entsteht eine kurze Pause, in der wir beide in unsere Gläser schauen. Dann fügt Ellen etwas unvermittelt hinzu: »Kein Platz für schrullige Geständnisse an so einem saunetten Abend.« Sie grinst wieder.

Ich sehe sie an und verstehe, dass sie ebenfalls etwas auf dem Herzen hatte. Aber offenbar ist die Gelegenheit verstrichen. Für uns beide. Obwohl ich wenige Minuten zuvor noch etwas völlig anderes gedacht und gewollt habe, spüre ich Erleichterung aufsteigen. *Es ist ein saunetter Abend!* Es waren *saunette* Tage. Mir ist nicht mal ein Milchtopf angebrannt. Mein Kopf schnurrt wie ein fein geschmiertes Uhrwerk, wozu soll ich Ellen beunruhigen.

Als sie mir wenig später vorschlägt, ins Wohnzimmer zu gehen und ein paar alte Lieder von Monsters in the Floor aufzulegen, stimme ich sofort zu. Eine Lieblingsballade hören wir uns zwei Mal an. Text und Musik von meinem Sohn, Ellen mit rauchiger Stimme. Wunderschön.

»Ich vermisse Jonas«, sagt sie. »Vielleicht war er doch das Herz unserer Band.«

Es ist fast Mitternacht, als ich mir ein Taxi bestelle. Ich könnte noch eine vierte Nacht bleiben. Doch jetzt zieht es mich zurück in meine kleine, vollgekruschelte Schlafkammer. Morgen früh sind Böhm und ich bei Freunden zum Frühstück eingeladen. Freddy bringt Johannas kleinen Kläffer vorbei, wir müssen Philipps Konfirmationsgeschenk abholen. Schon nächste Woche bin ich im Studio und spreche die alte Gorilladame ein. Meine Gedanken eilen wieder voraus. Das ist das schönste Geschenk der vergangenen Tage.

Wie immer steige ich am Savignyplatz aus und gehe die letzten Meter zu Fuß. Der Bürgersteig beleuchtet von alten Gaslaternen. Es gibt nur noch eine Handvoll in Berlin. Ich summe die Melodie der Ballade vor mich hin und denke an meinen Sohn. Er wäre im Mai vierundfünfzig geworden. Was für ein Verhältnis hätten wir? Wäre er mit Luise verheiratet? Ich versuche, mir vorzustellen, wie Jonas heute aussehen würde. Habe ich seine Stimme noch im Ohr? Sein Lachen? Und dann verlaufe ich mich.

Ich biege um die nächste Ecke, und mit einem Mal kommt mir die Umgebung ganz unvertraut vor. Der Jugendstilbau zu meiner Linken sagt mir nichts. Der Platz mit dem schmiedeeisernen Zaun. Der Neubau auf der anderen Straßenseite. Hitze schießt mir in die Wangen. Aber ich bleibe nicht stehen, meine Beine haben den Heimweg sicher besser abgespeichert. Doch an der nächsten Straßenecke weiß ich gar nicht mehr weiter. Die Buchstaben auf dem Schild über mir sind schwarze bucklige Männchen, ihre Formen ergeben keinen Sinn. Ich laufe trotzdem weiter, nichts weckt meine Erinnerung. Nichts stößt sie an. Nichts verfängt. Ein Stadtteil, in dem ich ein halbes Jahrhundert zu Hause bin, und mein alter Kopf tut so, als wäre ich nie zuvor hier gewesen. Klipp. Klipp. Klipp. Und in den Gaslaternen über mir verlischt der Reihe nach das goldgelbe Licht.

ELLEN

»Charity, von wegen Charity. Entweder es taugt zu Marketingzwecken, oder es ist Selbstbetrug«, sagt Hagen und kurbelt die Scheibe seines alten cremeweißen Audis herunter. »Damit graben wir uns selbst das Wasser ab. Aber alle lassen sich bei ihren Eiern packen und halten es für den neuesten heißen Scheiß.«

»Ja, klar«, sage ich.

»Die fühlen sich wie UNESCO-Botschafter. Licht, Fox, Maffay … Es ist lächerlich. Lindenberg hat das zu einer anderen Zeit gemacht.« Ich nicke. »Pop ist Populismus. So ist es nun mal. Da kann man nicht versuchen, gleichzeitig Weltverbesserer zu sein.«

Ich nicke wieder.

Es ist einer dieser Hagen-Vorträge, aus denen sich mitunter viel Wissenswertes ziehen lässt, aber als Zuhörer ist man völlig austauschbar. Erwiderungen machen keinen Sinn. Widerspruch ist zwecklos. Nur freundliches Nicken ist erlaubt. *Mansplaining at his best.*

»Hagen, wieso kurbelst du die Scheibe runter?«, kommt es von der Rückbank. »Draußen ist Winter.«

»Es ist Anfang Juli, und die Sonne scheint.«

Hagens Assistentin Bettina stöhnt leise. Aber sie hat sich nicht ohne Grund auf die Rückbank verzogen. Sie will eine Weile unsichtbar sein, und ich gönne ihr das aus vollem Herzen.

Hinter uns liegen zwei anstrengende Studiotage. Wir haben ein Lied abgemischt, von dem Hagen behauptet: »Ellen, das ist ein Song mit echtem Hitpotenzial! Große Gefühle, klein verpackt. Dazu diese schwebende Atmosphäre, fast religiös. Jonas würde es lieben.«

Als ich mir den Mix vor zwei Tagen das erste Mal angehört habe, blieb mir glatt die Spucke weg. Ich habe meine eigene Stimme gar nicht wiedererkannt. Das Schlagzeug schepperte sich durch die Strophen, als würde Peter im Besteckkasten wühlen. Am Ende ein Flügelhornsolo wie aus der Seifenoper.

Es ist ein alter Song von Jonas, aber davon ist nichts mehr zu erkennen. Hagen findet: »Ein Mix voll auf die Zwölf!« Angeblich die Art von atmosphärischem Brei, der gerade voll durch die Decke geht. Was für mich leblos und absolut austauschbar klingt, findet Hagen warmherzig und spirituell. »Ellen, es gibt ein Mainstream-Ohr! Für dieses Ohr müssen wir produzieren. Und da gibt es nun mal bestimmte Soundschablonen, die angewandt werden müssen.«

Früher wären wir mit Hagen niemals in solche Auseinandersetzungen geraten. Früher haben Jonas und ich unsere Lieder fertig produziert. *Unser* Ohr war entscheidend! *Unsere* musikalische Vision! Auch Jonas und ich haben viel diskutiert, aber am Ende kam immer ein besserer Song heraus.

In den letzten Tagen habe ich Mariannes Sohn hundert Stoßgebete in den Himmel geschickt. Ich habe ihn angefleht, wenigstens unseren alten Drummer Peter zum Schweigen zu bringen, denn aus unerfindlichen Gründen findet auch er den Mix fantastisch.

Peter hat meine Stimme mit flüssigem Silber verglichen: »Ellen, deine Stimme klingt wie flüssiges Silber!«

Ich stehe mit dem Rücken zur Wand.

Um ein bisschen Ruhe vor Hagens wortgewaltigen Vorträgen zu haben, wollte ich hinten auf der Rückbank Platz nehmen, aber Bettina war schneller.

Vielleicht wäre ich besser in die S-Bahn gestiegen? Aber Hagen hätte es als Flucht gedeutet. Womit ich meine Verhandlungsposition in den nächsten Tagen geschwächt hätte.

»Ellen, ich kann dich auch direkt hinbringen.«

»Wedding. S-Bahn, ist gut.«

»Was willst du eigentlich im Wedding?«

Eins, zwei, drei … Hagen nimmt seinen Vortrag wieder auf. Ich muss die Frage nicht beantworten.

Das Angenehme an Männern wie Hagen ist, dass sie in ihrer Selbstbezogenheit so wunderbar berechenbar sind. Umso frustrierender, dass ich es nicht besser für mich nutzen kann. Dass selbst ich mit meinem ausgebufften Psychologinnenbesteck und ausreichend Selbstbewusstsein bei Auseinandersetzungen mit Hagen keinen Fuß auf den Boden bekomme. Streckenweise habe ich mich wie ein weinerlicher Teenie angehört: »Hagen, ich fühle mich einfach nicht wohl mit dem Lied ... «

»Ellen? *Du fühlst dich nicht wohl?* So einen Befindlichkeitsquatsch hätte ich von dir nicht erwartet.«

Nur, warum darf ich eigentlich nicht befindlich klingen? Warum habe ich überhaupt nur eine Chance in dieser Auseinandersetzung, wenn ich so stur, polterig, eindimensional und kampfeslüstern denke wie Hagen? Ich will nicht in den Kampf ziehen. Mir geht es nicht ums Gewinnen, mir geht es um einen besseren Song. Mir geht es um eine eigene Handschrift, um ein authentisches Gefühl, mir geht es um den roten Faden zwischen unseren Liedern, mir geht es um unsere alte Band-Geschichte – *mir geht es um so viel!!!*

Alles zu kompliziert für Hagen. Hagen will den Hit! Hagen will den Sieg. Er will auch keine Argumente. Argumente sind was für Weicheier. Nachdenklichkeit ist Unsicherheit. Unsicherheit ist Schwäche. Schwache werden plattgemacht. Und so fühle ich mich: plattgemacht.

Ich habe für heute eingelenkt, weil mir die Ohren rauschen. Weil ich einen Moment verschnaufen muss – und dann setzen wir Frauen uns für einen winzigen Moment auf die Rückbank, und, *zack,* schon ist die Butter vom Brot.

»Alibiveranstaltungen sind das, Ellen«, schnauft Hagen. »Mutzke, Herre, Clueso, was wollen sie damit erreichen?«

Ich begreife, dass auch diese Autoansprache zu seiner Manipulationsshow gehört. Er gibt den erfolgreichen Produzenten mit Durchblick, dem ich mich endlich blind und blöde ausliefern soll.

Hagen setzt den Blinker. Ich konzentriere mich auf das gleichmäßige Klackern.

Klick, klack, klick, klack.

Selbst dieser schlichte Blinkersound scheint mir mehr Tiefe und Eigenständigkeit zu besitzen als der beknackte Mix von unserem Lied.

Klick, klack, klick, klack.

Leider werde ich heute Abend noch mehr beknackte Musik über mich ergehen lassen müssen. Ich bin auf dem Weg zu Marek. Er legt in einem Club auf und löchert mich seit Tagen, dass ich ihn unbedingt besuchen muss. Diese DJ-Sache ist ihm sehr wichtig.

Gregor ist mit den Kindern eine Woche an der Ostsee, erste Woche Sommerferien. Ehe wir zusammen in den Urlaub fahren, teilen wir uns die Wochen auf. Weil wir beide so viel zu tun haben. Und in meiner völlig verdrehten Moralwelt kam es mir falsch vor, eine Verabredung mit Marek abzusagen, die endlich mal ohne Lügen und heimliche Absprachen auskommt.

Absolut verdreht! Auch meiner Familie gegenüber. In diesem Zusammenhang ist mir ein Wort aus Hagens Redeschwall im Kopf hängen geblieben: *Alibiveranstaltung.*

Damit kenne ich mich auch gerade sehr gut aus.

Alles, was ich in meiner Familie tue, kommt mir vor wie eine Alibiveranstaltung. Selbst Sachen, die ich noch vor wenigen Monaten mit absolutem inneren Frieden verrichtet habe, fühlen sie sich jetzt klebrig an. Hinterhältig. Wie ein gut eingeübtes Gangsterstück.

Der gestrige Spieleabend, zum Beispiel. Spieleabende haben in unserer Familie viel von Familiengottesdiensten einer verrückten Freikirche. Wir sind alle echte Freaks. Jule wusste schon mit sechs Jahren, was eine Dulle ist, und wenn Paula ihr Pokerface aufsetzt, könnte sie Al Capone austricksen.

Es kommt selten vor, aber gestern Abend hatte Paula trotzdem keine Lust, sich mit ihrer Familie für ein paar Runden Doppelkopf am Wohnzimmertisch zu versammeln. Sie wollte lieber in ihrem Zimmer herumliegen und Smileys durch die Welt schicken. Schon in der Art, wie ich sie überredet habe, lag so viel überhöhtes Pathos, so viel giggelnde Fröhlichkeit, dass ich durchgeschwitzte Achseln hatte, als wir endlich alle am Tisch saßen. Der Schnittchenteller war größer als je zuvor, die Süßigkeitenschüsseln quollen förmlich über. Für Gregor und mich gab es Käse und Wein, und mit meinen vielen Liebkosungen bin ich ihm bestimmt auf den Keks gegangen.

Ich kam mir vor wie Luise, die das große Glück ihrer Familie wie einen überfüllten Bauchladen vor sich herträgt. Dabei bin ich, genau genommen, noch schlimmer als Luise, denn ich erkenne, dass ich Theater spiele. Ich nehme die verdutzten bis genervten Reaktionen meiner Umwelt deutlich wahr und mache trotzdem weiter. Ich mache immer weiter, immer weiter. Mit so viel Blödsinn. In so vielen Lebensbereichen. Und jetzt auch noch dieser schmierige Song.

Ich versuche, den Gedanken abzuwürgen, aber dann ist er doch in meinem Kopf: Selbst wenn ich mit Gregor schlafe, ist es nur eine Showeinlage. Das ist die schlimmste und schockierendste Entwicklung der letzten Wochen. Zumal ich absolut nicht damit gerechnet habe. Gregor und ich waren immer gut darin, uns als Liebespaar neu zu erfinden.

Seit ein paar Tagen muss ich mich zwingen, mein Gesicht nicht wegzudrehen, wenn er mich küssen will. »Ha, ha, Gregor … oh, Entschuldigung, ich dachte, ich höre Jule rufen.« Und weil ich mich so dafür schäme – gleich im Anschluss wieder ganz viel überdrehtes Pathos! Umarmungen, neckisches Zwicken und Zwacken, gegurrte Koseworte. Durchgeschwitzte Achseln.

Vor ein paar Tagen stand Gregor nackt bei uns im Schlafzimmer, suchte nach einem Unterhemd, und ich taxierte seinen Körper wie eine alte Puffmutter. Mein Blick streifte seinen winzigen Bauchansatz, die leicht eingesackten Schultern, seinen Hintern, der immer noch ein fantastischer Hintern ist, aber natürlich nicht zu vergleichen mit dem eines Neunundzwanzigjährigen. Dann schob sich Mareks ganzer Körper ins Bild. Ich ließ Schultern, Beine, Brust, Hals, die Beschaffenheit der Haut miteinander konkurrieren und verteilte A-, B-, C- und D-Noten.

Dabei sieht Gregor fantastisch aus für sein Alter. Er hat immer noch diese vollen, struppigen Haare. Er hat die lebendigsten Augen der Welt, er hat unglaublich schöne Hände … Gregor könnte sich ebenfalls problemlos jüngere Liebhaberinnen nehmen. Ich bekomme oft mit, wie er von jungen Lehrerinnen angehimmelt wird. Was sie alles anstellen, um die Aufmerksamkeit seiner blitzenden Koboldaugen zu erringen. Die blutjunge Soziologieprofessorin aus Zürich, die Gregor schon das dritte Mal als Gastdozent eingeladen hat. Ohne Hintergedanken?

Was habe ich mich noch vor Kurzem über die ganzen alten Säcke aufgeregt, die ihre reifen Frauen mit despektierlichen Blicken und verächtlichen Kommentaren versehen. Heimlich und auch ganz offensichtlich. Ich bin schier ausgeflippt, als Hagen letztens meinte: »Ellen, lass uns über deine jungen Background-Sängerinnen nachdenken. Im Scheinwerferlicht wirkst du neben ihnen doch ein bisschen welk.« Überhaupt, Hagens abfällige Bemerkungen über alle Frauen, die nicht mehr ganz so frisch aussehen wie seine Twenty-Something-Gespielinnen aus den letzten Jahren.

Ich bin auch *in dieser Sache* viel schlimmer: Ich taxiere Menschen, die ich liebe.

Ich bin schlimmer als Hagen! Schlimmer als Luise! Ich bin wahrscheinlich sogar noch durchgeknallter als Johanna, die ihr Glück zu Schutt und Asche haut, ohne Sinn und Verstand. Weil es das Einzige ist, was sie richtig gut kann.

Ich kann viele andere Sachen! Eigentlich. Nur gerade sind jahrelanges Studium, schlaue Theorien, Erfahrung und psychologische Erkenntnisse Schall und Rauch.

Wir Menschen wollen Liebe und Aufmerksamkeit, dafür ist uns jedes Mittel recht. In jedem von uns steckt ein verdammter Triebtäter, er muss nur richtig getriggert werden.

Hagen wirft mir einen alarmierten Blick zu. Habe ich das letzte Wort laut gesagt?

»*Triebtäter?* Ellen, ich kämpfe hier für *euren* Erfolg, und du wirfst mir so was an den Kopf?« Er ist wütend. »Es geht hier ganz sicher nicht um niedere Instinkte. Die Musikbranche hat ihre Gesetzmäßigkeiten, und die kenne ich einfach besser als du. Als ihr aufgehört habt, war das Lummerland – jetzt ist es eine Raubtierarena. Aber wenn du den Song partout noch mal neu einsingen willst …«

Ich wollte das Lied nie neu einsingen. Hagen legt es sich so zurecht, wie er es braucht, das gehört auch zu seiner Erfolgsstrategie. »Hagen, spar dir deine Almosen. Ich will das Lied nicht neu einsingen. Ich habe es super eingesungen. Ihr müsst nur die beschissenen Kompressoren und Effekte rausnehmen. Ich will meine eigene Stimme hören. Ich klinge wie eine vollgedröhnte Sexpuppe.«

Hagen seufzt. Bettina schnarcht. Ich schaue wieder aus dem Fenster, diese Diskussion dreht sich schon den ganzen Tag im Kreis. Ich muss unbedingt aus diesem Auto raus.

Am liebsten würde ich nach Hause fahren. Nach diesem langen, nervigen Tag einfach nur in eine dampfende Schaumbadewanne gleiten. Dazu dringend intelligente, ausgefeilte Musik, in die kluge, empfindsame Menschen ihre ganze Schaffenskraft und Seele gelegt haben. Das alles in einer leeren Wohnung, wie lange hatte ich das schon nicht mehr.

»Ellen, ich halte nach der Baustelle dahinten. Oder soll ich wenden und dich direkt am S-Bahnhof absetzen?«

»Nee, passt so. Super. Danke.«

Ich ziehe meine Tasche aus dem Fußraum und mein Handy aus der Tasche. Marek fragt schon, wo ich bleibe. Er steht bereits hinter seinem DJ-Pult. Er hat Selfies von sich angehängt. Ich sehe Haare und einen riesigen Kopfhörer.

Als Hagen seinen Wagen angehalten hat, sieht er mich an. Natürlich erwartet er noch irgendetwas Einlenkendes. Das ist er so von mir gewohnt. Aber ich will nicht. Ich sage: »Alles klar, Herr Kommissar!« und steige aus dem Auto.

Kaum stehe ich auf der Straße, schlage ich die Tür mit so viel Schwung zu, dass Bettina auf der Rückbank hochschreckt. Ich kreise im Moment auch sehr dicht um mich selbst.

Es dauert eine Weile, ehe ich den Club finde, der sich im dritten Hinterhof eines großen, alten Backsteinkomplexes befindet. Offenbar war es ursprünglich eine alte Schnapsfabrik. *Klärchens Bester* lese ich auf einem abgeblätterten Schild.

Vor der Tür steht das schäbigste Ledersofa, das mir jemals untergekommen ist. Der junge Mann, der lässig darin herumlümmelt, scheint so etwas wie der Türsteher zu sein. Eben ist er voll und ganz mit seinem Handy beschäftigt.

Trash-Romantik kommt nie aus der Mode. Jede Generation baut daraus ein paar Jahre lang ihre Paläste, adelt die eigene Mittellosigkeit und grenzt sich ab von der spießigen Elterngeneration, die auf diesen runtergerockten Sitzmöbeln tatsächlich bleibende Rückenschäden davontragen würde.

Ich bin die Generation *dazwischen,* denke ich trotzig.

Bevor wir los sind, habe ich mich in Lars' Studio noch

ein bisschen aufgemöbelt, aber zufrieden bin ich nicht. Man sieht mir den langen Tag deutlich an. Meine Augenringe haben sich bei jeder Diskussionsrunde tiefer eingegraben, und die zwei Falten über meiner Nasenwurzel auch, dabei war ich erst vor zwei Monaten beim Spritzendoktor.

Die arschteure Hydrating-Mask, die ich auf dem Klo fünfzehn Minuten einwirken ließ, hat absolut keine Veränderung gebracht, dafür einen unverschämten Kommentar von Hagen: »Ellen, kein Wunder, dass du so gereizt bist, wenn du Durchfall hast.« Dieser Mann ist wirklich eine Zumutung.

Ich laufe an einer verspiegelten Fläche im Eingangsbereich des Clubs vorbei und stelle fest: Ich bin so alt, wie ich mich fühle. Eine Gruppe Mädchen kommt mir entgegen, und meine schlimmsten Befürchtungen werden wahr. Ich schätze sie auf Anfang zwanzig, ein schneller Scan durch den Raum bestätigt, dass auch sonst niemand deutlich älter ist.

Offiziell bin ich Mareks Cousine. Wenn es nach ihm ginge, könnten wir ganz offensiv mit unserer Verbindung umgehen. Er betont immer wieder, dass er absolut kein Problem damit hat, dass ich achtzehn Jahre älter bin als er. »Ellen, easy. Ich verehre deinen Körper, das weißt du doch.«

Was ich ihm abnehme, ist, dass er unseren Altersunterschied nicht permanent im Kopf hat. Weil das Thema Alter für ihn bisher völlig unbelastet ist. Er ist dem alten Mann in sich noch nie begegnet.

Ich spüre die alte Frau in mir an diesem Ort besonders

deutlich. Bei jeder Bewegung. Jedem Gedanken. Jedem Blickkontakt. *Sugermom!*

Der Raum ist bereits gut gefüllt, an der Bar drängen sich die Körper dicht aneinander. Wieder überkommt mich die Sehnsucht nach unserer leeren Wohnung. Badeöl statt verschwitzter Fremder. Schlabbrige Pyjamahose statt kneifendem Lederrock. Pfefferminztee statt Gin Tonic.

Immerhin die Tresenkräfte sind auf Zack. Das Glas steht vor mir, ehe ich mein Portemonnaie in der Hand halte. Und es ist so voll, dass mir der Inhalt über den Ärmel läuft.

Marek sehe ich durch einen kleinen Spalt hinter seinem DJ-Pult stehen. Immer wieder taucht sein Umriss blitzartig zwischen den vielen jungen Körpern auf. Natürlich sieht er zum Anbeißen aus … den Kopfhörer nur auf einem Ohr, seine blonden Haare auf dem Hinterkopf zu einem Knoten zusammengebunden.

Ich nehme trotzdem an der Bar Platz, bevor ich ihn begrüße. Ich muss mich sammeln und vielleicht auch ein bisschen betrunken sein.

Mein Blick streift die abgeblätterte Wand hinter den Tresenkräften und gleitet weiter durch den Raum. Bei Tageslicht muss dieser Schuppen einen bedrückend verwahrlosten Eindruck machen. Kabel hängen aus den Wänden, unter dem abgebröckelten Putz kommt maroder Backstein zum Vorschein.

Vor tausend und einem Jahr hat die Musikkarriere von Mariannes Sohn und mir in solchen Schuppen begonnen. *Popeyes Erben* am Ostbahnhof. Heute ein Apple-Shop.

Damals gab es dort zwei Mal in der Woche eine Jam-Session, auf der ich Jonas in die Arme gelaufen bin. Über die Knie gestolpert, müsste ich richtiger sagen. Er war damals schon ein kleiner Star im *Popeyes,* auch wenn er nur selten auf die Bühne kam. Meistens spielte er für sich allein in der entlegensten Ecke des Clubs, im Flur bei den Toiletten. Wenn einen die Blase drückte, musste man über ihn hinwegsteigen. Gott, wie ich ihn heute vermisst habe.

Irgendwann auf dem Weg zum Klo sprach er mich an: »Hey, Anselm, du spielst beschissen Gitarre. Aber deine Stimme ist cool.«

Jonas hätte Hagen besser die Stirn geboten als ich. Er wusste genau, was für Stimmungen er mit unseren Songs transportieren wollte. Er hätte sich seine Songs von *niemandem* zuschmieren lassen.

Ich rühre mit dem Finger in meinem Gin Tonic. Eiswürfel klackern am Glasrand, die Zitronenscheibe bleibt an meinem Finger hängen.

Marek hat mich noch immer nicht bemerkt, er ist vertieft in seine DJ-Tätigkeit. Vor ihm drehen sich zwei Plattenteller, die sicher schon mal lässigere Venylkünstler bestückt haben. Er spielt ausschließlich Techno. Wummernde Rhythmen über waberndem Soundteppich, der nicht unbedingt dazu beiträgt, meine Stimmung zu heben. *Auch* für ein Mainstream-Ohr produziert.

Nicht zum ersten Mal frage ich mich, ob ich ohne Mariannes Sohn überhaupt eine vollwertige Musikerin bin. Ob wir mit unserer neuen Formation jemals mehr sein werden als eine gute Kiekhöfel-Coverband, die abgestandene Hits nachspielt oder stereotypen Mist.

Den nächsten unschönen Gedanken versuche ich noch mit zwei Schlucken Gin Tonic herunterzuspülen, aber es ist zu spät. Bringe ich nicht gerade in allen Bereichen meines Lebens schlechte Coverversionen auf die Bühne? Ellen, die erfolgreiche Sängerin, in verrauchten Clubs und schummrigen Probenräumen, süße Musiker, sexy Liebhaber, wild, frei *und jung!* Spiele ich nicht überall nach, was in meinen ersten Jahren in Berlin ganz organisch entstanden ist?

Nur kostet es jetzt beschissen viel Anstrengung, damit sich die ganze Chose nur einen Moment lang authentisch anfühlt. Es reicht eben nicht, sich mit einem feschen Kostüm in eine passende Kulisse zu stellen, um jemand anders zu sein. Johanna hat das jahrelang vergeblich probiert. Mit viel Geld und willigen Statisten. In so vielen Rollen, Kostümen, verrückten Kulissen.

Ich nippe an meinem Glas, es ist schon fast leer.

Wie anders sie bei unserem Besuch in der Klinik ausgesehen hat. Fast hätte ich sie nicht wiedererkannt. Das erste Mal nach so vielen Jahren ohne Kostüm und wilde Gesichtsbemalung. Ohne gefärbtes, gebleichtes, toupiertes Haar. Für einen Augenblick hat mich der Anblick mehr gefesselt als die Apparaturen, Schläuche und Messgeräte rund um ihr Bett. Johanna sah erstaunlich rosig aus. Und so verletzlich. Auf ihrem Kopf nur kurzer brauner Flaum. Ein Tierchen im Winterschlaf. Ich nehme den letzten Schluck aus dem Glas und lasse die Eiswürfel klackern. Meinen kleinen Midlife-

Crisis-Weltschmerz mit Johannas Lage zu vergleichen, ist ekelhaft selbstmitleidig. Johanna erfindet sich neu, weil ihr nichts anderes übrig bleibt. Weil es nie eine Rolle gab, in der sie sich sicher vorkam an der Seite ihres gefühlsverkrüppelten Vaters. Von frühester Kindheit an.

Ich drehe durch, weil mir mein Lebensglück ein bisschen abgenutzt erscheint.

Ich bestelle ein zweites Glas Gin Tonic und frage mich, wie viele Stoßgebete Johanna Jonas wohl in all den Jahren in den Himmel geschickt hat? Hat sie an ihn gedacht, wenn sie mal wieder kurz davor war, alles zu zerhauen? Bevor sie gesprungen ist? Für sie war Jonas Kiekhöfel auf viel existenziellere Weise kreativer Kompagnon. Nach ihrem gemeinsamen Entzug war er der Regisseur und wichtigste Mitspieler in ihrem neuen Leben. Durch ihn wurde es echt. Nach seinem Unfall verwandelte sich alles in den alten, fauligen Kürbis zurück.

Ich ziehe ein Salzstangenglas heran und bediene mich großzügig. Mit diesen Geschichten bringe ich mich auch nicht auf Knutsch-Club-Temperatur. Eine Weile sehe ich den Tresenkräften beim Arbeiten zu und verbrüdere mich im Geiste mit dem ältesten von ihnen. Mitte vierzig, vermutlich. Schlichtes dunkles Shirt, kleiner Bauch, Lederbänder am Arm. Schöne Augen. Ständig verzottelt er sich sein Haar, damit die Geheimratsecken nicht zu sehen sind. Fast schon ein Tick. Vielleicht sollte ich besser mit ihm auf der Toilette verschwinden.

Doch obwohl ich den Alkohol inzwischen deutlich spüre,

macht er mich nicht lockerer. Lüsterner schon gar nicht. Ich bin die uralte Morla in tief schürfendem Soliloquium – und die uralte Morla hat keinen Sex.

Es hat keinen Sinn, ich beschließe, die Sache abzubrechen, rutsche vom Barhocker und nehme ein paar Salzstangen mit. Ich werde Marek kurz begrüßen, dann mache ich die Biege.

Der Weg zu seinem Pult kommt mir endlos vor, die dicht gedrängten Körper lassen sich kaum mehr auseinanderschieben, so voll ist es inzwischen. Vorne bei Marek wird inzwischen getanzt. Zuckende Leiber, glänzende Augen. Mein junger Liebhaber ist von ein paar blonden Lichtgestalten umringt, die mich sofort an Luise denken lassen. Frauen, die ihre hübschen Gesichter zum Merchandising-Produkt ihrer gesamten Persönlichkeit machen. Aber vielleicht würde ich das heute Abend jeder Frau unterstellen, die so viele Jahre jünger ist als ich. Die Haut straff und ebenmäßig, dass ein Tautropfen romantisch von der Stirn zum Kinn rinnen kann, ohne in irgendwelchen Gesichtsfurchen zu verenden.

Ich bleibe stehen. Noch wenige Schritte zu Marek, aber näher heran schaffe ich nicht. Den ganzen vermaledeiten Tag lang musste ich Hagen und meinen Selbstzweifeln die Stirn bieten, ich kann mich unmöglich auch noch neben diesen jungen Mädchen behaupten. Wie gelingt es Hagen immer wieder, alle Zweifel auszublenden, wenn er nackt, runzelig und mit Erektionsproblemen neben einer Fünfundzwanzigjährigen im Bett liegt?

Ich weiß es eigentlich. Die Superkraft so vieler Männer besteht darin, sich niemals infrage zu stellen.

Als ich ein paar Minuten später erneut am Türsteher vorbeilaufe, fläzt er sich nach wie vor auf seinem Sperrmüllsofa herum. Er winkt mir zu und lächelt, als wüsste er, warum ich gehe.

Kaum habe ich ihn passiert, rufe ich mir ein Taxi.

Keine der jungen Frauen aus dem Club würde sich ein Taxi bestellen. Keine hätte auf dem Weg nach draußen einen Zwischenstopp auf den Toiletten gemacht, um ihren Alkoholspiegel mit Wasser aus dem Wasserhahn zu verdünnen. Keine hätte die Kontaktlinsen gegen ihre Brille ausgetauscht, weil die winzigen Glasteilchen beim Flennen rote Augen machen. Keine hier ist so müde wie ich. Die Pillen, die sie sich eingeworfen haben, fangen gerade erst an zu wirken.

Als das Taxi eine knappe halbe Stunde später in unserer Straße anhält, gebe ich dem alten Fahrer so viel Trinkgeld, dass er mich gar nicht aussteigen lassen will. Er ruft mir noch hinterher, als ich bereits auf unser Haus zulaufe und in der Tasche nach meinem Schlüssel suche.

Die Eingangstür ist nur angelehnt, ich drücke mich hindurch, wühle noch immer nach dem Haustürschlüssel und ahne schon, dass ich ihn nicht finden werde.

Auf der vierten Etage angekommen, leere ich meine Tasche auf der letzten Stufe, und meine Befürchtung bewahrheitet sich. Ich habe meine Schlüssel im Studio vergessen. Das gehört auch zur neuen Ellen. Vergesslichkeit. Eine schreckliche Unkonzentriertheit mir selbst und anderen gegenüber.

Ich beschließe, die Nacht im Hausflur vor unserer Wohnung zu verbringen. Immerhin kommt über uns nur noch der Dachboden, ich bin ungestört. Ich lasse mich auf dem Boden nieder, mit Blick auf die Kackeschaufel von Mr. Spock. Freddy hat sie bei uns vergessen, sie baumelt an der Wand am Haken. Was würde ich darum geben, wenn ich meine ganzen Lebenskackhaufen auch mit dieser kleinen Schaufel beseitigen könnte.

Ich löse sie von ihrer Aufhängung und befördere damit den Inhalt meiner Tasche zurück in ihr Inneres. Vier Kondome, ein Fläschchen Körperöl, Zahnbürste … Heute Morgen hatte ich noch eine gänzlich andere Vorstellung vom Ausgang dieses Tages.

Das Licht im Treppenhaus verlischt. Unser Familientreppenhaus, in dem Gregor, die Kinder und ich so oft nach unten und oben gelaufen sind. In so vielen verschiedenen Stimmungen, Lebensphasen und unterschiedlichen Besetzungen. Mit Jule und Paula im Tragetuch vor dem Bauch. Ich habe Laufräder die Treppenstufen hochgeschleppt, Wasserkisten, Flohmarkttrödel, schlafende Kinder nach langen Autofahrten. Jetzt liege ich hier im Dunkeln wie eine Pennerin. Ausgeschlossen aus unserer Wohnung und aus unserem Leben.

Da es eh nicht schlimmer werden kann, höre ich mir unseren Softpornosong noch mal an. Vielleicht fällt mir etwas ein, mit dem ich wenigstens Peter auf meine Seite ziehen kann. Das Handydisplay zeigt fünf neue Nachrichten. Viermal Marek. Ein Nachtgruß von Gregor. Ich überfliege die ersten Sätze und stelle das Lied an. Über den Handylautsprecher klingt es noch schmieriger. Meine Stimme ein einziges Seufzen. Als sich das Flügelhorn dazugesellt, ausgestattet mit monströsem Hallraum, schlage ich mein iPhone gegen die Treppenkante. Ein kurzer Schreckensmoment. Dann tue ich es wieder. Wieder und immer wieder. Glas splittert, das Handy rutscht mir aus der Hand, aber ich schlage weiter darauf ein. Ich schlage auf meine beschissen verunstaltete Stimme ein. Auf mein beschissenes, verunstaltetes Leben, auf Mareks Nachrichten, die nicht so verdammt verletzt klingen dürften, auf Gregor, der so arglos aus unserem alten Leben grüßt. Blut tropft vom Display. Die Handyhülle knackt, aber ich kann nicht aufhören. Rote Glasstücke im Treppenhaus, in Paulas Gummistiefeln, auf unserem Fußabtreter. Als meine Hand schmerzt, dass es kaum noch zu ertragen ist, greife ich nach Mr. Spocks Kackeschaufel und gebe dem Telefon den Rest.

Endlich verstummt meine ölige Stimme. Endlich leuchten die Nachrichten nicht mehr auf dem Display auf.

FREDERIKE

Johannas Töle kläfft und kläfft und kläfft und kläfft. Ich werde diesen Hund am Nachmittag ausgestopft an Böhm übergeben.

Es ist gemein, immer so hässliche Sachen über ihn zu denken, aber dieses Tier ist wirklich eine Zumutung. Das liegt vor allem an seiner unermüdlichen Ausdauer, nervige Dinge zu tun: Klamotten ankauen und durch die Gegend schleppen, Schuhe vollsabbern, immer und ausschließlich auf Gehwege kacken, obwohl man gerade drei Stunden mit ihm durch den Wald marschiert ist. Das lästigste Feature: kläffen, bis einem die Ohren wackeln, sobald man sich nur zwei Meter von ihm wegbewegt.

Jetzt kläfft er seit einer geschlagenen Stunde in meinem Auto herum. Wenn der Wind gut steht, höre ich ihn bis in Papas Zimmer. Obwohl der Parkplatz dreihundert Meter entfernt ist und der Raum zur anderen Seite rausgeht.

Allerdings musste ich das Beifahrerfenster einen Spalt öffnen, nachdem eine besorgte Heimbewohnerin bei Herrn Stelling vorstellig wurde: »In dem mintgrünen Golf auf unserem Besucherparkplatz erstickt ein Hund! Er kläfft und winselt um sein Leben!«

Er kläfft und winselt um sein Leben, sobald man ihm den

Rücken zudreht. Weil er meiner Meinung nach eine gehörige Aufmerksamkeitsstörung hat. Und jetzt habe ich wieder ein schlechtes Gewissen, weil man das natürlich nicht unabhängig von Johannas gehöriger Aufmerksamkeitsstörung denken kann. Überhaupt gerate ich regelmäßig in Gewissensbredouille, was Johannas Geschichte anbelangt, seit ich auf Mr. Spock aufpasse. Ich sollte mich mehr für sie interessieren.

Aber wie und wann, wenn der Schlamassel vor der eigenen Haustür immer größer wird. Ein riesiger, stinkender Misthaufen!

Ich war sicher, die Talsohle durchschritten zu haben, *und jetzt ist alles schlimmer als zuvor.* Meine überstürzte Kreditaktion hat uns noch tiefer ins Unglück gerissen. Mein Vater hat zwei bekloppte Kinder. Jedes glaubt auf seine Weise, dass Geld auf Bäumen wächst.

Ich weiß, woher dieser tief sitzende Irrglaube kommt. Stichwort: goldener Westen. Stichwort: Land, in dem Milch und Honig fließen! Stichwort: Zonengabi im Glück!

Irgendetwas in mir hält an dieser alten Überhöhung fest. Auch wenn ich längst begriffen habe, dass jeder popelige Cent, den man in diesem Land bekommt, eine Gegenleistung erfordert. Und diese Gegenleistung fällt nicht automatisch kleiner aus, wenn der verdammte Cent gebraucht wird, um damit den eigenen Arsch zu retten.

Soziale Marktwirtschaft bedeutet nicht, dass man mit dem Leid anderer Menschen kein Geld verdienen darf. Das dachte ich früher. Aber das wäre in einem kapitalistischen

System absolut kontraproduktiv. Leid und damit einhergehende Heilserwartungen waren schon immer verlässliche, niemals versiegende Geldquellen. Die katholische Kirche hatte das schon lange vor dem Kapitalismus erkannt.

Die erste dicke Rechnung für »umfassende finanzielle Kreditberatung« kam von der Bank, der ich den Termin kurzfristig abgesagt hatte. Das konnte ich abbiegen. Doch zwei weitere Banken, bei denen es am Ende nicht zu einem Kreditabschluss gekommen war, stellten ebenfalls Rechnungen für ihre angeblichen Auslagen.

Am selben Tag lag der Umschlag vom netten Herrn Holm in meinem Briefkasten. Ich hatte den Vertrag noch in der Bank unterschrieben, »damit die Gelder schneller fließen können, Frau Wanitschek!«. Ich Idiotin. Ich naive, dämliche Kuh! Nepper, Schlepper, Bauernfänger, ich bin das perfekte Opfer.

Ich öffnete den Umschlag in feierlicher Stimmung. Vor mir dampfender Cappuccino. Ich wollte mit Zeit und Ruhe alles noch mal gewissenhaft durchlesen. Das hätte ich lieber in der Bank tun sollen.

Der Cappuccino steht immer noch unangerührt auf meinem Küchentisch. Stattdessen setzte ich mir eine Rotweinflasche an den Hals. Sie stand seit Tagen ohne Korken herum, der Wein so schal wie mein ganzes verhackstücktes Leben.

Dieser beschissene Kredit ist mein endgültiger Untergang.

Wenn man genau hinguckt, zahle ich mehr, als ich bekomme. Nimmt man die Restschuldversicherung, die mir Herr Holm aufgeschwatzt hat, und die Zinsen zusammen, bleibt viel zu wenig Geld übrig, um alle Rechnungen zu bezahlen, die in den letzten Wochen aufgelaufen sind.

Doch mein Vater glaubt fest daran, dass er Ende des Monats in sein Appartement zurückziehen kann. Wir haben diesen beschissenen Kreditabschluss gefeiert wie Silvester und Weihnachten zusammen.

Jetzt stehe ich in Papas winzigem Doppelzimmer und bin erleichtert über jede Minute, die er noch nicht aufgetaucht ist. Draußen auf dem Parkplatz verwandelt sich Mr. Spocks Gekläffe in wolfsartiges Gejaule. Es läuft wohl gerade jemand an meinem Auto vorbei. Dieser Hund kann tausend Mal besser auf seine Rechte pochen als mein Vater und ich zusammen. Er hat in Johanna eine fantastische Lehrmeisterin gehabt.

Ich drehe an den Knöpfen des kleinen Weltempfängers, den mein Vater auf seinem Nachttisch stehen hat. Ich suche nach einem Programm, das mich ablenken kann.

Wir haben das Radio vor ein paar Tagen mit einem Fahrradschloss an den Griff der Schublade gekettet. Herr Böttcher hatte es immer wieder eigenmächtig entliehen. Zur Beschallung seiner unzähligen Geburtstagsfeiern. Ich stoße auf Supertramp. Die Stimme von Charles Hodgson ist zu hoch und fistelig, um sich auf Papas bescheidenem Gerät adäquat mitteilen zu können. Ich drehe es trotzdem lauter. Ich muss den Hund und meine düsteren Gedanken übertönen.

»Oh, Frau Wanitschek, richten Sie jetzt Herrn Böttchers Geburtstagspartys aus?«

Der nette Bufti steht im Türrahmen. Jasper. Vermutlich schwul. Es gibt keine heterosexuellen Männer, die einen Klops wie mich so charmant anlächeln wie er. »Ist Ihr Vater noch nicht zurück?«

»Äh ... ist er denn schon fertig?«

»Schon seit einer halben Stunde. Ich hab ihm noch beim Umziehen geholfen, dann ist er losgerollt.«

»Wusste er, dass ich hier bin?«

»Ich bin mir nicht sicher. Wir haben nicht darüber gesprochen.« Jasper wirft einen Blick über die Schulter. »Herr Böttcher, einen Augenblick noch. Ich bereite alles vor. Partymucke läuft schon.«

Jasper tritt ganz ins Zimmer und gibt den Eingang frei. Ich sehe nackte, knochige Herrenknie in den Türrahmen ragen.

»Soll ich mir die Augen zuhalten?«, schallt eine Stimme aus dem Flur herein. »Sind schon alle da? Was ist mit den Mädchen?«

»Na klar, Herr Böttcher. Alle hier. Ihre Freundin Inge hat Lakritzschnecken mitgebracht.«

Jasper schiebt einen Sessel vors Fenster und macht sich daran, Ordnung in Herrn Böttchers Bett zu schaffen. Es ist beladen wie ein Fischkutter, mit dem er später in See stechen will. Kosmetiksachen, Kassetten, seine Hausschuhe, eine Packung Toast, Zeitschriften, seltsame Porzellanfiguren, ein Dosenöffner ...

»Und das gehört mal wieder ihrem Vater.« Der Bufti hält eine Holzkiste in die Höhe und klappert damit. Ein Mühlespiel, das mein Vater hier im Heim selbst gemacht hat. Ich nehme es entgegen.

»Muss ich mir Sorgen machen? Haben Sie eine Ahnung, wo mein Vater abgeblieben sein könnte?«, frage ich und komme mir fast ein bisschen scheinheilig vor.

»Vielleicht hat er noch jemanden getroffen? Obwohl er ja in letzter Zeit nicht so gesprächig ist. Hat Frau Pamuk Ihnen von dem kleinen Zwischenfall im Frühstückssaal erzählt?«

»Nein, was ist denn passiert?«

»Ach, halb so wild, aber Ihren Vater hat die Sache irgendwie auf dem falschen Fuß erwischt.« Jasper klopft das vollgekrümelte Kopfkissen von Herrn Böttcher aus. »Ihr alter Herr saß bei Dr. Klotzbach und Frau Waltershof am Tisch, und dann kam die neue Flurnachbarin dazu, Frau Birnbaum. Sie haben sicherlich schon gehört, dass sie eine echte Mistkrähe sein kann. Erst mäkelte sie über die schlechte Qualität des Kaffees, wie jeden Morgen. Dann platzte sie heraus, dass der starke Uringeruch am Tisch ihr das ganze Essen verleiden würde. Ihr Vater bezog das auf sich und war so erschüttert von ihrem schroffen Kommentar, dass er sich abrupt erhob. Dabei kippte er Frau Waltershof aus Versehen heißen Tee über den Arm, und sie verbrühte sich, was ihm noch mehr zusetzte. Frau Pamuk hat versucht, ihn zu beruhigen. Aber Ihr Vater zitterte am ganzen Körper und wollte den Frühstückssaal umgehend verlassen. Wir haben ihn auf sein Zimmer gebracht, und er hat sich hingelegt.«

»Ausgerechnet Frau Birnbaum.«

»Dabei war Ihr Vater völlig unschuldig. Der alte Dr. Klotzbach tröpfelt nach, wenn Sie verstehen, was ich meine.«

»Kann ich reinkommen, geht es los?«, ruft Herr Böttcher.

»Einen Moment noch.« Jasper flüstert mir zu: »Ehrlich gesagt ist es das Problem der meisten alten Herren hier. Wir zeigen ihnen, wie sie die unangenehmen Auswirkungen vermeiden können, aber vielen ist das zu lästig. Was stört den alten weißen Mann sein eigener Uringeruch? Wo er doch sein Leben lang alle Klobrillen vollgepinkelt hat und jeden öffentlichen Furz als aromatische Bereicherung des Raumklimas empfindet.«

Er rümpft grinsend die Nase, und ich muss lachen.

Gleich darauf holt Jasper das Geburtstagskind herein. Herr Böttcher in Shorts und Hemd. Ein Hemd, das er verkehrt herum trägt … und wenn mich nicht alles täuscht auch meinem Vater gehört.

»*Hier bin ich! Hier bin ich!*« Der alte Kerl juchzt vergnügt, kaum ist er im Zimmer. Er klatscht in die Hände und blickt sich erwartungsvoll um. Er sieht etwas gänzlich anderes als Jasper und ich. Seine Wangen färben sich, und seine Augen glänzen. »Alle sind da, alle sind gekommen. Inge, mach Platz, damit ich sie begrüßen kann.« Er rollt in die Mitte des Raums, lacht in die unsichtbare Runde und begrüßt seine Gäste.

Manchmal beneide ich Herrn Böttcher darum, wie leicht es ihm fällt, sich seine Glücksgefühle zu verschaffen. Wie unabhängig er damit ist. Unabhängig von seinem alten Körper, seinem löchrigen Kopf, dem Ort, an dem er sich befindet, den Menschen, die ihn umgeben. Was kratzt ihn eine nörgelnde Frau Birnbaum, wenn Inge Lakritze mitgebracht hat. Er verschmilzt mit diesen alten Geschichten seiner Kindheit, die offensichtlich lückenloser erzählt werden können als alle, die ihm in der realen Welt begegnen.

Das Glück meines Vaters ist nach wie vor eng mit der realen Welt verschränkt. Verstrickt in tausend kleine Abhängigkeiten so wie bei den allermeisten von uns. Trotzdem hatte ich gehofft, dass er nach zwei tollen Jahren in diesem Heim unabhängiger geworden ist. Dass ihm egaler ist, aus welchem Zimmer er in seinen Tag aufbricht.

Genau genommen, hat sein Glück ja nicht unmittelbar mit der Größe dieses Heimzimmers zu tun. Sein Freundeskreis ist ihm erhalten geblieben, seine vielen neuen Aktivitäten könnte er weiterhin ausführen. Zudem gibt es eine Menge schöner Orte hier, an denen man sich wohlfühlen kann. Der Park, die Bibliothek, der meistens absolut verwaiste Gymnastikraum mit dem großen Balkon.

Doch leider war sein altes, luxuriöses Appartement der Schalter, der alle Zweifel und Ängste ausgeknipst hat, die in den Jahren zuvor immer größer und verfahrener geworden sind. Die sich so tief in die Ritzen seiner Persönlichkeit eingegraben haben, dass ich ohnehin erstaunt war, wie schnell es ihm ausgerechnet an diesem Ort gelungen ist, ein verschüttetes Ich freizulegen.

Das Verhältnis der Menschen zu ihrem Glück ist so verdammt kompliziert. Wenn man es direkt vor seiner Nase hat, heißt das noch lange nicht, dass man auch zugreifen kann, dafür liefert unsere alte Freundin Johanna seit Jahren die besten Beispiele. Gegen das Leben meines Vaters ist ihres ein aus Gold gewirktes Feenkleid. Eins, das sich wie von Zauberhand erneuert, sobald das kleinste Loch, der mickrigste Fleck oder nur eine schiefe Glitzerpaillette auszumachen sind. Aber sogar an diesem Kleid gibt es einen Schalter, oder bleiben wir im Bild und sagen: einen Haken, eine winzige Öse, die unbedingt verschlossen sein muss, damit das Prachtstück nicht ständig von den Schultern rutscht – direkt in die Gosse, wo es regelmäßig landet. Wo Johanna darauf herumtritt, bis es nicht mehr wiederzuerkennen ist. Erst, wenn sie anfängt zu frieren, kalte Füße, Rotznase, verfrorene Zehen, fällt ihr auf, dass sie mal wieder halb nackt durch die Gegend springt. Dann beschwert sie sich, dann tut sie so, als hätte jemand anders ihr das Kleid vom Leib gerissen.

Doch noch während sie zetert, hängt schon die nächste Prunkrobe im Schrank. Sie schlüpft hinein, sie sitzt perfekt. Kleine Anpassungen werden umgehend ausgeführt. Johanna verschließt die vielen goldenen Ösen – klick, klick, klick, auwei, ein Haken klemmt –, *das Spiel beginnt von Neuem.*

Als mich vor ein paar Wochen der Anruf von Johannas Vater erreichte, war mein erster Impuls, aufzulegen.

Anrufe von Johannas Vater haben in den letzten Jahren nie etwas Gutes bedeutet. Meistens ergaben sich daraus zwei

Optionen: Man tut so, als hätte der Anruf nie stattgefunden, und macht weiter wie zuvor, was bisher immer nur Luise gelungen ist. Oder man stellt sich darauf ein, dass Johannas Schlamassel in den nächsten Wochen zu seinem eigenen wird.

Wir sind für Johannas Vater das letzte Rückfallbecken, die letzten Mohikaner, die seine abgedriftete Tochter mit einer Wundermedizin aus gutem Zureden, alten Geschichten, Händchenhalten und viel Zeit in ein annähernd normales Leben zurückholen konnten. Man könnte auch betreutes Wohnen der Extraklasse dazu sagen.

Aber selbst unsere Zaubermedizin hat mit den Jahren immer mehr an Wirksamkeit verloren. Mittlerweile kommt sie mir nur noch wie ein Placebo vor. Johanna gaukelt uns Wirksamkeit vor. Wir tun so, als ob wir es ihr abnähmen.

Die Dramaturgie, die zu Johannas Abstürzen führt, ist immer ähnlich. Meistens fängt es damit an, dass mal wieder eins ihrer vollmundigen Vorhaben krachen geht. Dabei kann es sich um die größte Liebesbeziehung aller Zeiten handeln oder um das bahnbrechendste Zukunftsprojekt des Universums. Oft wird beides miteinander verknüpft.

Johanna verliebt sich in einen Meditationsguru und kauft kurzerhand einen alten Dreiseitenhof in Mecklenburg, um daraus ein Zentrum für »inwendige Begegnung« zu machen. Sie gründet einen Verlag für feministische Literatur, der in seinem ersten und einzigen Programm einen Kalender mit Sinnsprüchen und Katzenbildern herausbringt. Johanna erwirbt eine Kette veganer Suppenläden in München, von denen das Gesundheitsamt drei Monate später alle schließt, weil die hygienischen Verhältnisse nach ihrer Übernahme umgehend den Bach runtergehen. Sie wird Galeristin, Aktivistin, künstlerische Leitung eines selbst ins Leben gerufenen Filmfestivals. Bis heute fängt sie immer wieder mal ein neues Studium an, wenn sie eine innere Berufung spürt. Neurochirurgie, Theologie, Architektur, Malerei …

Von außen betrachtet, könnte man all diese Unternehmungen als Geschichten einer eigenwilligen, sehr abenteuerlustigen Frau lesen. Aber niemand will die Welt so oft neu erfinden wie Johanna, ohne sich selbst dabei von der Stelle bewegen zu müssen. Denn egal, was sie tut, immer ereignet sich nach wenigen Wochen etwas, durch das sie sich missverstanden, verhöhnt, ausgenutzt, ungeliebt fühlt – und daher außerstande, ihre Pläne weiter zu verfolgen. Oft sind das Kinkerlitzchen. Der Vierseitenhof in Mecklenburg hatte kein gutes Karma, der Verlag scheiterte an einer renitenten Programmleiterin, die mehr wollte als Johannas Sinnsprüche. An den Universitäten begegnen ihr ausschließlich unfähige, sexistische Professoren, und ihre zahlreichen Beziehungen brechen auseinander, sobald der eben noch einzigartige und ins Überirdische überhöhte Angebetete plötzlich menschliche Dinge tut: Fastfood essen. Barfuß in Turnschuhen herumlaufen. Über die falschen Witze lachen, *Mad-Man*-Staffeln durcheinanderbringen oder absolutes No-Go: Johanna um Geld bitten.

Nach jedem gescheiterten Projekt, das immer widrige Umstände oder widrige Mitmenschen vermasselt haben, braucht Johanna dringend etwas Erholung. Es folgt ein Strudel aus Partys, kuriosen neuen Freunden, Alkohol und weißem Pulver auf Waschbeckenrändern. Ihren Party-Episoden haftet der gleiche Darstellungsdrang an wie ihren »Entrepreneur-Projekten«, wie Marianne sie nennt. Weshalb ich mir oft geschworen habe, künftig nicht mehr zu Hilfe zu eilen, wenn sie mal wieder mit voller Fahrt aus der Spur fliegt. Aber natürlich bringe ich das jetzt noch viel weniger übers Herz, da ihr Leben nur noch an diesem dünnen Faden hängt.

Doch unser letzter Großeinsatz liegt keine zwei Jahre zurück. Mein Vater war gerade ins Seniorenheim gezogen und richtete sich sein Miniappartement voller Stolz ein. Wuchernde Grünlilien in jeder Zimmerecke. Eine Fotogalerie über der alten Couch, in der er sein Leben auf rührende Weise in ein besseres Licht rückte. Das Prunkstück seiner neuen Behausung war eine Biedermeierkommode, die wir gemeinsam aufgearbeitet hatten.

Zur gleichen Zeit verschliss Johanna eine Wohnung von 240 qm in der Hamburger Speicherstadt. Einen Katzensprung entfernt befand sich ihre Yogaremise mit großzügigem Außengelände direkt am Wasser. Yoga war zu der Zeit ihr religiös überhöhtes Steckenpferd.

Johanna rief mich mitten in der Nacht an. Weinend, mit sich überschlagender Stimme berichtete sie von einem Freund, der sie angeblich tagelang in ihrer Wohnung festgehalten und diese gleichzeitig in Schutt und Asche gelegt habe. Ellen und ich setzten uns noch am selben Tag in den

Zug. Ich ließ eine wichtige Vertreterkonferenz sausen und, *das weiß ich noch ganz genau,* eins der wenigen Dates, das ich in den letzten fünfzehn Jahren zustande gebracht habe.

Johannas Wohnung war in einem Zustand, der unsere wildesten Erwartungen übertraf. Brandflecken auf den Polstern, vollgesprühte Jalousien und Möbel. Das Fischgrätparkett sah aus, als hätte jemand Domino damit gespielt. Sämtliche Waschbecken waren als Aschenbecher zweckentfremdet worden. Die altvertrauten Pulverreste machten wir diesmal nicht nur auf glatten Porzellanuntergründen aus. Nur ein absoluter Idiot hätte nicht erkannt, dass hier ein Partygelage der Extraklasse stattgefunden hatte. Johanna selbst fanden wir in ihrer Yogaremise. Sie sah wirklich erbärmlich aus. Zweifellos war sie in besorgniserregender Verfassung. Zweifellos brauchte sie Hilfe, aber wir waren schon lange nicht mehr die Richtigen dafür. Nicht mal Ellen.

Johanna blieb standhaft bei ihrer absurden Lügengeschichte, obwohl wir unmissverständlich klarmachten, dass wir nichts davon glaubten. Doch in Johannas Logik wurde ihr Schwindel allein dadurch wahr, dass wir bei ihr aufgetaucht waren.

Wenn Johanna in ihrer Luxusklinik die Augen aufschlägt, wird es sich auch so abspielen. Sie wird umringt sein von Ärzten, Krankenschwestern und vielen netten Buftis, die sie mit Anteilnahme überschütten – von Pflegenotstand hat dort nämlich noch niemand etwas gehört. Vielleicht reist sogar ihr Vater an. Marianne und Ellen werden da sein und ich natürlich auch. Und *schwupps* – schon ist Johanna wieder das arme, bedauernswerte Opfer.

Aber wir können nicht alle immer nur Opfer sein! Es muss Menschen geben, die für ihre selbst verzapfte Scheiße Verantwortung übernehmen. Und diese Menschen können nicht immer nur so arme Würste sein wie ich.

Herr Böttcher sitzt inzwischen ruhig und entspannt in dem großen Sessel, den der nette Bufti in den Sonnenfleck geschoben hat. Ein glückliches Geburtstagskind nach einem gelungenen Fest. Jasper selbst hat uns schon vor einer Weile verlassen. Ab und an hebt Herr Böttcher seine mit Altersflecken übersäte Hand vors Gesicht und schirmt die Sonnenstrahlen ab. Eine elegante, fast königliche Geste, als könnte er die ganze Sonnenkugel nach Belieben ein Stück nach links oder rechts verschieben.

Ich selbst habe fast unbemerkt begonnen, einen Karton auszupacken, der von Papas Umzug übrig geblieben ist. Ich halte eine uralte Sporturkunde von ihm in der Hand. Monatszeitungen über das Segelfliegen, eine erstaunlich idyllische Aufnahme von unserer Familie vor der Datsche im Harz, Martin und ich noch keine zehn Jahre alt.

Ich lege das Foto zurück und packe die Kiste wieder ein. Warum sollte ich meinen Vater nicht ein paar Tage länger der Illusion überlassen, dass alles wieder gut wird.

Als ich mir ein paar muntere Sätze zurechtlege, die nicht sofort den Zimmertausch zum Thema haben, höre ich draußen im Flur Gummireifen über das Linoleum rollen. Panisch schiebe ich den Karton an seinen Ursprungsplatz zurück und mich selbst in eine Lücke zwischen Schrank und Wand. Ich ziehe den Bauch ein.

Das leise Schmatzen der Gummireifen wird lauter, ich höre Schritte und eine gemurmelte Unterhaltung. Aber niemand kommt herein, die Geräusche entfernen sich wieder. Ich bleibe trotzdem in meinem Versteck und schaue verschämt an meinem Bauch herunter.

Was sollte das jetzt? Mein Vater hätte mich nach zwei Sekunden entdeckt, das Versteck ist viel zu klein für mich. Für Herrn Böttcher am Fenster bin ich ohnehin die ganze Zeit sichtbar. Er lächelt mir zu. Als wüsste er ausnahmsweise mal sehr genau Bescheid, was in der realen Welt um ihn herum so abgeht. Er hebt seinen Arm und wischt durch die Luft, wieder diese königliche Geste. Wenn überhaupt, kann ohnehin nur Herr Böttcher dafür sorgen, mich unsichtbar zu machen. Doch ehe sein Zauber wirkt, trete ich aus meiner Nische heraus und krame meine Sachen zusammen. Denn wer sich nicht verstecken kann, muss abhauen. Ich fühle mich nicht imstande, meinem Vater gute Laune vorzugaukeln. Er wird mir sofort anmerken, dass etwas nicht in Ordnung ist.

Unter den verschworenen Blicken von Herrn Böttcher schiebe ich den Umzugskarton exakt dorthin, wo er gestanden hat. Ich glätte das Bettzeug meines Vaters und tilge auch sonst jeden Hinweis auf einen Besuch von mir.

Ein paar Minuten später komme ich bei meinem Auto an. Außer Atem von der plötzlichen Flucht. Mr. Spock schnellt vom Rücksitz hoch und fängt an zu jaulen. Kaum habe ich mich auf den Fahrersitz plumpsen lassen, springt er auf meinem Schoß herum. Er überschlägt sich förmlich vor Freude über meine Rückkehr, seine nasse Zunge in meinem Gesicht ist nur schwerlich abzuwehren. Er will auch nur *Liebe!* Alle Kreaturen dieser Erde wollen Liebe und Aufmerksamkeit. Und zwar die echte und nicht die vielen Ersatzdrogen.

Mr. Spock hüpft immer noch wie vollgekokst durchs Wageninnere, als ich den Motor starte und vom Parkplatz rolle. Wohin fahre ich? Keine Ahnung. Am Abend wollte ich Mr. Spock an Böhm und Marianne übergeben. Aber es ist noch zu früh. Ich biege wahllos rechts und links ab. Ich folge einem blauen Autobahnschild: Magdeburg, Hamburg, Frankfurt Oder. Als ich auf den Berliner Ring rolle, denke ich kurz darüber nach, ob es eine gute Idee ist, mit diesem durchgedrehten Hund im Cockpit auf eine Autobahn zu rollen. Es wird schon gut gehen. Vielleicht haben Johanna und Jonas das kurz zuvor *genauso* gedacht.

Es wird schon gut gehen.

LUISE

Die Oleanderblätter piksen. Der Topf ist schwerer als geglaubt. Aber seit ich weiß, wer gerade zu Besuch ist, kann ich mir einen spontanen Besuch beim besten Willen nicht verkneifen.

Es ist ohnehin eine gute Idee, Klaus einen Blumentopf mitzubringen, an dem er sich orientieren kann. Nicht, dass er heute Abend in der Gärtnerei steht und in einem Anflug kreativer Ermächtigung weißen Oleander kauft. Oder Farn oder einen Tomatenbusch, oder was weiß ich, was ihm plötzlich in den Sinn kommt.

Sieben Töpfe um die Terrasse aufgereiht. Meine Mutter hat mich darauf gebracht, in so was ist sie unschlagbar. Auf diese Weise trenne ich bei Philipps Konfirmation die Kaffeetafel der Erwachsenen von der der Kinder ab. Und wenn wir zum Abendbrot in den Wintergarten umziehen, kann sich Sophie mit ihrer Kammerkonzertbesetzung dort aufbauen.

Sophies kleine Geigenrebellion ist zum Glück überstanden. Mich interessiert nicht, dass Klaus meine Methoden fragwürdig findet. Ich mische mich auch nicht in seine Kanzleiprojekte ein.

Der Fahrstuhl kommt, ich trete ein.

Zwei Herren in gesetztem Alter nicken mir zu und machen

Platz. Ich seufze leise, aber keiner reagiert. Keiner bietet an, mir meinen schweren Blumentopf abzunehmen. Der hilfsbereite Gentleman ist ein sehr bedauernswerter Kollateralschaden der Me-too-Bewegung.

Früher hätten sich die zwei darum gerissen, wer den schweren Topf für mich durchs Gebäude tragen darf. Sie hätten mich mit Komplimenten überschüttet. Jetzt starren sie unverwandt auf ihre glänzenden Schuhe. Bloß nichts falsch machen. Bloß kein Blickkontakt, der missverstanden werden könnte.

»Könnte einer der Herren den Knopf für mich betätigen? Ganz oben.«

»Natürlich«, sagt der Linke und vermeidet selbst jetzt, mich anzusehen. Schweigen, bis sie im nächsten Stockwerk aussteigen. Ich fühle mich von diesen Empörungsemanzen um meine Spielwiese betrogen. Wem tut ein forscher Blick ins Dekolleté weh? Mir nicht. Der junge Gärtner vorhin hätte seine Augen gerne länger auf mir verweilen lassen können. Wenn ich meine Bluse weiter aufknöpfe, will ich auch, dass jemand hinsieht. Nur eben der Richtige.

Ich blicke an den Oleanderblättern vorbei in den Fahrstuhlspiegel. Keiner glaubt, dass ich schon Ende vierzig bin. Umsonst gibt es das nicht. Ich tue viel dafür und profitiere von den guten Genen meiner Mutter.

Die Fahrstuhltüren öffnen sich, die Kabine entlässt mich in die große Empfangslobby der Kanzlei. Sie füllt den fünften Stock komplett aus. Ich betrete sie immer wieder mit einem erhabenen Gefühl. Dass Klaus hier Partner ist, hätte er ohne mich nie geschafft. Inzwischen steht unser Name sogar auf dem Kanzleischild. *Wittke, Habestreit und Mooser* Einziger Wermutstropfen ist Frau Karstensen hinter dem Empfangstresen. Sie hat mich bereits ins Visier genommen. Eine Frau ohne Unterleib, mit ihrem Tresen verwachsen.

»Oh, Frau Mooser, weiß Ihr Mann, dass Sie kommen? Er hat eine Verabredung zum Essen. Er müsste aber bald zurück sein. Um halb drei trifft er eine andere Mandantin.«

Ich stelle den Oleander auf ihrem glänzenden Tresen ab. »Ich weiß. Ich warte so lange auf ihn. Allerdings ist Frau Wanitschek keine Mandantin meines Mannes. Sie ist eine alte Hausfreundin«, die den Sozialfimmel meines Mannes ausnutzt, füge ich in Gedanken hinzu. Er nimmt keinen Pfennig von ihr und zahlt stattdessen gerade ihr Mittagessen.

Frau Karstensen lächelt. Ein wissendes Lächeln. Es gibt so viele kleine Gesten, mit denen sie mir sagen will, dass sie Klaus eigentlich viel besser kennt als ich.

Frau Karstensen ist das Kanzleifaktotum. Sie war schon hier, als Klaus vor zwölf Jahren als Fachanwalt für Steuerrecht anfing, und sah exakt so aus wie heute. Mit ihrem praktischen grauen Bob, der ihr knittriges Gesicht einrahmt wie ein Astronautenhelm. Ihr unverkennbares Markenzeichen ist ein Damenbart. Sechs, sieben schwarze Härchen, die über ihrer Oberlippe kleben wie Kümmelkörner. Ich wette, dass sie noch Jungfrau ist. Vielleicht ist sie sogar die heimliche Anführerin eines ultraprüden Emanzen-Kampfblocks. Ein enormes Organisationstalent soll sie ja besitzen.

»Viele Mandanten hängen mehr an Frau Karstensen als an unserem juristischen Sachverstand«, sagt Klaus. Er und seine Kollegen lassen nichts auf diese Frau kommen. Angeblich kennt sie die Geburtstage aller Klienten, ihrer Kinder, Kindeskinder und Haustiere auswendig und erinnert sich zudem an Details aus Fällen, die ein halbes Jahrhundert zurückliegen.

»Frau Mooser, warten Sie doch gerne hinten in der Lobby, ich lasse Ihnen den schweren Blumentopf bringen.« Sie sieht auf ihren Monitor und tippt gleichzeitig in Höchstgeschwindigkeit auf ihrer Tastatur herum. »Einen Cappuccino mit Hafermilch?«

Diesen Kampf tragen wir auch jedes Mal aufs Neue aus.

Frau Karstensen will mich davon abhalten, in Klaus' Büro zu warten, ich setze mich wie immer darüber hinweg.

»Nein, danke, ich warte im Büro meines Mannes. Aber einen Cappuccino nehme ich gerne.«

»Natürlich.« Der alte Besen lächelt seinen Bildschirm an.

Ich stemme den Oleandertopf wieder in die Höhe, trage ihn selbst in Klaus' Zimmer und lasse ein bisschen Erde in den Flur krümeln. Klaus ist hier Partner. Es ist mindestens so sehr meine Kanzlei wie die von Frau Karstensen.

Im Büro angekommen, stelle ich fest, dass ich Freddy ganz sicher noch zu Gesicht bekomme. Ihre Tasche und ihr Regenmantel hängen über der Lehne des Besuchersessels.

Normalerweise sind wir bemüht, uns nicht über den Weg zu laufen. Aber ich will wissen, was Klaus und Freddy für einen Umgang miteinander haben. Ihre Treffen und Telefonate ärgern mich zunehmend. Nicht, weil ich Angst habe, Freddy könnte Klaus verführen. Gott bewahre, Klaus ist viel zu komplexbeladen, um sich mit unattraktiven Frauen einzulassen. Aber eine *Freundschaft* mit Freddy würde mir auch gegen den Strich gehen. Ich brauche definitiv keinen zweiten Freddy-Groupie in meiner Familie, Philipps Anhänglichkeit ist schon anstrengend genug.

Es klopft. Frau Karstensen bringt meinen Cappuccino und wirft mir einen strengen Blick zu, weil sie mich hinter Klaus' Schreibtisch sitzen sieht.

»Frau Mooser, ich glaube nicht, dass diese Unterlagen für Sie bestimmt sind.« Sie stellt den Kaffee demonstrativ auf dem kleinen Besuchertisch am anderen Ende des Raums ab. Ich habe gar nicht gemerkt, dass ich einen kleinen gelben Hefter durchblättere. Freddys Nachname steht auf dem Einband.

»Wie gesagt, Frau Wanitschek ist gar keine Mandantin.«

»Und doch ist Ihre *Hausfreundin* bei uns als solche geführt«, erklärt Frau Karstensen ruhig, und mich ärgert, dass sie sich das Wort »Hausfreundin« gemerkt hat.

Sie fixiert den Hefter in meiner Hand. Kurz stelle ich mir vor, wie sie auf mich zuspringt und wir beide wie besessen an den verschiedenen Seiten der Pappe zerren. Aus diesem Zweikampf würde ich sicher als Siegerin hervorgehen und Frau Karstensen mit einem Oberschenkelhalsbruch. Aber ich verzichte auf diesen Etappensieg und lasse die Mappe aus der Hand gleiten.

»Sie haben recht.« Ich erhebe mich aus Klaus' Schreibtischstuhl und nehme brav neben meiner Kaffeetasse Platz. Nicht, dass Klaus und Frederike zurückkommen, während Frau Karstensen mir eine Moralpredigt hält.

Wo bleiben die beiden nur? Gemessen am Zeitfenster, das Klaus Freddy zur Verfügung stellt, könnte sie tatsächlich seine Premiummandantin sein. Wahrscheinlich packt sie gerade ihre ganze traurige Lebensgeschichte vor ihm aus. Ich nippe am Kaffee, wie immer exzellent gebrüht, und korrigiere meinen letzten Gedanken. Das muss selbst ich Freddy lassen, ein Jammerlappen war sie nie. Im Gegenteil. Freddy geizt geradezu mit persönlichen Geschichten. Windet sich, als würde sie körperliche Schmerzen empfinden. Wohingegen sie sich Probleme anderer zu eigen macht, als wäre es ihre Atemluft. *Emotional appropriation!* Reindrängeln in die Gefühlswelten anderer, weil sie keinen Zugang zu den eigenen hat. Philipp heult sich seit Jahren für jede Nichtigkeit bei ihr aus. Und egal, wie durchgedreht Johannas Aktionen auch sind, Frederike eilt zu ihr. Noch ein Grund, warum sich ihr Körper nach allen Seiten ausdehnt. Sie braucht Speicherplatz für den Seelenmüll, den sie von anderen aufsaugt. Ich sollte Ellens Job machen.

Ich werfe einen Blick durch die Glastür. Als immer noch niemand zu sehen ist, greife ich nach Freddys Tasche. Wenn sie sich schon so an meiner Familie bereichert, darf ich mich auch ein bisschen mit ihrem Zeug ablenken. Hat jemand wie sie Kondome dabei? Vielleicht schätze ich sie völlig falsch ein.

Kopfschmerztabletten, Portemonnaie, Rezepte, Zigarettenschachtel, jede Menge Taschentücher und Papiere. Ein Buch – *natürlich!* Und was klackert in diesem Tütchen? Hundekekse.

Trostloser Tascheninhalt. Nicht mal ein Deoroller oder ein Lippenstift. Ich überfliege eine To-do-Liste, die sie auf einen alten Briefumschlag gekritzelt hat:

– *Papa, zwei neue Schlafanzüge*
– *Termin mit Herrn Stelling*
– *TÜV-Plakette*
– *Mr. Spock bei Böhm ab 18 Uhr*
– *TAZ-Abo Philipps Konfirmation bestellen*

Interessant, Freddy will unserem Sohn mal wieder Wissen und Erkenntnis schenken, weil wir es ihrer Meinung nach nicht alleine hinbekommen, unsere Kinder angemessen zu bilden. Aber auf Philipps Konfirmation wird sie mich nicht vorführen können. Sie sitzt am Kindertisch, hinter dem Oleander. Ich habe es so hingebogen, dass sogar Philipp denkt, es wäre seine Idee: »Die Patentanten sollten doch unbedingt mit dem Konfirmanden am Tisch sitzen, was meinst du?«

»Klar! Sonja und Freddy sitzen bei mir.«

Meine Schwester würde sowieso nicht freiwillig mit meinem Vater an einem Tisch sitzen. Sonja ist aus demselben Holz geschnitzt wie Freddy und Frau Karstensen – alles Weibliche verbarrikadiert hinter einem Karrierepanzer. Ich hätte eigentlich gedacht, dass Sonja uns absagt, da sie Papa bis heute unterstellt, er habe ihr Leben ruiniert. Prof. Dr. med. vet. Sonja Haberath, Leiterin Kleintierklinik, Vetsuisse Fakultät Bern. Klingt in meinen Ohren nicht nach einem ruinierten Leben. Und peinlich, dass sie die fette Signatur auch unter ihre privaten Mails hängen muss.

Ich dringe in die tieferen Schichten von Freddys Tasche vor. Ziehe eine Sonnenbrille mit verbogenem Bügel heraus. Ein Feuerzeug, das nach mehrmaligem Schnipsen nicht einen Funken zustande bringt. In einem Seitenfach entdecke ich Mahnungen. Freddy muss wirklich völlig blank sein. Hat sie ihre Tasche absichtlich hier liegen lassen, damit Klaus sie einladen *muss?* Ich knöpfe mir ihren Geldbeutel vor. Von außen platzt er aus allen Nähten, aber im Innern gibt es nur jede Menge Bons, Rezepte, klebrige Visitenkarten. Ein Euro und dreißig Cent. Dafür kriegt man höchstens 'ne Tüte Senf.

Hinter einem Plastikfenster klemmt ein Foto von ihrem Vater. Und darunter … ich fummele es hervor. Ein Bild von Jonas Kiekhöfel. Das sind also die beiden Männer in ihrem Leben. Der weinerliche Vater und ein Toter. Traurig.

Das ist auch so eine Geschichte, die sie sich bis heute aneignet. Wenn man sich in ihrer Wohnung umschaut, findet sich in jedem Zimmer irgendein alter Schießbudentrödel von Jonas. Noten, Bücher, Haarspangen. Sein hässlicher weißer Ledersessel in ihrem Wohnzimmer. Und dieser Samowar, in dem er vor jedem Gig seine Voodoo-Matcha-Mischung gebrüht hat. Vielleicht hat Freddy die alten Kräuter auch aufgehoben. Immer um Mitternacht werden sie

erhitzt, dazu ein paar Haarsträhnen, Fingernägel, alte Kuli-
minen, und was sie sonst noch von Jonas besitzt. Dann
tanzt sie nackt um den dampfenden Samowar und be-
schwört seinen Geist herauf.

Ich betrachte Jonas' Foto. Er war schon ein heißer Typ. Ich
will nicht wissen, wie viele Frauen ihn damals als Pin-up-Boy
in ihren Tagebüchern kleben hatten. Wie viele ihre süßen
Mädchenbrüste stöhnend über seinem Papierantlitz hin und
her gerieben haben. Jonas war süchtig nach Öffentlichkeit
und Anerkennung. Er wollte ein Sexidol sein. Ich habe ihn
jedenfalls immer wieder rumgekriegt. Ich kannte ihn auch
gut. Nicht nur Ellen und Johanna, die bis heute so tun, als
hätten sie ein First-Class-Ticket zu seiner Seele besessen.

Was Jonas an Freddy fand, habe ich nie verstanden. An
ihrer Seite wäre er niemals glücklich geworden. Das Leben
einer Kellerassel lag ihm nicht. Ich habe ihm das nicht einen
Moment lang abgenommen. Er war gut im Abhauen und
nicht im Ankommen.

Ich höre Klaus' Stimme im Flur. Reflexartig schmeiße
ich alle Sachen in die Tasche zurück. Sonnenbrille, Feuerzeug. Klaus lacht. Sein lautes, bayerisches Biergartenlachen.
Es muss ein witziges Treffen gewesen sein. Ich versenke die
Geldbörse in den Untiefen von Freddys Tasche. Knopf zu.
Taschengurt über Sofalehne. Hastig trete ich zwei Schritte
vom Sessel weg. Ich habe das beknackte Foto von Jonas
noch in der Hand und knülle es zusammen.

Klaus' Umriss erscheint hinter der Glasscheibe. Erst tritt
er ein, dann Freddy. Im Kleid. Ich habe sie noch nie im

Kleid gesehen. Gibt es keine Hosen mehr, die ihre Schenkel umfangen können?

»Luise, Frau Karstensen hat gesagt, du bist hier. Warum hast du nicht Bescheid gegeben, wir hätten alle zusammen Mittag essen können.«

Ich trete auf meinen Mann zu, umarme ihn ein bisschen länger als sonst und bleibe dicht neben ihm stehen. Freddy will mir die Hand reichen, aber da ist das blöde Foto drin. Ich weiche zurück. Klaus sieht mich irritiert an.

Freddy greift nach ihren Sachen auf dem Stuhl. »Schon gut, Luise, ich wollte eh gerade gehen.«

»Entschuldigung, Freddy, ich dachte nur, du siehst ein bisschen krank aus, hast du Fieber?«

Freddy schlüpft in ihren Regenmantel. »Nicht, dass ich wüsste.«

Klaus mustert mich immer noch. »Ich bin wegen der Oleanderbüsche da«, erkläre ich. »Die acht Töpfe, die du mit deinem Wagen abholen musst. Ich habe dir einen Strauch mitgebracht, damit du weißt, welche.«

Der Groschen fällt. »Ach ja«, sagt mein Mann. Betrachtet den Blumentopf neben dem Sessel trotzdem wie eine seltsame Erscheinung. Dann läuft er zum Schreibtisch, legt Handy und Portemonnaie ab, zieht eine Schublade auf und nimmt ein paar Blätter heraus. Normale Geschäftigkeit. Mein Blick wandert zwischen ihm und Freddy hin und her. Keine auffällige Vertrautheit. Kein Bedürfnis, irgendwas künstlich in die Länge zu ziehen. Natürlich nicht. Was hatte ich mir auch vorgestellt. Braver Ehemann. Alte Jungfer.

Als Frederike sich anschickt, Klaus' Büro zu verlassen, bin ich fast enttäuscht. Dafür habe ich meine Zeit verplempert? Den Blumentopf hochgeschleppt und Frau Karstensen ertragen? Irgendwas muss auch für mich rausspringen.

»Klaus, würde es dir helfen, wenn Frederike mit mir zusammen die Oleandertöpfe abholt?«, höre ich mich flöten.

Klaus schaut auf. »Nein, also, das muss nicht …«

»Ich kann das machen«, unterbricht Freddy ihn. Natürlich schlägt sie es nicht aus. »Ich habe mein Auto unten auf dem Kanzleiparkplatz stehen.«

Und natürlich beharrt mein Mann nicht darauf, sein Versprechen vom Morgen einzulösen. Er hat bis zum heutigen Tag noch keinen Finger für Philipps Konfirmation gerührt. In diesem Fall soll es mir recht sein. Klaus hat Freddy eben einen beachtlichen Teil seiner kostbaren Zeit zur Verfügung gestellt. Da kann sie sich ein bisschen erkenntlich zeigen.

Sie selbst sieht das offenbar nicht anders. So handzahm war sie lange nicht mehr in meiner Gegenwart. Small Talk im Fahrstuhl. Small Talk auf dem Weg zum Auto. Small Talk auf dem Weg durch die Gärtnerei. Freddy lobt mich sogar für meinen Nagellack und meinen neuen Mantel. Fast so freundlich wie Frau Karstensen hinter ihrem Tresen. Wie meine Schwester in ihrer Mail. Wie Ellen, wenn sie mich abwimmelt. Wie alle Frauen, die mich ständig unterschätzen und nicht für voll nehmen.

Eine Stunde später schicke ich Klaus einen Schnappschuss von uns. Der junge Gärtner hat ihn aufgenommen.

Freddy und ich hinter blühendem Lavendel. Freddys Gesicht glänzt mit den roten Blüten um die Wette. Ihr Kleid ist hinter dem Topf hochgerutscht und legt Besenreiser frei.

Hat super geklappt. Küsse, Luise!

Das Foto von Jonas Kiekhöfel habe ich in einem der Blumentöpfe versenkt.

MEIN HUT, MEIN STOCK, MEIN REGENSCHIRM. VORWÄRTS, RÜCKWÄRTS, SEITWÄRTS, RAN

MARIANNE

Mr. Spock hat so viel Staub im Fell, dass man ihn für eine Albinoratte halten könnte. Ellens weißer Handverband schmuddelt immer mehr ins Ocker. Rechte Hand, linke Hand, inzwischen kann niemand mehr sagen, ob sie sich das beim Räumen und Schleppen in meiner Wohnung oder beim handfesten Durchdrehen in ihrem Treppenhaus zugezogen hat. Ich selbst habe mich gerade mit Jonas' uralten Farbtuben eingesaut.

Nur Luise sieht noch exakt so aus, wie sie gekommen ist. Frisch geduscht und glatt gekämmt. Ständig cremt sie ihre Hände ein, obwohl sie bisher eher Ansprüche durch die Gegend getragen hat als all den staubigen Trödel, den wir anderen seit dem Morgen aus meinen Schränken und Kommoden räumen. *Eine* Kiste hat sie allerdings schon bestückt. Voller Sachen, die sie gerne mit nach Hause nehmen möchte.

Ich blicke von meiner Küche hinunter in den Flur und sehe Böhm, der seit einer halben Stunde wieder im Einsatz ist. Zwei Mal habe ich ihn in seine Wohnung zurückgeschickt. Man entrümpelt nicht im hellen Leinenanzug. Und auch nicht im senfgelben Kaschmirpullunder. Jetzt trägt er einen nigelnagelneuen Blaumann, der kurz zuvor auf DIN-A-4-Format zusammengefaltet gewesen sein muss. Die Falzlinien im Stoff unterteilen meinen Lebensgefährten in Planquadrate: B4 – Altherrenpo.

»Marianne, mach mal Platz auf deinem Küchentisch, wir haben noch was Schönes ausgegraben«, ruft Ellen, die neben Böhm im Flur steht.

Die beiden haben drei fette Eichentruhen geöffnet, vollgepackt mit ausrangierter Fußbekleidung. Seit die Schuhsarkophage offen stehen, breitet sich ein eigenwilliger Geruch im Flur aus. Mr. Spock ist so verzückt von diesem Aroma, dass er seine Schnauze gar nicht tief genug in die Truhen drücken kann. Luise rennt durch alle Zimmer und reißt die Fenster auf.

Mir geht es wie Mr. Spock. Für mich ist es auch das Aroma von Geheimnis und Abenteuer.

Ich beobachte, wie Ellen einen blauen Ikeabeutel belädt. Ein Fernrohr verschwindet darin, ein alter Wanderrucksack, ein Wanderstock. Einen alten Kompass am Band hängt sie Böhm lachend um den Hals.

»Das grüne Buch und die Wanderkarten sind drollig. Guck dir die mal näher an«, ruft sie mir zu. Dann sehe ich, wie Böhm sich mit dem vollen Ikea-Beutel auf den Weg zu mir in die Küche macht.

Ich weiß, dass man beim Öffnen alter Grabstätten auf alles gefasst sein muss. Muff und Mumien. Fluch und Fäulnis. Aber man nimmt das in Kauf für die großen Schätze und Erkenntnisse, die dabei ebenfalls zum Vorschein kommen.

Fünf Tage ist es her, da stand Ellen mitten in der Nacht plötzlich vor meiner Tür, und ihr Anblick jagte mir einen Mordsschrecken ein. In einer solchen Verfassung habe ich sie noch nie zuvor gesehen. Blut im Gesicht und an den Armen. Die Haare wild und wirr. Genauso wie der Ausdruck in ihrem Gesicht.

»Marianne, ich erklär dir alles. Es ist nicht so dramatisch, wie es aussieht. Ich habe mein Handy zerhauen, und ich brauche ein paar Tage Asyl.«

»Vor wem?«

»Vor mir selbst.«

Ellen trat in meine Wohnung und marschierte direkt ins Badezimmer. Ich stand da, tausend Fragen im Kopf, und nur eine ließ sich sofort beantworten: dass ich diese Nacht nicht im Bett beenden würde. Ich ging in mein Schlafzimmer, schlüpfte in Morgenmantel und dicke Socken und lief weiter in die Küche, um Kaffeewasser aufzusetzen.

In den nächsten Stunden holten Ellen und ich die Geständnisse nach, die wir bei meinem Oma-Einsatz auf ihrem Balkon in letzter Minute heruntergeschluckt hatten. Wir erzählten uns alles. Von Affären und dementen Köpfen. Hau-drauf-Neurologen und Hau-drauf-Produzenten. Von den vielen einsamen, überforderten Entscheidungen, die wir beide in den letzten Wochen getroffen hatten. Wir endeten beide mit der Angst, nicht mehr alleine zurückfinden zu können.

Ich, sobald ich meiner Wohnung auch nur drei Meter den Rücken kehrte. Ellen in ihre Familie und in ihr altes Leben.

Als der nächste Tag anbrach, saßen wir immer noch in meiner Küche. Als piepende, scheppernde, singende Wecker das restliche Haus erwachen ließen. Als Böhm um neun Uhr mit einer Brötchentüte in die Wohnung trat und kurz darauf ohne Brötchentüte und reichlich verwirrt wieder zu seiner Wohnung hinabstiefelte. Denn Ellen und ich redeten immer noch.

Erst um zehn Uhr habe ich meinem nächtlichen Gast eine Schlafcouch bezogen – in meinem alten Arbeitszimmer, der einzige Raum mit Rollo. Um zur Couch zu gelangen, schlängelten wir uns an Büchertürmen, ausrangierten Holzstühlen und Böhms altem Stehpult vorbei. Ich schob im Regal über der Couch Tonfiguren und Trockenblumensträuße zur Seite, damit Ellen nicht im Schlaf davon erschlagen werden konnte.

Ich war schon fast wieder aus der Tür heraus, da flüsterte sie mir noch etwas zu: »Marianne, wir müssen beide dringend Ordnung machen, um beurteilen zu können, was uns wirklich stolpern lässt.« Ihr Federbett raschelte, die Sprungfedern ächzten. »Aber eine Sache will ich jetzt schon loswerden. Ich bin in meinem langen Berufsleben noch nie einem demenzkranken Menschen begegnet, der so blitzgescheit und turboschnell über seine Krankheit sprechen kann wie du.«

»Turboschnell?«

»Und blitzgescheit«, wiederholte Ellen und gähnte.

Ich löschte das Licht, zog die Tür hinter mir zu und lächelte den ganzen Weg zu meinem Schlafzimmer meine knubbeligen, krummen Hexenzehen an.

Seitdem sieht so vieles anders aus. Unsere Innenleben mindestens so wie meine Wohnung. Meine Küche etwa hat sich in den letzten zwei Tagen in ein Museumsdepot verwandelt. Mit Fundstücken, die auf Außenstehende vermutlich einen sonderlichen Eindruck machen: ausgelatschte Turnschuhe, zwei wild besprühte Skateboards, eine Sporttasche voller mottenzerfressener Wollpullis. Kisten mit staubigen Papieren. Eine Abizeitung von 1989. Teure, aber veraltete Tontechnik. Teure, aber veraltete Fotokameras. Überhaupt eine Menge eingestaubter Luxusgüter.

Böhm betritt das Museumsdepot. Der vollgeladene Ikea-Beutel auf seiner Schulter beschert ihm sichtlich Schlagseite. Erste Schmutzspuren auf C6.

Er lächelt mir zu, streichelt mir über den Arm und lädt neue Ausstellungsstücke vor mir aus: Wanderstiefel, Wanderrucksack, ein Wanderstock baumelt gleich darauf über der Stuhlkante, am Handlauf Friedel Bergmanns Initialen. Böhm legt Fernrohr und Kompass vor mir auf den Tisch und zieht zum Schluss ein kleines grünes Büchlein aus dem Rucksack. *Hexentreppe – Wandertagebuch von Jonas Kiekhöfel*, lese ich auf dem Einband.

»Bis auf den Wanderstock alles von deinem Sohn«, erklärt er mit echtem Pfadfinderstolz.

In jener Nacht, in der ich Ellen von meinem löchrigen Schädel erzählte, ist ihr noch etwas aufgefallen, das nicht so recht zu einer Demenz passen wollte. Von dieser Beobachtung berichtete sie mir jedoch erst, nachdem wir ausgeschlafen hatten und sie die Sache besser einordnen konnte.

»Marianne, immer wenn du von deinen Aussetzern erzählst, taucht irgendwann dein Sohn auf. Wie ein seltsamer Zaungast. Du kannst dich nicht an seinen Todestag erinnern, und anschließend weißt du nicht mehr, wie man Schnürsenkel bindet. Du findest die alten Unterlagen aus der Entzugsklinik, aber nicht den Weg zum Bäcker. Du versuchst, dir vorzustellen, wie Jonas heute aussehen würde, wie euer Verhältnis wäre oder das Verhältnis zu seinen Kindern, und vergisst dabei den Weg nach Hause. Kann es nicht sein, dass deine Aussetzer damit zu tun haben? Dein Sohn, der alte Poltergeist, hat sich mal wieder aus seiner Flasche befreit?« Ellen blickte mich an. Bohrend. Und dann ein bisschen amüsiert, weil mir spontan die Farbe aus dem Gesicht wich. »Und *jetzt* denkst du gerade, er poltert herum, weil er dir nie verziehen hat? Weil seine verkrachte Teenagerzeit sein Leben ruiniert hat? Weil er das Motorrad vielleicht doch mit Absicht gegen den Baum gesetzt hat?«

Mein Körper kribbelte unter Ellens Blick und unter ihren Fragen. »Aber kann ich denn wirklich sicher sein, dass es nicht so war?«

»*Du* kannst es offenbar gerade mal wieder nicht. Aber ich kann es. Freddy. Johanna. Peter, Hagen, Friedel. Deine Mutter konnte es. Alle, die ihn damals gut kannten. Dein Sohn hatte eine Menge extrem anstrengender Seiten. Lebensmüde war er nicht. Im Gegenteil, seine Lebensfreude war ansteckend. Außerdem war er viel zu selbstverliebt dafür.« Ellen griff meine Hände, hob sie ein bisschen in die Höhe, als wollte sie mich zum Tanzen auffordern. »Marianne, wenn

Jonas in deinem Kopf herumpoltert, dann, um sich endgültig mit dir auszusöhnen. Gib ihm doch endlich die Gelegenheit dazu. Indem du dir die letzten Jahre seines Lebens noch einmal genau anschaust.«

Und genau das tue ich gerade. Erinnerungsstücke meines Sohns zusammentragen. Der eigentliche Grund für diesen Räumeinsatz.

Ellen ist davon überzeugt, dass sich die Löcher in meinem Kopf damit stopfen lassen. Dass meine Gedankenströme nicht in verkalkten Gehirnbahnen verenden, sondern von schmerzvollen Erinnerungen abgewürgt werden. Sie hat es auch auf eine handfeste Formel gebracht: »Lieber dement als schuldig.«

Dass ich über einen Satz, der das Wort »Demenz« enthält, so herzlich lachen kann, hätte ich noch vor zwei Wochen niemals für möglich gehalten.

»*Marianne?*« Luise steht vor mir. Sie hält auch ein kleines Buch in der Hand. Ein rotes. Eine Schreibkladde. Könnte auch ein Tagebuch sein.

»Ellen sagt, ich soll erst fragen, ob ich das hier mitnehmen kann.« Luise klingt ein bisschen echauffiert. »Da sind so alte Geschichten drin. Ich bin sicher, die hat Jonas damals für mich und unser Kind geschrieben, weil es sind Märchen und ...«

Das Kind. Immer wieder ihr Kind. In den letzten Jahren erwähnt sie es nur noch, wenn sie etwas haben will.

»Luise, du weißt ja, ich habe selbst kaum Erinnerungen an meinen Sohn aus dieser Zeit.«

»Klar, ich dachte nur, weil du das Buch ja offensichtlich ewig nicht … « Luise seufzt. Sie sieht mich traurig an. Verletzt, verloren. Gepeinigter Goldrauschengel, ihre Paraderolle. Der alte Zausel im Himmel hat ihr dafür das perfekte Kostüm verpasst. »Dann lasse ich es hier?«

Ich nicke.

»Freddy oder Ellen würdest du es sicher geben.«

»Nein, auch nicht.« Ich lächle immer noch, obwohl ich ihr lieber die blonden Locken langziehen würde. Vorwürfe als Verletzungen tarnen gehört ebenfalls in ihr mannigfaltiges Opferrollen-Portfolio. *Für euch war ich nie mehr als ein Groupie. Ob du unser Kind überhaupt geliebt hättest?*, habe ich mir alles schon anhören müssen. Warum habe ich ihr nur Bescheid gesagt?

Luise steht immer noch vor mir, streichelt das Buch wie damals ihren kleinen Bauch. Ich überlege, wie ich sie loswerden kann, und bekomme Hilfe von außerhalb. Mr. Spock taucht in der Küche auf und schleift einen alten Winterstiefel hinter sich her. Er macht es sich neben mir gemütlich, kaut geräuschvoll auf dem Schuh herum, verschluckt sich und lässt ein würgendes Röcheln erklingen. Luise betrachtet Johannas Hund angewidert. Dann seufzt sie erneut, wie Maria vor der Niederkunft. Sie legt das Buch auf den Tisch und zieht von dannen. Ich zwinkere Mr. Spock zu. Er zwinkert zurück.

Die Geschichte zwischen Luise und meinem Sohn gehört auch zum unguten Wind, der bis heute über sein Erinnerungsbild fegt. Gemessen an all den fabelhaften Frauen, die ihn damals umgaben, ist Luise eine echte Luftnummer. Wobei ich selbst auch eine ganze Weile gebraucht habe, es zu erkennen. Niemand sonst hat mich einem Enkelkind so nahe gebracht wie sie. Und damit einer Fortsetzung der Geschichte meines Sohns. Wohl auch ein Grund, warum ich sie nach Jahren immer wieder dazubitte. Wir alle.

Ich überzeuge mich, dass sie außer Sichtweite ist, und ziehe einen Pappkarton heran. Auf seinen Inhalt könnte Luise auch Ansprüche anmelden. Im Innern befinden sich selbst gestrickte Babysachen. Winzige Mützchen, Pumphosen, eine Kapuzenjacke mit riesiger Bommel. Ellen hat das Ultraschallbild eines Embryos in Jonas' altem Portemonnaie gefunden. Ich glaube, meine Mutter hat das gestrickt, als sie erfuhr, dass Jonas Vater wird. Irgendwann werde ich Luise diese Sache übergeben. Aber nicht heute. Sie würde den Tag und die ganze Aktion umgehend für sich okkupieren. Geschichten so zu erzählen, dass ihr darin die einzige Hauptrolle zukommt, gehört ebenfalls zu ihren großen Talenten.

Insgesamt finden sich erstaunlich wenige Spuren von Luise in Jonas' Hinterlassenschaften. Kein Vergleich zu dem gemeinsamen Krempel, den Ellen aus den Untiefen meiner Wohnung zieht: Tour-Tagebücher, einen alten Seesack voller Fanpost und Fotos, Aquarellzeichnungen, die Jonas von ihr gemacht hat. Sogar alte Liebesbriefe haben wir gefunden.

Ich schaue mir das kleine rote Buch genauer an, das Luise einsacken wollte, und stelle fest, dass unser Frl. Selbstgerecht absolut kein Anrecht darauf hat. *Der kleine Herr Stöpsel* steht auf dem Einband, und im Innern entdecke ich zuerst eine Widmung für Freddy.

Was Freddy angeht, vergesse ich immer, dass sie auch mit meinem Sohn zusammen war. Alles, was man ihr jemals dazu aus der Nase ziehen konnte, passt auf eine Postkarte. Als wäre ihre Verbindung nicht der Rede wert gewesen. Dabei finden sich auch von ihr erstaunlich viele Spuren ihrer gemeinsamen Verbindung.

Ich schaue auf die Uhr, denn sie wollte eigentlich auch vorbeikommen. Es passt so gar nicht zu ihr, nicht mal abgesagt zu haben. Ich werde gleich nachhorchen, was sie aufgehalten hat. Das rote Buch bringe ich für sie in Sicherheit. Lasse es unter dem Pappkarton mit den Wollwinzlingen verschwinden, nicht, dass Luise im Vorbeigehen doch noch danach greift.

Auch für Johanna habe ich schon einen kleinen Stapel Fundstücke heraussortiert. Sie ist natürlich ebenfalls häufig vertreten, da die beiden so lange zusammengewohnt haben. Vier Jahre bei meinen Eltern auf dem Hof, dann in dieser luxuriösen Wohnung in Wilmersdorf. Ein Großteil der Sachen, die jetzt durch meine Hände wandern, stammt aus dieser Wohngemeinschaft. Eine Woche nach Jonas' Beerdigung ließ Johanna alles zusammenpacken und zu mir bringen. Möbel, Instrumente, Bücher, Kisten voller Papiere. Davon umgeben zu sein, ohne dass Jonas seine Sachen jemals wieder benutzen würde, konnte sie nicht ertragen.

Nur war ich mindestens so überfordert davon. Etliche Jahre hatte ich nicht einen alten Pulli von meinem Sohn besessen. Eine kaputte Spielkonsole, Schulhefte, Kleinkram, der zurückbleibt, wenn ein Kind auf organische Weise das Elternhaus verlässt. Plötzlich standen die verpassten Jahre eingeschnürt vor meiner Wohnungstür. Ein vergiftetes Geschenk. Ich habe die Sachen nicht angerührt. Erst sind sie eingestaubt. Dann habe ich sie untergekramt und irgendwann vergessen.

Seit dem Gespräch mit Ellen fühlt es sich an, als würde ich Geschenkpapier aufreißen, wenn ich den Staub von den alten Sachen puste. Selbst bei Friedels Erinnerungsstücken geht mir das so, denn auch zu dieser Verbindung haben Jonas' Hinterlassenschaften viel zu erzählen.

Die Wandersachen, die Ellen und Böhm in den Schuhtruhen ausgegraben haben, rühren mich geradezu. Über Stock und Stein. Friedel und Jonas scheinen sich ihre Vater-Sohn-Beziehung in langen Streifzügen durch den Harz erwandert zu haben. Sie führten Wandertagebücher, die kleinen grünen Hefte, die Ellen mir ans Herz gelegt hat. Sie haben eigene Wanderkarten gezeichnet. Aus Friedels alten Briefen lässt sich herauslesen, wie nahe Jonas sich meinem Heimatdorf und seinen Bewohnern gefühlt hat. Ein Ort, den er und Johanna ganz anders erlebt haben müssen als ich. Nicht eng und engstirnig. Sondern gemütlich und überschaubar nach ihrem Absturz in Berlin. Mit herzlichen, handfesten Menschen, Streuselkuchen und Schützenfesten, auf denen Jonas seine ersten Konzerte gegeben hat.

Und noch etwas Kurioses haben Friedels Briefe verraten: Meine Mutter hat Johanna Nähen beigebracht. Die aufregenden Sechzigerjahre-Outfits, die sie früher trug, haben die beiden zusammen geschneidert. Ich weiß nicht, was mich mehr verblüfft, dass meine bärbeißige Kittelschürzenmutter half, Kleider zu nähen, die sie früher einmal so verabscheut hatte. Oder, dass es eine Johanna gegeben hat, die ruhig und konzentriert hinter einer Nähmaschine sitzen konnte und so schöne Sachen zu Ende brachte.

Ich blicke zu Mr. Spock hinunter, meinen Winterstiefel hat er inzwischen komplett zerlegt, Füllwatte verteilt sich in feinen Flocken auf dem Küchenboden. Und doch hat auch Johannas kleiner Jack Russel in den letzten Tagen eine Menge verborgener Seiten von sich freigelegt: Er schläft am besten, wenn Böhm unten in der Wohnung Buddy-Rich-Platten auflegt. Er kann erstaunlich hohe Sprünge machen, um Fliegen und Würste aus der Luft zu schnappen. Wenn man ihn drei Minuten hinterm Ohr krault, ist er eine Stunde lang absolut verträglich. Und er ist ein Lebensretter. Er hat mir noch in einer deutlich verzwickteren Lage beigestanden als gerade mit Luise. Auf diesem orientierungslosen Horrorheimweg vom Savignyplatz nach Hause, im Anschluss an meinen Oma-Einsatz bei Ellen, drang plötzlich lautes Kläffen an mein Ohr. Durchmischt von Böhms vertrauter, aber völlig überforderter Stimme: »*Pssssst! Bist du still! Verdammt noch eins!*« Hinter der nächsten Straßenecke tauchten die beiden auf. Böhm in Schlafanzughose und offenem Lodenmantel, die Schuhe nicht zugebunden, hantierte mit einer Ausziehleine herum. In einem Gebüsch, zehn Meter entfernt, kläffte Mr. Spock ein altes Fahrrad an.

Ich kraule Mr. Spock hinterm Ohr. »Du und Ellen. Ihr wart meine Retter in letzter Sekunde«, sage ich, und er wedelt voller Freude Friedels Wanderstock vom Stuhl. Ellen betritt meine Küche im selben Moment.

»Marianne, wo steckt Luise?«, fragt sie und blickt sich um, als würde sie verfolgt. Als sie sieht, dass die Luft rein ist, zieht sie etwas aus ihrem Hosenbund. Noch ein Buch. Ein zerfleddertes gelbes. *Lauter magische Bücher*, schießt es mir durch den Kopf.

»Das sind alte Songtexte von uns«, flüstert Ellen. »Darunter das schlimmste Macho-Lied, das dein Sohn jemals geschrieben hat. Gruselig. Aber sag mir doch bitte mal, was dir bei diesen Zeilen durch den Kopf geht?«

Goldrauschengel. Häng mir nichts an.
Goldrauschengel, nee, nicht jeder Mann
ist verzückt und verrückt
und verzehrt sich nach dir.
Eh ich mein Herz
an eine wie dich verlier,
kriegt's 'ne Gummipuppe
mit Plastikloch.
Falsche Tränen, armes Hascherl?
Los, dann heul doch.
Heul doch.
Heul doch!

LUISE

»Ein verdammt schlechter Witz, mein Lieber!«

Mein Sohn stöhnt. Er dreht mir den Rücken zu und starrt auf seinen Bildschirm. Ich sehe Philipps verfilzte Haare, die Kopfhörer, ein Shirt, das er seit drei Tagen nicht mehr gewechselt hat.

»Kannst du mich bitte ansehen, wenn du mir so einen Blödsinn erzählst?«

Der Stuhl knarzt. Philipp wendet sich in Zeitlupe zu mir um, bleich wie eine Mottenlarve blinzelt er mich an.

»Was willst du denn hören?«

»Was will ich hören? Ich will hören, dass du deiner Schwester Bockmist erzählt hast, dass du dich dafür entschuldigst und umgehend erklärst, was in dich gefahren ist.«

Philipp stöhnt erneut. Drehbewegung zurück zum Bildschirm.

»Philipp? Was hast du dem Pfarrer erzählt?«

»Das weißt du doch schon.«

»Ich weiß … was Sophie mir erzählt hat. Und das ist … *Philipp!!!*«

Ich laufe zu ihm an den Tisch und drehe den verdammten Schreibtischstuhl eigenhändig wieder um. »Du wirst das jetzt sofort aufklären. Und wenn es stimmt, schwingst du deinen Hintern aufs Fahrrad, fährst ins Pfarramt und entschuldigst dich bei Herrn Hartmann.«

»Ich muss mich nicht bei ihm entschuldigen, er findet meinen Entschluss mutig.« Philipp ist ganz ruhig. Als ob er lediglich eine verdammte Sportstunde schwänzen wollte.

»Mutig? Er hat sicher nicht *mutig* gesagt. *Ganz sicher nicht!* Es ist nämlich absolut nicht mutig. Es ist respektlos und egoistisch! So was darfst du gar nicht alleine entscheiden. Eine Konfirmation ist ein Familienfest, du hast kein Recht ...«

»Ich habe jedes Recht der Welt, meine eigene Konfirmation abzusagen. *Der Herr hat dich erwählt, dass du sein Eigentum seist.* Ich hab keine Lust, das Eigentum von irgendwem zu sein, den ich überhaupt nicht kenne und der vermutlich ohnehin nur ein Hirngespinst ist.«

Philipp und ich starren uns an.

Ich gewinne den Wettbewerb. Als mein Sohn den Blick abwendet, sage ich: »Philipp, auf diese Diskussion lasse ich mich nicht ein. Du bist getauft, du wirst konfirmiert. Anschießend kannst du machen, was du willst. So wird es laufen.«

»Wenn du meinst.«

Ich spüre seinen Impuls, sich wegdrehen zu wollen, und wende mehr Kraft auf, ihn abzuhalten.

Philipp seufzt. »Aber falls es dich interessiert, ich drehe einen Film über die anderen Konfirmanden.«

»Was machst du?«

»Ich drehe einen Dokumentarfilm. Ich hab schon Interviews mit Till, Bela und Johanna geführt.«

»Was für Interviews?«

»Ich will wissen, warum sie sich konfirmieren lassen. *Die Geldgeschenke sind cool, und der Pfarrer ist nett*, das kann es doch nicht sein. Ich meine, immerhin ist es irgendwie auch ein Bund fürs Leben.«

Mir erschließt sich nicht, was mein Sohn mir da gerade erzählt. Aber in meinem Kopf geht es auch drunter und drüber. Ich muss den Pfarrer anrufen. Ich muss verhindern, dass irgendjemand davon erfährt, bis ich die Sache wieder hingebogen habe. Meine Schwester! Es darf nicht bei meiner Schwester landen. Auch nicht bei Ellen oder Marianne oder bei Klaus' bayerischer Mischpoke. Dieses Fest wird stattfinden. Und es wird fantastisch werden.

»Deine Konfirmation wird fantastisch werden!«, sage ich laut. »Hast du eine Vorstellung, wie viel Zeit, Geld und Kraft ich bereits in diese Sache gesteckt habe? Allein das Essen, die Anschaffungen für die Gäste, Gartenstühle …«

»Deine Gäste«, sagt Philipp.

»Nein, auch *deine* Gäste! *Dein* Essen! *Deine* verdammte Konfirmation! Ich könnte meine Zeit mit angenehmeren Dingen verbringen.« Meine Stimme überschlägt sich.

Mein Sohn fummelt an seiner Hosennaht herum.

»Ja, gut … aber dann mach das doch jetzt. Angenehmere Dinge und ein scheinheiliges Fest weniger, guter Deal.«

Aus lauter Empörung lasse ich den Stuhl los, und Philipp dreht sich umgehend zum Bildschirm zurück. Als er sich seinen Kopfhörer wieder über die Ohren ziehen will, raste ich aus. Mit einer einzigen großen Bewegung fege ich alles vom Schreibtisch, was in meiner Reichweite liegt. Eine Videokamera fliegt durchs Zimmer und lauter kleine Apparate hinterher.

»Spinnst du jetzt völlig, was soll das denn?«

»Das hast du dir selbst zuzuschreiben!«, brülle ich. »Du machst auch alles kaputt.«

» Ich …? Ich mache gar nichts!«

Schnelle Schritte im Flur. Sophie schaut ins Zimmer und starrt uns an.

»Dein Bruder hat seine Konfirmation abgesagt.«

»Ich weiß«, sagt sie unschuldig.

Als Philipp sich an mir vorbeidrücken will, um seine Sachen vom Boden aufzuklauben, werde ich noch wütender. »Du lässt das Zeug da liegen! Du lässt das ganze Zeug exakt da liegen, wo es ist!«

Ich schneide ihm den Weg ab. Es kommt zu einem Gerangel in der Zimmermitte. Mein eigener Sohn drückt mich an seinen Kleiderschrank.

»Komm mal wieder runter!«, ruft er. »Lass uns das besprechen, wenn Papa nach Hause kommt.«

»Wann kommt Papa denn?«, fragt Sophie hilflos.

»*Euer Vater kommt, wann er kommt!*«, rufe ich und drücke Philipp weg. Und weil Sophie ihren Bruder mitleidig anguckt, kocht es erneut in mir hoch. Ich verpasse ihr ebenfalls eine verbale Breitseite, die sich gewaschen hat. Von Sophie erwarte ich Unterstützung. Das ist sie mir schuldig, gerade nach den letzten Wochen, in denen ich mich so für sie eingesetzt habe.

Philipp nutzt, dass ich abgelenkt bin, und pflückt seine Kamera vom Boden.

»Du wirst das liegen lassen«, zische ich, aber da zieht er schon seinen Laptop vom Schreibtisch und läuft damit und mit der Kamera aus dem Zimmer. Ich versuche ihn einzuholen. Doch er ist schneller, und kurz darauf hat er sich im Badezimmer verbarrikadiert.

»Mach die Tür auf! Mach sofooort die Tür auf!«

»Mama, es ist doch Philipps Konfirmation«, flüstert Sophie in meinem Rücken. »Können wir nicht ein anderes Fest feiern?«

Ich ranze sie erneut an. Und weil sie ihren Bruder immer noch verteidigt, schiebe ich sie in ihr Zimmer und lasse sie dort heulend zurück.

Ich laufe den Flur auf und ab. Ich laufe in unser Schlafzimmer. Ich laufe zurück zum Badezimmer und lausche an der Tür. Es ist ganz still. Ich rede auf die Tür ein. Ich bollere ein paarmal dagegen.

Kein Mucks von der anderen Seite. Ich gehe ins Wohnzimmer und mache Ordnung auf dem Couchtisch.

Klaus hat überall seine hässlichen juristischen Fachjournale herumliegen lassen. Ständig lässt er überall hässliches Zeug herumliegen. Ich raffe die Hefte zusammen und entsorge sie in der Küche im Altpapier.

Dieses Fest fällt nicht aus.

Dieses Fest fällt nicht aus.

Völlig ausgeschlossen. Den Triumph gönne ich Sonja nicht.

Ich nehme mir ein Weinglas aus dem Regal, schenke mir von dem Chardonnay ein, den Papa für die Konfirmation geschickt hat, und denke nach. Klaus muss seinen Sohn zur Vernunft bringen. Er behauptet ständig, dass er sich mehr einbringen will. *Voilà!* Hier hat er die Gelegenheit.

Ich suche mein Handy, rufe ihn an, aber sein Anschluss ist besetzt. Weil ich mir dringend irgendwo Luft machen muss, rufe ich bei meiner Mutter durch, aber sie hebt nicht ab. Verdammt.

Ich schenke Wein nach. Suche die Nummer vom verflixten Pfarrhaus heraus und lande auf einem Anrufbeantworter. Mit sonorer, einfühlsamer Stimme klärt Herr Hartmann über seine Sprechzeiten auf. »Das Seniorencafé findet in dieser Woche im Pfarrgarten statt. Wir freuen uns auf herrliche Sonne und leckeren Johannisbeerkuchen von Frau Diebold.«

Das ist scheinheilig! Das ist, verdammt noch mal, so was von scheinheilig!

Die Seelen seiner jungen Konfirmanden sind ihm scheißegal, aber seinen Alten schiebt er höchstpersönlich Gartenstühle unter die schlaffen Hintern. Warum wundert sich überhaupt noch jemand, dass die Kirche ein Auslaufmodell ist, wo sie ihre Trümpfe nie voll ausspielt. Familienfeste! Taufen, Konfirmation, Weihnachten! Ich sollte den Job des Pfarrers machen.

Mir hat sich Herr Hartmann von Anfang an entzogen.

All meine Vorschläge, wie man die Kirche festlicher gestalten könnte, abgebügelt. Ich habe angeboten, dass Sophie und ein wirklich begnadeter Junge aus ihrem Orchester ein paar Barockstücke vortragen könnten. Abgebügelt! Stattdessen darf ein Hip-Hop-Chor auftreten. Ehemalige Konfirmanden rappen über Gott. Eine absurde Verunglimpfung. Ich sehe das verkrampfte Gesicht meines Vaters schon vor mir. Ich schenke mir erneut nach. Aber Papas Gesicht wird zu Granit versteinern, wenn er erfährt, dass Philipps Konfirmation ganz ins Wasser fällt. Traditionen sind ihm wichtig.

Sie sind mir auch wichtig!

Warum muss man die Welt an den wenigen Stellen neu erfinden, an denen sie ausnahmsweise mal wunderbar funktioniert. Ich nehme noch einen Schluck.

»*Damit kommst du nicht durch, mein Lieber!*«, brülle ich in Richtung Badezimmer. »Und erwarte bloß keine Unterstützung von deinem Vater. Diesmal nicht. Sonst schmeiße ich hier alles hin. Dann lasse ich diese Familie krachen wie du dein Fest.«

Das Gewimmer aus Sophies Zimmer wird lauter. Ich ziehe ihre Tür zu und versuche es erneut bei Klaus. Immer noch besetzt. Mit wem telefoniert er so lange? Doch wohl nicht mit Freddy? Wenn ich herausfinden sollte, dass er just in diesem Augenblick ihr armseliges kleines Leben organisiert, drehe ich ihm den Hals um. Um es zu überprüfen, wähle ich Frederikes Nummer, da ruft meine Mutter zurück.

»*Mamaa!*«

»Ich hab das Klingeln nicht gehört. Ich musste deinen Vater …«

Ich unterbreche sie. Ich kann nicht länger an mich halten und erzähle alles. Wie sehr ich mich in den letzten Wochen aufgerieben habe. Dass mich Klaus um jede neue Kaffeetasse betteln lässt und selbst keinen Finger für die Konfirmation rührt und nichts von dem wertschätzt, was ich tue. Nichts. *Nichts.* Niemand in meiner Familie. Dann komme ich zu Philipps Verrat und verliere vollends die Fassung. Meine Mutter spricht mir Mut zu. Lobt mich. Tröstet mich: »Lieschen, das renkt sich wieder ein. Wie oft musste ich mich gegen eure Launen stemmen. Und euer Vater war ja auch immer nur …«

»Papa hat dich wenigstens machen lassen.« Und er stand gedanklich hinter Mama, das weiß ich genau.

»Ich würde auch eher kommen, aber dein Vater ist nicht so gut beieinander. Ich mache mir richtig Sorgen.«

»Mach das doch bitte, Mama. Das würde wirklich helfen. Philipp muss sehen, wen er hier alles vor den Kopf stößt. Ich brauche wirklich dringend Unterstützung.«

Mama tut es auch gut, mal rauszukommen. Und sie ist wirklich eine Deko-Königin. Unsere Familienfeste waren damals in aller Munde. Meine Mutter erzählt von irgendwelchen Arztbesuchen, aber ich bin abgelenkt. Mit einem Mal kommt es mir absurd vor, dass diese Konfirmation ausfallen soll. Wie konnte ich Philipp überhaupt so ernst nehmen? Er ist ein Kind. Es ist eine Schrulle. So, wie er im letzten Jahr barfuß zur Schule gerannt ist. Mamas Trost. Papas Wein. Alles wird gut.

Ich verspreche meiner Mutter, später noch mal anzurufen, und verabschiede mich. Ich muss das jetzt klären. Ehe die Sache eine Eigendynamik bekommt, die sich nicht mehr stoppen lässt.

Ich lausche in den Flur hinein. Aus dem Badezimmer kein Mucks. Bei Sophie ist es ebenfalls still.

Ich bin bereit, mich mit Philipp zu versöhnen. Ich werde ihm anbieten, die Sache beim Pfarrer wieder einzurenken. Ich klopfe an die Badezimmertür.

»Philipp? Lass uns in Ruhe über alles reden. Das kriegen wir auch ohne Papa hin.« Meine Stimme klingt versöhnlich. »Überleg doch mal, von deinem Konfirmationsgeld kannst du dir eine neue Profiausrüstung für deine Filmerei kaufen. Ich weiß auch schon, was Opa und Oma dir schenken wollen.«

Philipp scheint auch zu telefonieren. Er lacht leise.

»Mit wem sprichst du denn?«

Mein Sohn lacht wieder. Die Klospülung geht. Will er nicht, dass ich ihn hören kann? Redet er auf seinen leichtgläubigen Vater ein?

»Philipp? Sprichst du mit Papa?«

Philipp verstummt.

Ich ziehe mein Telefon aus der Hosentasche und rufe Klaus an. Der Anschluss ist frei, aber Klaus hebt nicht ab. Und in diesem Moment fällt es mir wie Schuppen von den Augen, mit wem mein Sohn stattdessen redet.

»*Deine Patentante hat dir ja wirklich einen fantastischen Dienst erwiesen*«, rufe ich durch die Tür. »Grüß sie ganz herzlich von mir!«

»Es ist nicht Freddy.«

»Ach komm, gib es zu.«

Ich wähle ihre Nummer und sehe mich bestätigt. Bei Freddy ist auch besetzt. Ein gefundenes Fressen für Frl. Heiligenschein. Wahrscheinlich überschlägt sie sich gerade mit schlauen Ratschlägen und Mitgefühl. »Hat Freddy dir eingeredet, die Konfirmation abzusagen?«

»Es ist nicht Freddy.«

»So was denkst du dir doch nicht alleine aus. Darum ist sie überhaupt deine Taufpatin geworden, um dich beeinflussen zu können.« Bin ich eigentlich die Einzige, die erkennt, was für ein Spiel sie spielt? Sie drängelt sich überall dazwischen. Eignet sich fremde Leben, Kinder und Geschichten an. »Wenn ihr deine Konfirmation wirklich so am Herzen liegt, hätte sie mich längst unterstützt. Wo war sie, als ich mich in den letzten Wochen für dich krummgemacht habe?«

»Sie hat gearbeitet.« Philipp klingt genervt.

»Und ich arbeite nicht? Ich arbeite auch. Ununterbrochen. Behauptet Freddy, meine Arbeit ist nicht so viel wert? Behauptet sie das?«

Lautes Seufzen. Keine Antwort.

Wo war Frederike, als wir vor zwei Tagen in Mariannes Messiwohnung aufgeräumt haben? Sie hat nicht mal abgesagt, aber alle waren ganz besorgt. Ach Gottchen, wo steckt sie nur? Ach Gottchen, das ist ja noch nie vorgekommen? Ach Gottchen, hoffentlich ist nichts mit ihrem Vater. Ich hätte kotzen können.

Philipp hat den Wasserhahn aufgedreht. Bei Freddy ist immer noch besetzt.

Für mich war es natürlich gut, dass sie nicht auch noch bei Marianne rumgeschlichen ist. Wo Ellen sich schon aufgeführt hat wie ein Blockwart. Und Böhm, Mariannes dressiertes Aufziehmännchen, ist auch ständig um mich herumgeschlichen. Mir stehen Jonas' alte Sachen genauso zu wie allen anderen. Ich war auch mit ihm zusammen. Ich muss auch traumatische Ereignisse verarbeiten, die mir zugefügt worden sind. Und über die letzten zwanzig Jahre hinweg von all seinen selbst ernannten Nachlassverwalterinnen.

Ein bisschen heikles Zeug habe ich trotzdem zur Seite schaffen können. Wobei mir sicher eine Erklärung eingefallen wäre, hätte jemand Fragen gestellt. Denn wer kann nach all den Jahren noch wissen, wie die Dinge damals gelaufen sind? Bei Jonas konnte das sowieso niemand sagen, auch zu Lebzeiten nicht. Darum ist Marianne ja bis heute so panisch, wenn es um ihren Sohn geht. Weil ihm alles, absolut *alles* zuzutrauen war. Und weil es ihre Schuld war, dass er so durchgeknallt und haltlos im Leben stand. Wie kann man einem Kind den Vater vorenthalten.

Pling!

Mein Telefon fällt mir vor Schreck fast aus der Hand. Eine Nachricht von Klaus.

Bin in einer halben Stunde zu Hause. Lass uns in Ruhe über Philipps Entschluss sprechen.

Die Zeilen flackern vor meinen Augen. Klaus weiß, was hier los ist, und meldet sich nicht bei mir. Er sieht, dass ich tausend Mal versucht habe, ihn zu erreichen, und ruft nicht zurück.

Und was heißt, Philipps Entschluss?

Es gibt keinen Entschluss!

Es gibt einen rebellischen Teenager, der von seinem Vater zur Räson gebracht werden muss. Es gibt eine verletzte Mutter, verprellte Großeltern, Gäste und Gott. Ich lasse mir dieses Fest nicht kaputtmachen, denke ich und wische mir durchs Gesicht. Ich habe mich so gefreut.

Ich stopfe mein Handy in die Tasche, wende mich vom Badezimmer ab. Das letzte Wort ist längst nicht gesprochen. Ich werde das nicht akzeptieren.

Ich laufe durch den Flur und reiße die Tür zu Sophies Kinderzimmer auf. Sie sitzt auf dem Boden und blättert in einem Buch. Tränenspuren im Gesicht. Aber für mich ist die Situation auch zum Heulen.

»Wir üben die Stücke, die du nächstes Wochenende auf der Konfirmation deines Bruders spielen wirst«, erkläre ich mit Nachdruck, durchquere das Zimmer, greife nach ihrem Notenständer und bewege ihn in die Mitte des Raums. Notenblätter segeln zu Boden. Sophie starrt mich an. »Dein Bruder wird konfirmiert, und wenn ich ihn an seinen verfilzten Haaren in die Kirche zerren muss. Würdest du *bitte* aufstehen.« Sophie erhebt sich unsicher. Ich nehme ihre

Geige von der Kommode und drücke ihr das Instrument in die Hände. »Bériot Nr. 1, zweiter Satz. Deine Läufe kriechen wie Schnecken übers Griffbrett. Damit machst du uns alle lächerlich.«

Hinter mir höre ich ein Geräusch. Ich wirbele herum.

Philipp steht im Türrahmen. »Mama, lass Sophie in Ruhe. Klär das mit mir.«

FREDERIKE

Ich trete an meine Balkontür, und mein Blick heftet sich an die gegenüberliegende Häuserfassade. Ich kenne jeden Riss im Putz, ich kann mit geschlossenen Augen die Abwasserrohre verfolgen. Im ersten Stock Rollos, im zweiten knallrote Vorhänge, hinter denen jeden Abend ein gigantischer Fernseher flackert und Puff-Ambiente verbreitet. Dabei wohnt dort eine normale Kleinfamilie mit schwarzem Stubenkater. Darüber eine alte Frau – der letzte alte Mensch im Kiez. Sonntags und mittwochs steht ein Wäscheständer auf ihrem Balkon. Sonntags Buntwäsche. Mittwochs Weißwäsche, und immer wieder mal denke ich, müsste es nicht andersherum sein? Seit Neuestem schützt die alte Dame ihren Balkon an Waschtagen mit einem Fliegennetz, damit die frechen Krähen nicht mit ihren Unterhosen davonfliegen können. Ich kenne den Topfblumengeschmack des ganzen Hauses. Weiß, wer wann in welcher Ecke seines Balkons ein Zigarettchen pafft. Ich vermisse bis heute den jungen Kerl, der ab und an auf seinem Balkon Gitarre gespielt hat. Oft habe ich hier am Fenster gesessen und Manuskripte gelesen, Musik gehört, nachgedacht. In diesem alten weißen Lederknautschsessel von Mariannes Sohn. Ich habe ihn gestern als Letztes hinausgeschafft und in mein Schlafzimmer gequetscht. Bald werden Fremde ihre Möbel in diesen Raum schieben, vor diesem Fenster stehen, auf das Nachbarhaus blicken und ganz andere Dinge sehen als ich.

»Hübsche Wunder an diese Zimmerhöhe. Wie in eine Schloss.«

Ich löse meinen Blick von der gegenüberliegenden Fassade und wende mich meinem Gast zu. Herr Zhowandai steht mit erhobenem Kopf hinter mir und bestaunt den Stuck an der Zimmerdecke.

»Ja«, antworte ich.

Ich muss zwei Zimmer vermieten, wenn ich finanziell über die Runden kommen will. Ich habe es immer wieder hin und her gerechnet, anders geht es nicht. Herr Zhowandai möchte mit seiner Schwester einziehen.

Klaus ist es gelungen, meinen idiotischen halsabschneiderischen Kreditvertrag wieder aufzulösen, womit mir eine zentnerschwere Last vom Herzen gefallen ist. Aber jetzt stehe ich da wie zuvor. Eine nackte Frau ohne Taschen und mit sehr vielen Schulden.

Wenn ich meine Wohnung mit anderen Menschen teile, kommen im Monat sechshundert Euro mehr rein. Das reicht, um meinem Vater den wackligen *Ist*-Zustand im Heim aufrechtzuerhalten, ohne noch mehr in die Miesen zu rutschen. Eine Rückkehr in sein Appartement ist ausgeschlossen. Aber da hat sich sowieso die pimpelige Frau Birnbaum festgewanzt.

»Dürfte ich auch Ihre Telefon für mich benutzen?« Herr

Zhowandai lächelt, als hätte seine Frage eine unverschämte Forderung enthalten.

»Natürlich. Internet, Waschmaschine … alles, was man teilen kann.«

»Danke. Sehr liebevoll.«

Herr Zhowandai ist der dritte Bewerber heute. Seinen Namen habe ich mir extra ein paarmal auf einen Zettel geschrieben, damit ich ihn richtig ausspreche. Er selbst hat es mit meinem vermutlich ebenso getan: »Herzlichen Guten Tag, Frau Wanitscheck. Ich bin für die Suche nach eine Unterkunft hier.«

Herr Zhowandai kommt aus Syrien, er und seine Schwester sind erst ein Jahr in Deutschland. Er spricht unsere Sprache erstaunlich flüssig. Aber es wirkt, als hätte ihn eine sehr alte, eigensinnige Deutschlehrerin unterrichtet.

Seit gestern Vormittag führe ich Bewerber durch meine Wohnung. Die Nachfrage ist erstaunlich groß. Einige Interessenten befinden sich auch in heikler Lage. Eine alleinstehende Mutter mit ihren drei Kindern wollte einziehen. Ein Alki, der um den Preis gefeilscht hat, bevor er über die Schwelle getreten ist. Ein süßes Ehepaar um die Sechzig, das sich noch im Hausflur für hundert Nebensächlichkeiten entschuldigt hat, was mir sehr vertraut vorkam.

Manche Bewerber erkennen, dass ich meine Wohnung nicht freiwillig untervermiete. Mein Alter und mein Körperumfang geben ihnen ebenfalls zu denken. Dann kann es passieren, dass ich von einem Augenblick zum nächsten selbst zur Bittstellerin werde, der man das ein oder an-

dere Zugeständnis aus der Hüfte kurbeln kann. Eine quirlige Medizinstudentin, die direkt vor Herrn Zhowandai hier
war, hat dazu ein paar Gedanken geäußert: »Das hintere
Zimmer würde mir mehr zusagen.« »Ein Legionellentest
ist ja zum Glück schnell gemacht.« »Dieser morbide dunkle
Fleck in den Holzdielen vorm Fenster wird sicher noch abgeschliffen?«

Herr Zhowandai ist das genaue Gegenteil. Höflich, zu-
rückhaltend. Sehr darauf bedacht, mich immer ausreden zu
lassen. Beim Durchschreiten der Räume hält er einen Min-
destabstand von vier Metern ein, was in meinem engen Flur
bereits zu merkwürdigen Verrenkungen geführt hat. Ich
hoffe, es liegt nicht doch daran, dass ich eine Frau bin oder
so dick.

»Haben Sie und Ihre Schwester schon einmal in einer
Wohngemeinschaft gelebt?«

»Bedauerlicherweise niemals. Aber wir werden uns darauf freuen.«

Schnapp. Schnapp. Herr Zhowandai öffnet einen schwarzen Kunstlederkoffer und entnimmt ihm ein Papier. Drei
halte ich schon in meiner Hand. Er hat sich auf dieses Gespräch perfekt vorbereitet. Arbeitsvertrag, Aufenthaltsge-
nehmigung, Kontoauszüge. Sogar seine Krankenversiche-
rung habe ich zu sehen bekommen. Sein Erscheinungsbild
ist auch tadellos. Die Haare ordentlich gekämmt, so viel
Gel, dass er damit an der Wand kleben bleiben wird, wenn
er sich noch mal so weit nach hinten beugt. Hose und Jackett tadellos sauber und faltenfrei. Und noch nie habe ich

bei einem Mann derart gepflegte Hände gesehen, als wäre er kurz zuvor noch rasch bei einer Maniküre gewesen. Ich kann bei ihm einen ähnlichen Druck spüren, eine gute Performance ablegen zu müssen, wie ich ihn bei meinen Bankbesuchen oder bei Papas Heimleitung verspürt habe. Vorurteile entkräften, bevor sie die Umwelt gegen uns in Stellung bringen kann.

Seht her, mein Kopf ist wendiger als mein Körper!
Meine Worte geschliffener als meine Hüftpartie!

Jedes Bankbüro habe ich sofort nach Möbeln abgescannt, hinter denen ich einen Teil meines wuchtigen Körpers verbergen kann. Herr Zhowandai bringt sich hinter seinem Aktenkoffer bürokratischer Anständigkeit in Sicherheit. Diesmal überreicht er mir eine Klarsichthülle mit Lebenslauf.

Ich nehme die Hülle entgegen, und mir kommt die letzte Begegnung in den Sinn, bei der ich mich nach Kräften verbogen habe. Das Horrortreffen mit Luise in Klaus' Kanzlei. Ich habe ihr sogar ihren bekloppten Blumentopf ins Auto getragen und sie zu diesem blöden Pflanzenladen gefahren.

»Freddy? Hast du Probleme mit der Schilddrüse, du japst so laut? Oder ist dein neues Kleid zu eng?«

Eine Menge Menschen haben absolut kein Interesse daran, ihre Vorurteile zu überdenken. Im Gegenteil, sie unterteilen die Welt absichtlich in winzig kleine Planquadrate aus Moral und Benimmregeln. Wer nicht reinpasst oder nur auf eine Linie tritt, fliegt raus. Wie damals beim Hüpfekästchen.

Herr Zhowandai wirft einen kurzen Blick ins Badezimmer und in die Küche, dann sind wir schon am Ende unserer Führung angelangt. Seine Schwester arbeitet gerade, sie würde morgen reinschauen.

Eine fünfte Klarsichthülle wird aus dem Koffer gezogen. Erneut bewundere ich seine gepflegten Hände. »Frau Wanitscheck, hier schon mal unsere offizielle Bewerbigung. Nebenher eine Vorstellung der beruflichen Tätigkeit und Auskünfte der Beachtung«, erklärt er mir und lächelt mich an. Nein, es ist eher ein verschmitztes Grinsen. Absolut unverstellt. Viel mehr, als ich in solchen Situationen hinbekommen würde. Und ehe ich mich versehe, überwindet er den zuvor eingehaltenen Sicherheitsabstand spielend und verabschiedet sich mit einer lockeren Umarmung. »Schönes Endewoche, Frau Wanitscheck. Wir würden uns freuen, Ihre Bewohner zu sein. Geben Sie uns zu hören.«

Herr Zhowandai ist fort. Ich stehe verdattert hinter meiner verschlossenen Tür. Im Grunde weiß ich gar nichts über diesen jungen Mann. Außer, dass er mir irgendwie sympathisch war und ein wunderliches Deutsch spricht. Wie vermessen, ihn in meine Leidensgemeinschaft rekrutieren zu wollen. Ich stopfe andere Menschen auch in winzige Kästchen, um mich nicht mehr ganz so jämmerlich zu fühlen. Kommt absolut aufs Gleiche raus.

Kurz darauf laufe ich bewaffnet mit Wassereimer und Putzzeug in mein leer geräumtes Wohnzimmer. In zwanzig Minuten kommt die nächste Bewerberin, und ich will unbedingt die Fenster putzen. Eben, als Herr Zhowandai so sauber und adrett daneben stand, ist mit aufgefallen, wie schmierig sie sind.

Ich stelle mein Handy laut und lege es gut sichtbar auf die Fensterbank. Drei, vier Bewerber standen unten in der Straße und wussten nicht wohin. Ich wohne in der 36 B, und 36 A gibt es nicht. Das führt mitunter zu Verwirrung. Aber schon diese erste Kontaktaufnahme ist im Grunde ein Charaktertest. Die junge Medizinstudentin hat sich bereits während des kurzen Telefonats drei Mal beschwert. Herr Zhowandai hat mich ohne Anruf gefunden.

Diese Untermietgeschichte löst zwei komplett entgegengesetzte Impulse bei mir aus. Einerseits verspüre ich Scham und heillose Überforderung bei der Vorstellung, dass fremde Menschen auf so dichtem Raum Zeuge meines Elends werden könnten. Andererseits würde ich gerne mal wieder etwas mehr Leben in der Bude haben. Am Morgen nicht nur den eigenen, abgestandenen Gedanken lauschen, sondern einem Mitbewohner, der pfeifend ins Badezimmer läuft. Ich habe Lust, fremde Kaffeetassen wegzuräumen. Fremde Musik zu hören. Andere Gerüche, Geräusche, Gefühle um mich herum.

Ich bespritze meine Fenster mit Glasreiniger und pule ein bisschen Fliegendreck von der Scheibe. Erstaunlich, was diese kleinen Viecher kacken können. Gemessen an der Größe einer Fliege, gar nicht so kleine Flecken. Als ich den Fensterwischer quietschend über die Scheibe ziehe, mischt sich schon der feine Ton meines Handys in das Geräusch. *Pling. Pling.*

Aber es ist nicht meine nächste Bewerberin. Marianne schickt mir Fotos. *Pling. Pling. Pling. Pling. Pling. Pling. Pling.*

Eine Menge Fotos offenbar. Mit der rechten Hand wische ich überschüssiges Putzmittel vom Fenster, mit der linken über das Glas meines Handydisplays.

In Mariannes Wohnung ist in den letzten Tagen kräftig geräumt worden. Ich wollte eigentlich auch kommen. Jetzt habe ich nicht mal richtig abgesagt, das ist mir noch nie passiert. Aber es gab es mal wieder Probleme im Heim, und gleichzeitig habe ich so ein Monsterlektorat auf dem Tisch liegen … na ja.

Ich lege den Lappen weg, beuge mich über mein Handy und schaue mir die Fotos an. Böhm, der mit Mr. Spock um einen alten Wanderstiefel kämpft. Ellen baumelt kopfüber von einem Küchenbuffet. Marianne eingestaubt zwischen hundert angeschlagenen Porzellanpötten. Bei ihr sieht es aus wie ein lustiges Räum-Happening. Ich räume alleine herum, weil ich mal wieder niemandem erzählt habe, was los ist.

Als Marianne mir von ihrer Entrümpelung erzählte, musste ich schlucken. Ausgerechnet jetzt, da sich sowieso so viel verändert. Ich liebe ihren herrlichen Trödelpalast. An keinem Ort der Stadt halte ich mich lieber auf. Jedes Zimmer erzählt mehr Geschichten als Karl May auf siebentausend Seiten.

Man biegt eine riesige Pflanze zurück und blickt auf eine dunkle Eichentruhe, auf der ein Bücherstapel thront, auf dem eine angelaufene Bowlenschüssel steht, die ein Bündel staubiger Fasanenfedern umfasst. Man entdeckt Böhm auf einem Flechtsessel, der an einem Weinglas nippt oder heimlich eine Zigarette raucht. Auf Mariannes Klo kann man sich in alten Briefen festlesen, die sie vom Flohmarkt mitgebracht hat. Feldpost aus Krumau: Fritz Wegenhagen an seine Verlobte Mariechen Dünnebier. Dr. Haselberg aus Danzig an seinen Sohn Karl, der den Studienantritt seines Studiosus Philosophiae mit erstaunlich einfühlsamen Worten begleitet.

»Freddy, ich muss mal Tabula rasa machen«, hat Marianne am Telefon gesagt. »Ich brauche mehr Überblick, damit meine alten Knochen und mein alter Kopf nicht so oft ins Stolpern geraten.«

»*Dein alter Kopf?* Du lässt doch höchstens andere stolpern, wenn du beim Denken Haken schlägst.«

Und ihre Knochen? Marianne wohnt mit ihren achtzig Jahren immer noch im vierten Stock. Wenn wir gemeinsam zu ihrer Wohnung hochsteigen, tut sie nur so, als wäre sie ein bisschen langsamer als ich – *oder als Böhm*, der es noch persönlicher nimmt, abgehängt zu werden.

Wenn ich Bammel vorm Alter habe, denke ich gerne an Marianne. Eine echte Wundertütenpersönlichkeit. Wie in ihrer Wohnung sind über die Jahre immer mehr Facetten hinzugekommen.

Ich widme mich wieder meinen Fensterscheiben. Jetzt von außen, wo sie noch dreckiger sind. Irgendeine weiße Schliere.

Wie wenig persönliche Geschichte meine Wohnung erzählt, hat mich fast schockiert. Große Lebensumbrüche, die eine Umgestaltung verlangt hätten, gab es natürlich auch nicht. Zusammenziehen mit einem Partner, Familiengründung, Haustiere, Wasserrohrbruch. Aber man könnte ja trotzdem das Bedürfnis verspüren, sich zu erneuern. Luise räumt ihre Wohnung jeden Monat komplett um.

Ich blicke von draußen in mein leeres Wohnzimmer hinein und bleibe an diesem dunklen Fleck im Dielenboden hängen. Der Fleck, den die quirlige Medizinstudentin unbedingt abgeschliffen haben möchte, weil er ihre zarte Seele belastet.

Exakt dort hat zwanzig Jahre lang Jonas' weißer Lederknautschsessel gestanden. Ich habe ihn nicht ein Mal verschoben. Die meisten Möbel in meiner Wohnung stehen exakt dort, wo ich sie irgendwann aufgebaut habe. Kein Bild hat jemals seinen Platz gewechselt, kein Handtuchhaken, kein Topf im Schrank. Ich kann an einer Hand abzählen, was ich in zwanzig Jahren neu angeschafft habe. Wenn ich etwas kaufe, dann, weil es einen bestimmten Zweck erfüllen soll: Duschvorhang, Abtropfvorrichtung, Kartoffelschäler, Nackenrolle. Bei allen anderen Sachen überkommt mich Unsicherheit, die schnell in Überforderung umschlägt. Dann kaufe ich einen zweiten, dritten, vierten Kartoffelschäler oder eine zehnte Buchstütze. Buchstützen kommen mir immer sinnvoll vor. Ich besitze eine Menge ausgefallener Exemplare: dicke Putten, leuchtende Quader, Thomas Mann aus Ton, dem man eine Kerze in den Kopf stecken kann, für ewige Erleuchtung.

Vermutlich bin ich auch Lektorin, um mich wenigstens an anderen Geschichten abarbeiten zu können. Da es mir so schwerfällt, eigene zu erzählen – in meiner Wohnung, in meinem Kleiderschrank, und manchmal denke ich auch in meinem Leben.

Ich bespritze die nächste Scheibe.

Wobei: Eine Geschichte hat meine Wohnung doch erzählt. Eine uralte, abgestandene Kamelle. Die Geschichte zwischen Mariannes Sohn und mir. Verrückt, wie viel Zeug ich nach all den Jahren noch von ihm besitze. Briefe, Bücher, Notenkladden. Ein alter Samowar, den er früher im Tourbus stehen hatte. Jonas hat seine Haarmähne mit bunten Haarklemmen aus dem Gesicht gehalten. Ein Glas voller Spangen stand bis vor zwei Tagen im Wohnzimmer auf der Fensterbank, durchsetzt mit Staub und Spinnenbeinen. Beim Ausräumen des Zimmers habe ich das Glas entschlossen in den Papierkorb entleert und eine halbe Stunde später jede Spange einzeln wieder daraus herausgepflückt. Ich ewige alte Witwe. Womöglich ist das der eigentliche Grund, aus dem mir Mariannes Entrümpelung im Magen liegt. Ich fühle mich in ihrem Trödelpalast auch so wohl, weil er voller Erinnerungen an Jonas steckt. Wenn sie die Zimmer jetzt entrümpelt, entrümpelt sie ihren Sohn vielleicht gleich mit? Aber kann ich verlangen, dass andere ihr Leben konservieren, nur damit ich noch ein verstaubtes bisschen darin vorkomme? Das Leben anderer Menschen ist kein Buch, in das ich mich ein bisschen hineinredigieren kann.

Für mich ist Jonas Kiekhöfel die größte Geschichte meines Lebens. Für Marianne ist es die traurigste. Wenn sie sich entschlossen hat, dieses Kapitel zu schließen, habe ich kein Recht, *meine sensible Seele* dagegen anzuführen. Ich sollte sie vielmehr darin bestärken, sich in ihren letzten Jahren so viel frischen Wind wie möglich um die Nase wehen zu lassen. Ihre Wohnung wird sich in Nullkommanix in einen neuen Trödelpalast verwandeln. Auch sie kann sich sehr gut neu erfinden. Die Zutaten pflückt sie am Wegesrand. Fischt sie aus Flohmarktkisten oder aus einem vollen Bus, so wie Böhm.

Ich greife nach meinem Handy und schaue nach der Uhrzeit. Meine nächste Bewerberin verspätet sich erheblich. Das akademische Viertel ist schon um.

Ich suche unseren Mailverkehr heraus und frage nach, ob sie noch kommt. Danach bleibe ich erneut an Mariannes Schnappschüssen hängen. Und an Luise. Ich wusste gar nicht, dass sie auch mitgeholfen hat. Eigentlich gehört es nicht zu ihren Vorlieben, sich für andere die Hände schmutzig zu machen. Aber klar, für sie ist Mariannes Wohnung ein Antiquitätenmarkt, auf dem man sich frei bedienen darf. Und Marianne lässt es durchgehen, weil Luise nach all den Jahren immer noch ein bisschen Schwiegertochterbonus hat.

Ich wische das Foto weg. Auf dem nächsten Bild winkt Marianne mir aus ihrer Küche zu. Der Raum ist total vollgestellt. Wie es aussieht, mistet sie wirklich die alten Sachen ihres Sohns aus. Ich sehe Instrumente herumstehen, einen staubigen Gitarrenverstärker, eine Kiste voller Schallplatten. Mir rutscht sofort das Herz in die Hose, und ich schelte mich selbst dafür. Als ich mein Handy gerade entschieden zur Seite legen will, zieht ein Detail meinen Blick an. Ein rotes Buch auf einem Stuhl. Ich zoome den Ausschnitt größer. Ich zoome ihn noch größer. *Der kleine Herr Stöpsel,* steht auf dem Einband. Mein Herz rutscht in die Socken. *Jetzt* lege ich das Telefon entschlossen zur Seite und versenke einen Lappen im Putzwasser. Ich beginne, die Fensterbänke zu wischen.

Das ist uralter Trödel, und er geht mich nichts an.

Doch das letzte Foto klebt weiter auf meiner Netzhaut, und auch ein inneres Auge kann zoomen. Dazu flüstert mir eine innere Stimme den Titel zu:

Der kleine Herr Stöpsel

Der kleine Herr Stöpsel

Ich dachte, Jonas hätte das Buch weggeschmissen. Oder an Luise weitergereicht. *Stöpsel ist Stöpsel!* Ich wische über das Holz und versuche, den hartnäckigen Abdruck eines Kaffeebechers zu entfernen.

Aber meine Brust zieht sich weiter zusammen, und wie aus einem Reflex heraus drücke ich mir den nassen Wischlappen dagegen. Wasser läuft meinen Bauch hinab, tropft in meine Schuhe und auf den Boden.

Mariannes Sohn war ein großer Geschichtenerzähler. Dafür habe ich ihn so geliebt. Aus dem Stand konnte er tausend neue Welten erfinden. Tausend neue Geschichten. Für mich gleich mit. In diesem Büchlein erfand er Abenteuer für den kleinen Stöpsel in meinem Bauch. Ich kenne sie alle noch auswendig. Ich habe den alten Plunder von Mariannes Sohn nicht nur in meiner Wohnung aufgehoben, auch in meinem Kopf, in meiner Brust, in meinem Herzen. Überall fliegt der alte Scheiß noch rum. Aber ich muss endlich begreifen, dass ich eine Sache damals gründlich missverstanden habe: Die Tatsache, dass Jonas Kiekhöfel so leicht neue Welten erfinden konnte, hieß nicht, dass mir in jeder neuen Welt auch ein Platz zusteht. *Das hieß es eben nicht!!* In der mit Luise kam ich nicht mal als Fußnote vor. Und warum auch? Jonas Kiekhöfel hat selbst Frauen wie Ellen hinter sich gelassen. Wie konnte ich mir einbilden, dass er mir treu war. Ausgerechnet mir. Für was? Für meine vielen Unsicherheiten? Meine verdruckste Körperlichkeit?

Und unser Kind war damals wirklich nur ein Stöpsel. Ein Fliegenschiss, der nur auf meinen dreckigen Scheiben so lange überleben konnte. Drei Wochen nach Jonas' Unfall saß ich im Verlag, zankte mit unserer alten Pressechefin Frau Dr. Hegwitz, als plötzlich Blut den Schreibtischstuhl herunterfloss. Frau Hegwitz, sonst ein knallharter Knochen, hat mich in ihr Auto geladen und ins Krankenhaus gebracht. Eine Woche später hat auch Luise ihr Kind verloren. Mit großem Trara. Alle waren da. Marianne ist eine Woche bei ihr eingezogen, und selbst Johanna hat für ein paar Tage ihre Abneigung gegen Luise heruntergeschluckt und ihr eine arschteure Wellnessreise geschenkt.

Von meinem Stöpsel habe ich bis heute niemandem erzählt. Verdammter Fliegendreck, den ich auch endlich von der Scheibe kratzen muss.

Ich wische mir mit dem nassen Lappen durchs Gesicht, weil mir schon wieder Tränen über die Wangen laufen. Dass ich mit fünfzig Jahren so oft flennen würde, hätte ich nie gedacht. Ein Segen, dass mich die nächste Bewerberin versetzt hat. Ich bin eine Zumutung für andere Menschen, vor allem für junge, die sich noch finden müssen, denke ich. Und genau in dem Moment klingelt es doch noch an meiner Tür.

Ich lasse den Wischlappen in den Eimer fallen, schaue an mir herab. Meine Bluse sieht aus, als wäre mir beim Trinken der billige Fusel abgerutscht. Ich werde die junge Frau abwimmeln. Ich werde die ganze Sache abblasen. Auf dem Weg zur Haustür lege ich mir die passenden Worte zurecht, drücke den Türsummer und husche in mein Schlafzimmer, um mir ein neues Oberteil überzuwerfen. Ein rascher Blick in den Spiegel vom Kleiderschrank. Ich bin alt und dick. Und vom Heulen habe ich Augenringe bis zum Knie.

Schon höre ich Geräusche im Treppenhaus. Mehrere Stimmen. Offenbar kommt mein Besuch nicht alleine, auch das noch.

Meine Dielen knarzen. *Wums.* Jemand lädt einen Kartoffelsack ab. Getrappel von Füßen. Wie viele kommen denn da?

»Freddy? *Freeeeddy? Können wir reinkommen?*«

Philipps Stimme.

»Philipp, warte mal kurz. *Frederike?*«

Klaus.

»Ich will auch hierbleiben.«

Sophie???

Verwirrt drehe ich mich im Kreis. Lande wieder vor meinem Spiegel, wuschele mir durch die Haare.

»Freddy? Die Tür stand offen, bist du da?«

Ich schmeiße mir einen Klacks Creme ins Gesicht, Deo unter die Achseln. Dann atme ich tief durch und trete in den Flur hinaus.

Da stehen sie wirklich. Philipp, Sophie, Klaus.

Klaus noch mit einem Bein im Hausflur, die Kinder schlüpfen schon aus ihren Schuhen. Am Boden zwei Reisetaschen.

»Mama hat uns rausgeschmissen«, erklärt Philipp grinsend. »Ich hab meine Konfirmation abgeblasen.«

»Ich hab ihn verteidigt«, ruft Sophie.

»Ah«, stammele ich.

Philipp knufft seiner Schwester in die Seite. Klaus lächelt müde.

»Könnte Philipp ein paar Tage bei dir unterschlüpfen? Sophie nehme ich wieder mit.«

»Nee, warum denn, Papa?«

Klaus seufzt. »Weil Freddy gar nicht so viel Platz hat und … ach, Sophie.«

Seine Augenringe übertreffen meine um Längen. Bis runter zum Knöchel. Mindestens.

ELLEN

»*Lass dich überraschen, schnell kann es geschehen …*«, trällert Marianne einen alten Rudi-Carrell-Song und fällt Böhm damit ins Wort. Der hätte sich eben fast verquatscht, ich sehe es ihm an. Jetzt lächelt er mich entschuldigend an und dreht sich einen goldenen Manschettenknopf in seinen linken Hemdsärmel.

Ich sitze eher salopp gekleidet auf Mariannes Wohnzimmercouch und verarzte alte Plattencover. Vor zwei Tagen haben wir Jonas' Plattensammlung beim Entrümpeln in einer Klappcouch entdeckt. Rudi Carrell ist nicht dabei. Aber Velvet Underground, Kraftwerk, Bob Dylan, Kate Bush, Talking Heads. Auf meinen Knien liegt gerade ein blutjunger David Bowie, dem ich Tesafilm über die Nase klebe, weil das Cover bis zur Mitte eingerissen ist.

»Also, ich bleibe, wie ich bin?«, frage ich erneut nach. »Nicht, dass ich neben euch wie eine Vogelscheuche aussehe.«

»Das passt schon, Haare kämmen reicht. Was du brauchst, habe ich für dich eingepackt.« Marianne weist auf eine Reisetasche, die bereits zu meinen Füßen neben dem Sofa steht – Inhalt genauso geheim wie der Ausflug, auf den sie mich später mitnehmen will.

Gregor und die Mädchen sind noch bis morgen an der Ostsee. Ich habe mich seit meinem Treppenhauskollaps bei Marianne in Charlottenburg einquartiert. Das war nach ewiger Zeit mal wieder eine richtig gute Idee von mir. Vielleicht war es auch Gedankenübertragung, denn Mariannes Innenleben war zu diesem Zeitpunkt in einem ähnlich desolaten Zustand wie meins. Marianne musste sich die Deutungshoheit über die Erinnerungen an ihren Sohn zurückerobern.

Seit ich sie kenne, führt sie in dieser Sache Stellungskriege mit ihren alten Schuldgefühlen. An Orten, an die sie sich nicht gerne vorwagt, treiben sie es jedes Mal besonders bunt. Diesmal ist sie den widerstandsfähigen Biestern auch dort zu Leibe gerückt. Höchstens ein Schlupfwinkel ist noch übrig – aber Zugtickets sind schon gebucht.

Marianne und Böhm laufen tuschelnd durch den Raum, verschwinden kurz auf dem Balkon und ziehen die Tür zu, damit ich sie nicht hören kann.

Bereits gestern am Frühstückstisch bat Marianne mich, mir den heutigen Nachmittag freizuhalten. Sie hätte sich eine kleine Überraschung für mich ausgedacht. Ein Dankeschön dafür, dass ich ihr in den letzten Tagen so tatkräftig beim Entrümpeln der Wohnung geholfen habe. Da mein Einsatz und Aufenthalt hier nun wirklich alles andere als selbstlos war, habe ich sofort protestiert. Aber Widerstand war zwecklos.

Und so klein kann Mariannes Überraschung nicht sein. Freddy ist involviert. Zwei Autos wurden organisiert. Böhm hat vorhin Kabeltrommeln und einen zusammengerollten Flickenteppich durch den Flur getragen, und in Mariannes Küche sind alle Stühle verschwunden. Bis vor Kurzem dachte ich an ein Picknick mit Freunden, aber niemand hat Fressalien eingepackt. Ein Badespaß am See? Nur warum dreht Böhm sich dafür goldene Manschettenknöpfe ins Hemd? Alles, was ich an getuschelten Gesprächen aufschnappe, klingt total widersprüchlich. Aber das könnte auch vorsätzliche Verwirrtaktik sein. *Lass dich überraschen, schnell kann es geschehen!*

Ich befreie ein paar weitere Cover von Staub und Spinnweben. Das neongelbe Cover der Sex Pistols ist auch darunter: *Never mind the bollocks!*

Auch bei mir ging es ja irgendwie um Deutungshoheit. Gleich in mehreren Lebensbereichen. Oder in allen?

Marianne hat mich bei meiner Rückeroberung mit vielen guten Gedanken, Ruhe und einem offenen Ohr unterstützt.

Böhms Beistand bestand aus einer Reihe handfester Güter: Schlafanzug, Pantoffeln für die kalten Dielen, ein Fahrrad. Und das Wichtigste: ein neues Handy! Meins hatte ich ja in jener verhängnisvollen Nacht zu Elektroschrott verarbeitet.

Böhm hat ein Steinzeithandy für mich ausgegraben. Form und Gewicht eines Kohlebriketts und funktional sehr übersichtlich: keine Mails. Kein WhatsApp. Kein Signal. Kein Instagram. Aber man kann Snake spielen. Und das Gerät hat eine sehr possierliche Art, seine Anrufer anzukündigen. Es brummt und summt wie ein dicker Käfer. Da sich der Vibrationsalarm nicht ausstellen lässt, wandert es dabei auf allen Untergründen herum. Gestern einmal quer über Mariannes Küchentisch, dann ist es in Mr. Spocks Fressnapf gefallen.

Ich dachte ja, die brutale Zerstörung meines iPhones war ein Sinnbild für die brutale Zerstörung meiner Familie. Doch vielleicht hatte mein Unterbewusstsein etwas viel Versöhnlicheres im Sinn: Entschleunigung. Ruhe. Konzentration. Man kann sich seine schlauen Erkenntnisse und Erfahrungen nämlich getrost in die Haare schmieren, wenn es nie Gelegenheiten gibt, sie anzuwenden.

Die erste Amtshandlung auf dem Steinzeitknochen war, Hagen seinen schmierigen Song um die Ohren zu hauen. In dieser Sache hatte ich schon nach ein paar Stunden Schlaf und einem konspirativen Gespräch mit unserem Drummer Peter zu meiner Haltung zurückgefunden. Ich brauche keine Musik, die mich selbst nicht erreicht. Denn was mich selbst nicht erreicht, kann ich auch nicht an andere weitergeben.

Genau das habe ich Hagen am Telefon auseinandergesetzt. Danach musste ich selbst mein Steinzeithandy für eine Weile stummstellen.

Ein bisschen mehr Anlauf brauchte ich für Marek. Ihn bat ich um einen Spaziergang im Friedrichshain. Viermal die gleiche Runde, alle Kaffees auf mich.

Man kann nicht alles haben, und wenn man es versucht, läuft man Gefahr, genau das zu verlieren, was einem am meisten bedeutet. Diese Sätze fassen ungefähr zusammen, was ich meinem wuschelköpfigen Liebhaber zu erklären versucht habe.

»Ellen, echt jetzt? Das ist so easy mit uns. *No commitment, only sex. Freedom needs guts!*«, rief er fast pathetisch.

»Aber Freiheit also needs obligations«, denglischte auch ich ein bisschen herum.

»Ellen, shit, das ist mega unlogisch. Warum Verpflichtungen?«

Weil Freiheit nicht im luftleeren Raum stattfindet. Weil die eigene Freiheit andere Menschen unfreier machen kann. In diesem speziellen Fall meine Familie und somit jene Menschen, in deren Gegenwart ich mich wiederum am freiesten fühle, und am freiesten bin. Ein komplexes Thema. Von Marek folgte eine kämpferische Rede zu Tinder als einzig wahrem Freiheitstool. Vielleicht wollte er mich auch ein bisschen eifersüchtig machen. Ich ging nicht darauf ein. Oberlehrerin, Mutter, Therapeutin, alte Freundin, das taugte alles nicht als Anschlussrolle.

»Ellen, wir bleiben in Kontakt«, sagte Marek zum Abschied und schenkte mir ein Lächeln, das mir noch vor wenigen Tagen direkt zwischen die Beine gefahren wäre.

»Schnürsenkel sind offen«, erwiderte ich jetzt. Es war wirklich so, sie baumelten an seinen ausgelatschten Sneakers herab. In Gedanken war ich schon wieder in Mariannes Wohnung.

Marek die Ambivalenz von Freiheit nahezubringen, ist auch darum schwierig, weil es in seinem Leben noch nichts gibt, dass ihm so schützenswert erscheint, dass selbst die eigene Freiheit dahinter zurückstecken muss. Was für ein Typ will er sein, mit was für einem Leben? Was zählt, was zählt nicht? Marek ist noch in allen Lebensbereichen auf der Suche.

Ich suche nicht mehr, zumindest nicht mehr generell – und das ist wirklich ein wichtiger Unterschied. Ich bin in vielen Bereichen angekommen, genau dort, wo ich immer hinwollte. Ich weiß, was mich, mein Glück und mein Leben ausmacht. Ich hatte das nur aus dem Blick verloren.

Ich vermisse meine Familie, und ich vermisse Gregor. Auch seinen Körper. Seinen Geruch. Seine Stimme, die nachdenklichen Pausen zwischen den Worten. Die feine Ironie, mit der er meine unfertigen Gedanken kommentiert. Seine Ruhe, seine Zugewandtheit und seinen Ernst in Situationen, denen überhaupt nichts anderes gerecht werden kann als dieser hauseigene, ganz besondere Gregor-Ernst. Vor allem aber vermisse ich die Nähe und absolut unverstellte Vertrautheit, die es noch vor einem halben Jahr zwischen uns gab. Ich hoffe, wir kriegen das wieder hin.

Marianne und Böhm treten vom Balkon ins Zimmer zurück. Sie haben dort mit irgendjemandem gesprochen, der unten auf der Straße steht. »Alles vollgekritzelt … in der Mommsen«, kann ich aufschnappen. Aber wieder werden meine fragenden Blicke nur mit einem Lächeln kommentiert. Marianne schnappt sich ein großes Kissen vom Sofa und schiebt Böhm aus dem Raum, der sich am Cover der Sex Pistols festgesehen hat.

»Wird es eine Kissenschlacht?«, rufe ich ihnen hinterher.

»Vielleicht. Ich klingele auf deinem Handy durch, wenn's losgeht. Halte dich bereit.«

Gleich darauf höre ich, wie die beiden aus der Wohnung schlüpfen und dann im Stockwerk darunter bei Böhm irgendwelche Dinge herumgeschoben werden.

Wie konnte ich mich selbst so aus dem Blick verlieren?, darüber habe ich hier in den letzten Tagen am meisten nachgedacht. Und ein Teil der Antwort ist vielleicht: Weil ich im Düstern stand. So wie ein Großteil meiner Generation. Ich will mich nicht dahinter verstecken. Aber sind wir nicht alle die letzten Jahre im Schnellzug durch Untergrundtunnel gerast, um schneller von einer Station zur nächsten zu gelangen? Kleine Kinder, Jobs, Haus und Hof. Dazu die vielen anderen sinnigen und unsinnigen Anforderungen an unsere Leben – bis hin zum Vintagetopflappen über dem Herd. Jetzt schlingern wir aus unseren Tunneln hervor, weil unsere Kinder aus dem Gröbsten raus sind, unsere Jobs leichter von der Hand gehen, oder um einfach mal frische Luft zu schnappen, wir schauen uns um – *und huch,* alles ist ein bisschen in die Jahre gekommen. Unsere Körper, unsere Ehen, unsere Kinder. Plötzlich haben sie Haare an den Beinen und Pornohefte unterm Bett (ich habe bei Paula wirklich so ein Hentaiheftchen gefunden). Plötzlich sind unsere Eltern hutzelig und hilfsbedürftig, die alten Rollen vertauscht. Und was ist mit unseren Wünschen und Bedürfnissen? Sind es noch die Wünsche und Bedürfnisse von vor zehn Jahren?

Wir müssten das dringend nacharbeiten. Kurze, entschlossene Lebensinventur. Alles auf den Tisch. Was haben wir in den letzten Jahren vermisst und was dazugewonnen? Was macht am meisten Angst, wenn wir an uns als alte Menschen denken? Wir lassen in den nächsten Jahren ja nicht nur unsere jungen Körper zurück, wir müssen uns auch von Rollen und Selbstbildern verabschieden, von Träumen und Versprechen, die sich nicht eingelöst haben.

Aber für mich waren die Tage bei Marianne die ersten, in denen ich mich diesen Fragen gestellt habe – freiwillig ist es nicht gerade geschehen.

Seit meine Scheuklappen gelichtet sind, erkenne ich, dass diese Entwicklungen auch in den Leben anderer Freundinnen eine Menge Unruhe und Unsicherheit stiften. Bei Freddy schließt sich das Zeitfenster, um eine Familie zu gründen. Ich weiß, wie sehr sie sich eigene Kinder gewünscht hat. Gerade klammert sie sich wie eine Ertrinkende an ihren alten Vater. Luise verliert mit ihrer engelhaften Schönheit auch ihr wichtigstes Machtinstrument. Seither überzieht sie ihre Umwelt mit immer mehr Regeln und Vorgaben. Wahnhafte Ernährungsspleens und perfide Ideen zur Optimierung ihrer Kinder. Und Johanna glaubt immer weniger daran, einen Platz für sich zu finden.

Auch der Glaube an sich selbst verschleißt mit den Jahren wie ein alter Schal.

Doch was war mit mir? Gab es da in den kommenden Jahren einen Verlust, vor dem ich mich besonders fürchtete?

Wenn man sich meine Trostpflaster ansah – Lust und

Rampenlicht in Form eines entzückenden Knackarsches und ganz viel Glitzerpulver im Haar –, dann konnte es eigentlich auch nur mein junger Körper sein wie bei Luise.

Ich schiebe die Plattencover um mich herum zu einem Stapel zusammen, lasse meinen Blick durch Mariannes Wohnzimmer gleiten, und denke an die vielen Gespräche zurück, die wir hier in den letzten Tagen geführt haben. In dieser Sache widersprach sie am heftigsten.

»*Papperlapp, Ellen!* Du bist doch nicht wie Luise. Und dass man von seinen Trostpflastern nicht immer direkt auf das Leiden dahinter schließen kann, weißt du am allerbesten. Mal abgesehen davon, dass es wirklich traurig ist, sich von seinem jungen Körper zu verabschieden. Ich vermisse meinen bis heute.«

Den letzten Punkt handelte Marianne in diesem Moment nur am Rande ab. Lang und ausführlich, mit einem Blick wie Hexe Schrumpeldei hinter ihrer Glaskugel, setzte sie mir hingegen auseinander, welche Sehnsucht sich ihrer Meinung nach hinter Lust und Rampenlicht versteckt hielt: sich lebendiger fühlen als in den letzten Jahren im Hamsterrad. Mehr Strahlkraft haben. Nicht immer die ernsthafte Psychologin sein müssen, in Rollkragenpullis bis unters Kinn. Ständig auf der Suche nach tieferem Sinn anstatt nach Blödsinn und Anklang hinter der nächsten Ecke. Unberechenbarer sein. Unzuverlässiger. Verrückter. Vielleicht auch mal selbst auf der Couch sitzen und Ratschläge erhalten, statt immer nur welche zu geben.

Mariannes Liste war noch viel länger. Aber an dieser

Stelle begannen mir Tränen über die Wangen zu kullern. Und einen verrückten Moment lang kam es mir vor, als hätte ich den Wirbel der letzten Monate tatsächlich nur veranstaltet, um auf Mariannes alter Küchenbank zu sitzen und mich trösten zu lassen. Böhms Filzpantoffeln an den Füßen, eine Tasse Kamillentee unter der Nase.

Ich konnte ein schrecklicher Funktionsroboter sein. Eine echte Streberleiche. Effektiv für zehn. Unnachsichtig mit mir, wenn ich hinter Verpflichtungen und Zielen zurückblieb, die ich mir gesteckt hatte – oder auch anderen.

Ich zucke zusammen, als Böhms altes Handy neben mir brummend über das Sofa wandert. Es verschwindet unter einem Plattencover, ich fange es ein, als es auf der anderen Seite hervorgekrabbelt kommt. Marianne ist dran.

»*Ellen!* Wir sind dann so weit«, tönt ihre Stimme durch den Hörer. Sie kann sich kaum bremsen vor Vorfreude. Im Hintergrund Stimmengewirr wie auf einem Jahrmarkt.

»Wo zum Teufel steckt ihr denn?«

»Steht auf einem Zettel in der Reisetasche! Bis gleich.«

»Fahren wir nicht mit dem …?«

»*Nicht trödeln, bis gleich!*«, ruft sie nur und legt auf.

Ich beuge mich zu ihrer Reisetasche hinunter und finde einen Zettel im Seitenfach. *Folge den Kreidepfeilen,* steht da in Böhms winziger Handschrift.

Als ich vom Wohnzimmer in den Flur trete, entdecke ich die ersten Pfeile auf dem Boden. Sie zeigen in Richtung Diele und dann aus Mariannes Wohnung hinaus.

Ich schlüpfe in meine Jacke, dabei heftet sich mein Blick auf eine Ausbeulung in der Tasche. Form und Länge nach könnte das mein Mikrofon sein. Mein Mikrofon an einem See oder auf der Picknickdecke? Passt auch nicht.

Doch mir fällt etwas anderes ein. Wie oft habe ich Marianne in den letzten Tagen von unserem kleinen Geburtstagskonzert vorgeschwärmt. Hier in ihrer Diele, die damals noch viel vollgestellter war als jetzt. Im Grunde war dieses improvisierte Konzert aus der Kiste bereits die perfekte Dosis Abenteuer, Rampenlicht und Glitzer.

Ich laufe durch Mariannes Treppenhaus, auch hier überall Kreidepfeile, und jetzt kommt mir ein Bild in den Sinn, in dem plötzlich alle Gegenstände einen Platz finden, die vorher nicht zusammenpassen wollten. Auf einer kleinen Bühne steht Peters Schlagzeug, darunter liegt der alte Flickenteppich. Kabeltrommeln sind selbst bei Kistenkonzerten ein unbedingtes Muss. Vermutlich kommen ein paar Freunde vorbei – die sitzen auf Mariannes Küchenstühlen. Böhm in der ersten Reihe dreht an seinen goldenen Manschettenknöpfen.

Ich trete aus dem Haus auf den Bürgersteig hinaus und blinzele in die Sonne. Sie strahlt aus allen Knopflöchern – auch ein Mitglied in Mariannes Überraschungskomitee. Pfeile auf dem Bürgersteig, über die Straße, bis hin zu einem kleinen Platz.

Wenn ich Recht behalte, gibt es nur einen Song, mit dem wir das kleine Konzert beginnen können. Die Harmonien kriege ich rasch zusammen, Peter wird den Schlagzeugsound lieben. Achtzigerjahre-Trash-Snare mit einer Hallfahne bis raus aus der Stadt. Tanzen wie Rudi Carrell kann ich auch.

Lass dich überraschen, schnell kann es geschehen …

SECHSTE RUNDE

ALLE LEBEN

LUISE

Ich schiebe mein Handy unter das Kopfkissen, wo es beharrlich weiterbrummt. Aber ich gehe nicht dran. Das ist
Telefonterror. Wahrscheinlich hocken sie alle zusammen
und rufen nacheinander bei mir an.

Auf dem Festnetz meiner Eltern haben sie es auch schon
probiert. Papa ist vor Schreck fast vom Stuhl gefallen, weil
das Telefon so selten klingelt. Mama hat sich beschwert, weil
Marianne in ihr »Ave Maria« gequatscht hat.

*Piep. Hier ist Marianne Kiekhöfel. Ist Luise schon ange-
kommen? Kann sie mich bitte zurückrufen. Es geht um …*

Da war es gut, dass das Radio so laut aufgedreht war.
Klassikradio. Angeblich können meine Eltern sonst nichts
verstehen. Dabei sitzen sie einen Meter von den Boxen entfernt und brüllen sich über die Kaffeetafel hinweg an.

»*Haaaaarald! Nicht so viel Sahne!*«

»*Ach, ist das Saaahne?*«

Ich bin am Nachmittag bei meinen Eltern angekommen. Ich
verstecke mich nicht bei ihnen. Ich ruhe mich aus. Ich lasse
mich verwöhnen. Ich brauche Abstand. *Premiumzeit* für
mich. Mamas Garten. Mamas Kochkünste.

Zu Hause habe ich alles stehen und liegen lassen. Wenn

keiner würdigt, was ich stemme, dann sollen sie es doch bitte mal ohne mich ausprobieren. Klaus wird die Situation so dermaßen über den Kopf wachsen. Sommerfest in Sophies Schule, zwei Abschlusskonzerte in der Musikschule, Arzttermine. Wenn Sophies Neurodermitis schlimmer wird, kann sie sich auch bei ihrem Vater bedanken. Spätestens, wenn Klaus nächste Woche nach Zürich zu seinem Starmandanten muss, wird er bei mir angekrochen kommen. Aber bevor sich nicht jeder Einzelne bei mir entschuldigt hat, werde ich mich nicht von der Stelle rühren.

Im Zug habe ich Sophies Klassenlehrerin eine Mail geschrieben und ihr mitgeteilt, dass Klaus die nächsten Tage mit unseren Kindern alleine ist. Falls sie in Unterwäsche in der Schule auftaucht, will ich es wissen. Unsere Nachbarn habe ich auch informiert und natürlich die Musikschule. Mal sehen, wer sich zuerst bei mir meldet.

»Luise, Handtücher liegen am Badewannenrand. Wie findest du diese Bettwäsche?« Meine Mutter kommt zu mir ins Zimmer.

»Viel besser, Mama. Danke.«

Mama lächelt und fängt an, mein Bett neu zu beziehen.

Ich bin schon im Bademantel. Ich werde mir gleich eine heiße Schaumwanne gönnen. Ich will mir nur noch eine Playlist zusammenstellen. Ein bisschen anspruchsvolle Romantik gegen das Klassikgedudel von unten. Jetzt gerade der »Bolero«. Ram-ta-ta-ta-tam. Dieser Sender scheint so etwas wie Mamas heilige Messe zu sein.

Unser Anfang war ein bisschen ruckelig. Berlin–Ulm,

fünf Stunden Zugfahrt, drei Koffer, zwei Taschen, und sie hat es nicht mal geschafft, mich vom Bahnhof abzuholen, weil sie Papa nicht alleine lassen wollte.

Seit ich hier bin, flüstert sie mir ständig zu, was er nicht mehr kann oder nicht mehr machen sollte. »*Nein,* Luise, lass ihn nicht allein Tee aufsetzen. *Nein,* Luise, er sollte mit uns nach drinnen kommen. *Nein,* Tennisspielen geht wirklich nicht mehr. *Nein. Nein. Nein.*« Wie ein Aufziehäffchen.

Schon am Telefon hat sie mich bearbeitet, dass ich Papa unbedingt überreden muss, zum Arzt zu gehen, weil er ihr so tüdelig vorkommt und angeblich lauter seltsame Dinge tut. Dabei sieht Papa fantastisch aus. Mit seinen dichten weißen Haaren und den blauen Augen könnte er Werbe-filme drehen. Er hat sofort alle Koffer in mein Zimmer ge-tragen. Und während Mama kurz nach meiner Ankunft wie ein Wiesel hin und her gerannt ist, um irgendwelche Pil-lenrezepte zu suchen, saß Papa still und geduldig vor mir. Hat sich angehört, was mir in den letzten Wochen alles an Scheiße vor die Füße gespült worden ist.

»Hat Papa dich denn irgendwas gefragt?«, wollte Mama wissen. Natürlich nicht! Aber Papa hat nie viele Fragen ge-stellt. Und wenn es einem beschissen geht, braucht man vor allem jemanden, der zuhört.

Ich merke an Papa absolut keine Veränderung, und ich lasse mir das auch nicht einreden. Außerdem bin ich nicht die richtige Ansprechpartnerin, um über die Altersmale-schen meiner Eltern zu sprechen. Verkehrte Rollen. Gerade jetzt, da es mir selbst so schlecht geht.

Wenn überhaupt, macht Mama einen tüdeligen Eindruck. Sie hatte schon wieder vergessen, dass ich Vegetarierin bin, und ignoriert all meine Lebensmittelunverträglichkeiten. *Glutamat,* noch nie gehört? *Lactoseintoleranz,* was ist das?

Dass man vor einem Besuch mal ein bisschen ausgiebiger klar Schiff machen muss, scheint ihr auch entfallen zu sein. Hier oben ist es staubig wie in einem Mausoleum, und überall stehen Wäscheständer herum. Wenn ich aus meinem Zimmer komme, laufe ich direkt in Mamas ausgeblichene Nachthemden.

Immerhin, mit meinem Zimmer hat sie sich sichtlich Mühe gegeben. Mintschokolade auf dem Kopfkissen. Ein Strauß Hortensien im Fenster. Als wir meinen Kleiderschrank eingeräumt haben, lagen frische Handtücher darin, ein paar Kräutermasken und ein Lavendelschaumbad. Auf dem Bett ist meine alte Patchworkdecke ausgebreitet. Nur die Bettwäsche war dann wieder reichlich unüberlegt.

»Luise, ich dachte, du magst Punkte.«

»Als ich ein Kind war. Und das ist Winterbettwäsche.«

Jetzt hat sie mir Satinbettwäsche mitgebracht, fliederfarben wie die Hortensien im Fenster.

Mama will mein Kopfkissen beziehen und legt dabei mein Handy frei. Das Display leuchtet auf. Als hätte es nur darauf gewartet, sich wieder ins Spiel zu bringen.

»Luise, es scheint doch wichtig zu sein. Warum willst du denn nicht drangehen? Vielleicht möchte Marianne doch über die Konfirmation sprechen?«

»Sicher nicht.« Ich greife nach meinem Telefon und pfeffere es in die Schublade meines Nachtschranks. Nicht zu fassen, das ist schon Stalking. Darum sollte Klaus sich mal kümmern.

Mama seufzt, sie verkneift sich einen Kommentar. In dieser Sache sind wir heute auch schon aneinandergeraten. Plötzlich findet sie es nämlich gar nicht mehr »soo falsch«, dass Philipp sich gegen seine Konfirmation entschieden hat. Plötzlich hat sie Verständnis für Klaus, »der zwischen den Stühlen steht«.

Aber von mir verlangen, dass ich meinen eigenen Vater für plemplem erkläre. Ich soll immer mit allen solidarisch sein. Verständnis haben. Den Freigeist der anderen akzeptieren, und meinem Freigeist werden ständig die Flügel gestutzt.

Ich starre einen Moment auf die geschlossene Nachttischschublade. Dann starre ich auf meine unfertige Playlist und sehe, dass mein iPad schon wieder kein Netz hat.

»Mama, Papa hat schon wieder den Rooter ausgestellt.«

Mama guckt, als hätte ich gesagt: Papa steht nackig im Flur rum. Sie wird ganz unruhig. Und das macht mich auch schon wieder ganz hibbelig.

»Kannst du ihm bitte mal sagen, er soll das lassen. Und einen Föhn mit hochbringen.«

Mama wieselt aus meinem Zimmer. Jetzt kann sie gar nicht schnell genug zu Papa runterkommen.

Ich muss unbedingt in die Wanne, sonst drehe ich noch durch. Ich schnappe mir das Lavendelschaumbad, meinen kleinen BOSE-Verstärker und laufe ins Badezimmer, um Wasser einzulassen.

In einer Sache ist Papa wirklich wunderlich. Er stellt ständig alles ab. Licht. Herd. Kühlschrank. Wasserhahn. Fernseher. Wasserkocher. Egal, ob man gerade dabei ist, einen Tee zu kochen, oder im Kühlschrank alle Milchprodukte verfaulen. Nur das lästige Klassikradio läuft weiter auf voller Lautstärke. Jetzt der »Spanische Tanz«.

Ich lasse das Schaumbad ins Wasser rieseln. Lege mir Körperöl und Gesichtsmaske am Badewannenrand zurecht. Hoffentlich denkt Mama an den Föhn.

Als ich hier oben nach einem gesucht habe, bin ich auf unsere alten Kinderwärmflaschen gestoßen. Sonjas Schnorchel und Flossen. Selbst unsere Babyhandtücher hat Mama aufgehoben. Traurig, wie wenig eigenes Leben sie sich erobert hat, nachdem wir ausgezogen sind.

Diese ganzen Alten geistern durch ihre riesigen Häuser und Wohnungen und ernähren sich von Erinnerungen, wie Vampire. Wir Jungen sollen ihnen immer neue Erinnerungskonserven zur Verfügung stellen. Wenn Mama Philipp und Klaus verteidigt, geht es doch auch nur um ihre schönen Oma-Erinnerungen. Und wer weiß, an welche Schalter Papa denkt, wenn er hier durchs Haus geistert und alles an- und ausknipst? Aber am krassesten ist immer wieder Marianne Kiekhöfel.

Die klaut sich Erinnerungen an ihren Sohn, weil sie selbst keine hat. Von Ellen, von Johanna, von Freddy und mir. Und dann sieht sie nicht mal, dass ich ihr in dieser Hinsicht einen Riesendienst erwiesen habe. Durch mich ist Jonas' Geschichte zu einem Rührstück geworden. Durch meinen Babybauch ist er der Nachwelt als werdender Vater und gefühlvoller Musiker in Erinnerung geblieben und nicht als durchgedrehter Frauenheld und Junkie, der seine Talente verschleudert und sich selbst an eine Kellerassel verfüttert. Der heilige Jonas Kiekhöfel ist meine Erfindung. Marianne sollte mir dankbar sein.

»Luise? … *Luuise??*«, brüllt Mama von unten.

»*Jaa, verdammt!* Ihr müsst das Radio leiser drehen.«

»Ist dein Vater bei dir oben?«

»Nein.«

»Was?«

»*Nein, er ist nicht hier oben!*«

»*Haaarrald?*«

Ich stecke mir die Haare hoch und schlüpfe aus meinem Bademantel.

»*Haaaaaaaarrald?*«, ruft Mama inzwischen im Garten. Wahrscheinlich hat sich der arme Mann versteckt, um seine Ruhe zu haben. Oder Papa sucht nach einem Schalter, mit dem er Mama abstellen kann. Ich zünde zwei Kerzen an, lösche das Badezimmerlicht und betrachte meinen Schaumberg. Er ist inzwischen riesig und knistert so schön.

Draußen im Flur knistert es auch. Irgendwas fällt zu Boden. Ich höre Schritte und sehe eine Gestalt am Türspalt vorbeihuschen.

Papa ist doch hier oben, Mama streicht vergeblich durch ihren Garten. Aber sie wird ihn schon finden.

Ich schlüpfe aus meinem Bademantel und steige in die Wanne.

Knips. Das Flurlicht geht aus.

Knips. Es geht wieder an.

Irgendwas war komisch mit Papas Anzug, denke ich. Das war gar kein Anzug, das war … Ich schiebe das Bild aus dem Kopf. Ich will das jetzt nicht wissen. Das ist Mamas Job. Ich habe genug eigene Probleme. Ich habe wirklich genug eigene Probleme.

Ich gleite in die Wanne, der Schaum funkelt so schön. »Siri, spiel die Playlist ›Luises Schaumwelt‹.«

Knips. Knips. Knips. Knips.

FREDERIKE

Mariannes Diele ist schon wieder komplett vollgekramt. Nur eben anders. Ich lasse vier Einkaufstaschen zu Boden gleiten und steige auf dem Weg zur Garderobe über einen Ranzen, Sophies Rollschuhe und dieses komische Wackelskateboard hinweg, das ich bis vor drei Tagen noch für eine ausgebaute Schiffsschraube gehalten habe. Aber es ist ein fahrbarer Untersatz. Philipp und Sophie können darauf in irrem Tempo Mariannes Flügel umkurven.

»Freeeeeddy, hast du Dosenpilze mitgebracht?«, ruft Philipp.

»Absolut dosige Dosenpilze!«

»Ananas und Spaaargel?«

»Alles von unserer Wunschliste.«

Ein Schlüssel dreht sich im Schloss. Die Tür schwingt auf, Mr. Spock witscht herein, hält auf meine Einkaufstaschen zu. Hinter ihm betritt Marianne die Diele.

»Was würde ich dafür geben, noch mal so fix und wendig zu sein wie dieser Hund«, seufzt sie und klingt auch, als würde sie das gerne auf einen offiziellen Wunschzettel schreiben. »Böhm bügelt noch. Kommt gleich. Sollen die Beutel in die Küche?«

Ich nicke. Marianne schnappt sich zwei Einkaufstaschen

und läuft weiter. Mr. Spock drückt seine Schnauze in einen der verbliebenen Jutesäcke. Auch er hat einen Wunsch an den Lefzen kleben, ich kann es ihm ansehen: Möge sich dieser Beutel öffnen wie Alibabas Höhle und die herausquellenden Wurstwaren den ganzen Dielenboden überspülen. *Wuff!*

Vor zwei Wochen hat Ellen mich gefragt: »Freddy, wenn dir eine Glücksfee über den Weg läuft, was würdest du dir von ihr wünschen?« Mir wurde schlagartig heiß und kalt, und es lag nicht an meinen Wechseljahren. Je angestrengter ich nachdachte, desto leerer wurde mein Kopf – fast hätte ich Weltfrieden gesagt.

Irgendwie fange ich auf meine alten Tage gerade erst an zu verstehen, was Wünschen bedeutet. Wünschen heißt nicht, sich ein paar Kleinigkeiten zu erbitten. Wünschen heißt nicht, hoffen. Wünschen ist größer. Mutiger. Fordernder. Beim Wünschen darf man überkandidelt sein und völlig vermessen. Eine Höhle voller Würste! Ewige Jugend! Ein Universum ohne Luise!

Aber wie bei *allem* im Leben muss man selbst hier ein paar Gegenleistungen erbringen. Um wünschen zu können, muss man sich eingestehen, was man vermisst. Um wünschen zu können, muss man wissen, was einen glücklich macht – *und das ist nicht dasselbe.* Es ist unbedingt notwendig, nach vorne zu schauen, denn die Vergangenheit lässt sich ohnehin nicht schöner zaubern. Und außerdem muss man einfach mal die Klappe aufmachen und aussprechen, wonach man sich so dringend sehnt, denn manchmal steht die Glücksfee direkt neben einem und hat noch Kapazitäten frei. Und dann kann alles ganz schnell gehen.

»Wuff!« Mr. Spock starrt mich an, stupst mit seiner feuchten Schnauze gegen mein Hosenbein. Wen er hier für die Glücksfee hält, ist auch ganz klar. Ich krame ihm ein Wiener Würstchen aus der Einkaufstasche. Und kraule ihm die Schlappohren.

Meinen ersten Wunsch äußerte ich vor drei Tagen. Es war ein Bindfadengebilde aus Halbsätzen und Widersprüchlichkeiten, und er richtete sich an Marianne. Ich konnte zusehen, wie die Falten in ihrer Stirn immer tiefer wurden. Irgendwann unterbrach sie mich einfach.

»Ihr wollt bei mir einziehen? Du und Philipp?«

»Also nur übergangsweise, weil … Also, da ist ja immer noch das Schlamassel mit meinem Bruder und …«

Marianne merkte, dass ich schon wieder dabei war, mich zu verheddern. »Freddy, hätte ich geahnt, dass mir das so nette Gäste beschert, wäre der unnütze Trödel schon viel eher rausgeflogen. Wann denn?«

Am selben Tag haben Philipp und ich meinen Wagen beladen und sind bei Marianne vorgefahren.

Philipp ist in Mariannes ehemaliger Besenkammer untergekommen. Ein Raum, der in Charlottenburger Altbauten nicht das ist, was man sich gemeinhin darunter vorstellt, und zudem beste Internetverbindung und perfekte Lichtverhältnisse für seine vielen Monitore bietet. Ich habe Mariannes altes Arbeitszimmer bezogen und mir im Zuge dessen gleich noch einen anderen Wunsch erfüllt: Ich habe mein

Zimmer komplett aus Mariannes Beständen eingerichtet. Bett, Tisch, Kommode. Ein alter Schrank, der knarzt und knirscht, als könnte er es gar nicht abwarten, mir all seine Geschichten anzuvertrauen. Und weil er vor vielen Jahren einmal in Jonas' Kinderzimmer gestanden hat, höre ich ihm besonders gerne zu.

Eine Sache habe ich in meinem Selbstmitleidsrausch völlig falsch verstanden. Marianne hatte nie vor, ihren Sohn zu entrümpeln. Im Gegenteil. Sie hat sich einen Erinnerungspfad aus seinen Sachen gebaut. Er führt durch alle Zimmer. Selbst durch die beiden Toiletten. Auf denen man sich jetzt in alte Flohmarktbriefe und in alte Interviews von Jonas vertiefen kann. *BRAVO* und *Popcorn* aus den Neunzigerjahren. Zeitungen, die mir gleichzeitig ein bisschen BRD-Kulturgeschichte vermitteln.

»Oder findet ihr, ich entehre Jonas' Andenken neben einer Kloschüssel?«, wollte Marianne wissen.

»Ganz und gar nicht«, rief Ellen. »*Das stille Örtchen!* Kein Platz eignet sich besser zur konzentrierten und tief schürfenden Auseinandersetzung mit heiklen Lebensthemen.«

»Amen«, sagte Marianne.

Mr. Spock hat sein Würstchen verschlungen, schleckt die Dielen ab und meine Füße gleich mit. Ich sammle Pellenreste vom Boden, die der kleine Gourmet verschmäht hat, und lasse meinen Blick durch die Diele gleiten.

Ich habe Mariannes Erinnerungspfad natürlich auch ein Exponat aus meiner Kiekhöfel-Sammlung zur Verfügung gestellt. Eingerahmt von den Blättern einer gewaltigen Dattelpalme, bewacht von Mariannes Großeltern in Bauerntracht auf einem Ölgemälde, darüber steht Jonas' alter weißer Lederknautschsessel. Jedem, der unrechtmäßig darauf Platz nimmt, werden Mariannes Vorfahren ihre Mistgabeln in den Hintern rammen. Und Asche auf mein Haupt, wenn ich dabei Luise vor mir sehe.

Marianne und Ellen glauben, etwas Unglaubliches herausgefunden zu haben. Nämlich, dass Luise ihr Kind mit Jonas damals nur erfunden hat. Zwischen seinen alten Sachen sind gleich mehrere Hinweise aufgetaucht, die ihren Verdacht untermauern. Luise schweigt dazu beharrlich. Keine Reaktion auf alle Nachfragen. Vielleicht ist sie auch darum abgetaucht.

Als Ellen mir von ihrem Verdacht erzählte, schwankte mir einen Moment lang wieder der Boden unter den Füßen. Aber nur einen Moment. Ich bin fast überrascht, wie schnell er verflog und sich das Gefühl in freudige Erwartung verwandelte. Wie aufgeregt ich wurde, wie glücklich. Getrauert, gehadert und still vor mich hin gelitten habe ich genug.

Luise konnte mir meine Geschichte nur wegnehmen, weil ich mich nicht dagegen gewehrt habe. Hätte ich damals meine eigene erzählt, hätte ich auch in dieser Sache viel eher meine Klappe aufgerissen, wäre ihr Schwindel schon vor langer Zeit aufgeflogen. Das hole ich jetzt nach. Nicht nur für mich, auch für alle anderen. Mit Marianne fange ich an.

Ich erzähle ihr, dass sie damals doch beinahe Großmutter geworden wäre. Ich erzähle, dass meine Wohnung mal Jonas' Wohnung war. Von seinem unglaublichen Schreibtalent. Seiner Ausdauer und seinem Ehrgeiz, sich in neue Welten einzuarbeiten. Seinem unglaublichen Gespür für verwackelte Gestalten, wie mich. Ich erzähle Marianne, was für ein wunderbarer Kerl ihr Sohn gewesen ist. Das Glas mit Jonas' alten Haarspangen steht schon hier in meinem Nachtschrank. Für jede Spange eine Geschichte. Mindestens.

Man kann sich die Vergangenheit nicht schöner wünschen. Aber hin und wieder ereignen sich Dinge, mit denen man sie heller ausleuchten kann. Je mehr Menschen ihre bunten Glühbirnen an die Leine hängen, desto besser.

Mein Leben hat sich in den letzten Tagen so gedreht, vielleicht ist mir tatsächlich eine Glücksfee zur Seite gesprungen. Eine, die sich zuerst einmal Luise vorgeknöpft hat. Fast unheimlich, wie ich von ihrem Elend profitiere.

»Nee, Freddy. Mama hat sich das selbst eingebrockt«, schimpfte Philipp sofort mit mir, als ich den Gedanken laut äußerte. »Und wehe, Papa und Sophie lassen sich von ihr um den Finger wickeln. Sie hat echt fiese Sachen gesagt. Zu beiden. Ich bin nur so frei im Kopf wegen dir«, fügte er hinzu, und da standen mir schon wieder Tränen in den Augen. Aber diesmal die guten.

Was Sophie angeht, wird sie in den letzten Tagen eher von Böhm um den Finger gewickelt. Klaus ist gerade in Zürich bei einem Mandanten, und so lange ist sie ebenfalls Gast unserer fantastischen Mehrgenerationen-WG. Sie spielt seit ein paar Monaten heimlich Schlagzeug und ist ein riesiger Buddy-Rich-Fan. Böhm hat den großen Trommler mal persönlich kennengelernt, auf einem Jazz-Festival in Berlin 1987, das er selbst mitorganisiert hat. Wenn die beiden über ihren gemeinsamen Helden fachsimpeln, ist das zum Piepen.

»*Freeeeeeeddy, die Champignoooooons!!*«, ruft Philipp aus der Küche. Im nächsten Moment stürmt seine Schwester herbei, wühlt zwei Konserven aus dem Einkauf und ist schon wieder verschwunden. Mr. Spock springt aufgeregt hinter ihr her. Im Grunde hat er sich hier gleich mit einem ganzen Rudel Glücksfeen ausgestattet.

Wieder dreht sich ein Schlüssel im Schloss, und Böhm betritt die Diele. In gebügeltem Hemd, umgeben von einem feinen Hauch Aftershave. »Frederike, ich hab mir doch ein bisschen Chedder mitgebracht«, sagt er und lächelt entschuldigend.

»So, so, Chedder.« Ich lege einen strengen Blick auf. »Fragen wir den Küchenchef, ob das erlaubt ist.«

»*Freeeddy, jetzt komm endlich mal!*«, brüllt dieser erneut zu uns herüber. Ich verfrachte Haferflocken und Spülmaschinentabs in den Einkaufsbeutel, den Sophie eben auseinandergewühlt hat, und schließe mich Böhm an.

Auf dem Weg werfe ich einen Blick in Philipps Besenkammer, in mein neues Zimmerchen, in dem gerade die Abendsonne steht. Ich laufe an Mariannes Wohnzimmer vorbei. Durch die weit geöffneten Flügeltüren kann man den gedeckten Tisch sehen. Weißes Tischtuch bis zum Boden. Zwei schwere Kerzenleuchter, wie aus einem Schlosskeller. Mariannes Bunzlauer neben echtem Silberbesteck und dahinter wunderhübsche Weinkelche aus Bleikristall.

Vielleicht hat meine Glücksfee in all den Jahren einfach nur bockig die Arme verschränkt, weil zumindest die Ideen und Impulse von mir kommen müssen. Jetzt schwingt sie ihren Zauberstab flink und flott. Und verblüfft mich jeden Tag mit einem neuen Zauber. Es haben sich nämlich noch ein paar andere kleine Wunder ereignet.

Gestern erfuhren wir, dass die pimpelige Frau Birnbaum das Seniorenheim verlässt, weil ihr die restlichen Bewohner nicht standesgemäß vorkommen. Vielleicht kriege ich Papa doch wieder in sein altes Appartement zurück. Der schreckliche Herr Stelling nimmt ebenfalls seinen Hut, was wir auch der Unterschriftenliste und Entschlossenheit von Dr. Klotzbach zu verdanken haben. Auf einem Konto meines Bruders wurden sechstausend Euro für mich sichergestellt. Und eine Sache, die bei allem Trubel mal wieder viel zu wenig Aufmerksamkeit abbekommen hat, obwohl der Feenstaub besonders hell in der Luft funkelt: Es gibt endlich zuversichtliche Nachrichten von Johanna aus der Klinik.

Ich erreiche die Küche. Mr. Spock sitzt auf einem Korbstuhl neben Sophie und wartet auch schon auf sein nächstes Wunder.

Philipp, Sophie und Marianne wieseln in langen Schürzen durch den Raum. Philipp, bewaffnet mit Dosenöffner und Abtropfsieb. Man erkennt deutlich, dass er heute der Küchenchef ist.

»Wolltest du mehr Spargel, mehr Champignons oder mehr Ananas auf deine Toasts?«, fragt er mich.

»Alles. Bunte Mischung«, sage ich.

Auf Mariannes Küchentisch steht ein Backblech voller Toastscheiben, die Sophie mit Kochschinken belegt.

An diesem Abend erfüllen Philipp und ich uns einen Wunsch, der ohne Magie auskommt, aber zwingend wohlwollende Mitmenschen erfordert. Toast-Hawaii-Abend nach besonderen Regeln. Auf labbriges Toastbrot kommen Champignons, Ananas oder Spargel *aus der Dose*. Nur Dosengemüse bringt das spezielle Aroma mit sich, das unsere Gaumen frohlocken lässt. Dazu Schinken und Scheiblettenkäse aus der Plastikhülle. *Lecker!*

Dass wir beide mit diesem Gericht ein Stück Freiheit verbinden, haben wir erst jüngst herausgefunden. Philipp, weil Instantfraß bei ihm zu Hause einer Todsünde gleichkommt. Ich, weil exakt diese Toastkreationen auf meiner ersten Westparty gereicht wurden. Freiheit, Aufbruch, neue Horizonte schmecken für mich nach Schmelzkäse und Dosenchampignons.

Womit ich in Sachen Wünschen zu einer weiteren Erkenntnis gelange: Wünsche können schrullig sein, schwer nachvollziehbar für andere, denn sie entstehen aus den verrücktesten Prägungen. Wenn man seine Glücksmomente teilen möchte, muss man sie erklären können.

»Dosenchampignons schmecken wie Gummibärchen, viel leckerer als die echten«, verkündet Sophie und schiebt sich eine Handvoll in den Mund.

Marianne kämpft mit tropfenden Ananasstücken und verrät, warum Dosengemüse für sie als Bauerntochter auch immer etwas Besonderes bleiben wird.

Als Böhm verschämt seinen Cheddar auspackt, blicke ich ihn aufmunternd an. Er hat sich für unser Dosengemüse-Dinner extra ein Hemd gebügelt *und* einen Duft aufgelegt. Das ist Anerkennung genug. Die Bleikristallgläser auf unserer Festtafel kommen auch von ihm.

»Schade, dass Papa nicht mitessen kann«, seufzt Philipp, als wir das erste Blech in den Ofen schieben. »Der steht auch total auf Fast-Food. Wir gehen immer hinter Mamas Rücken Currywurst essen.«

»*Und Burger!*«, ruft Sophie. »*Marianne,* können Papa und ich nicht auch bei dir einziehen? Oder bei Böhm? Das wär so cool.«

»Äh, also … von mir aus schon. Aber da muss eure Mutter wohl auch noch ein Wort mitreden.«

Ich wende mich lächelnd ab und öffne die Kühlschranktür. »Ich wünsche mir auch, dass Klaus und Sophie einziehen«, flüstere ich der Butter zu, dem Apfelsaft und Mariannes eingelegten Haferflocken. Und ich wünsche mir, dass sein Herz genauso seltsame Dinge tut wie meins, wenn er neben mir steht. Mal sehen, was meine Glücksfee daraus macht.

Wünsche müssen überkandidelt sein. Vermessen. Extrem kompliziert zu erfüllen. Sonst setzt sich keine Fee in Bewegung, sonst kann man es gleich selber machen. Und dass sie nicht immer ganz unschuldig daherkommen – darüber denke ich jetzt auch einfach mal nicht nach.

ELLEN

»*Mamaaaa, der Rucksack stinkt!*« Jule reißt die Tür zum
Badezimmer auf und funkelt mich wütend an. Ich steige aus
der Dusche und greife nach einem Handtuch.

»Meinen kriegt sie nicht«, brüllt Paula im Wohnzimmer.

»Paula, hast du deine Monatskarte gefunden? Wir müssen
in vierzig Minuten in der Bahn sitzen.«

»*Stress mich nicht, Papa!* Wegen dir bin ich so spät dran.«

»Das ist voll eklig, was mache ich denn jetzt?« Jule neben
mir klingt immer verzweifelter. Ich verschwinde kurz unter
meinem Handtuch und rubbele mir die Haare trocken. Als
ich wieder auftauche, sehe ich, wie Jule ihren stinkenden
Rucksack mit Wasser volllaufen lässt.

»*Jule! Nicht!*«, brülle ich. »Den kriegen wir doch gar nicht
mehr trocken.«

Gregor schaut im Badezimmer vorbei und grinst. »Morgen. Obstmarkt in Bozen. Heute Abend Aperitif auf der
Hotelterrasse«, sagt er und verschwindet wieder.

»Das findet in einer Parallelwelt statt«, rufe ich ihm hinterher.

»Nee, das sind wir!«, kommt es von Gregor zurück. »Du
hast uns doch zwei Parallelwelt-Tickets gebucht.«

Es war wirklich meine Idee. Ich bin immer noch stolz darauf. Und ich muss mich hin und wieder kneifen, um zu glauben, dass wir das wirklich machen.

Eigentlich waren diese Sommerferien schon bis in den letzten Zipfel verplant. Berufstätige Eltern und sechs Wochen Ferien, jedes Jahr aufs Neue eine riesige Herausforderung für alle Beteiligten. Und für unsere Gewissen. Am Ende zwei Wochen Familienurlaub. Die Tage davor waren wie ein Tetris-Spiel. Sobald ein Termin frei wurde, rutschten zwanzig andere nach.

Paula und Jule fahren zusammen für eine Woche in ein Klimacamp, das ihnen letztes Jahr schon so viel Spaß gemacht hat. In zwei Stunden beginnt es mit einer Klimademo am Hackeschen Markt. Gregor und ich hatten uns vorgenommen, in diesen kinderfreien Tagen besonders viel Arbeit wegzuschaffen.

Schon gestern wäre er zu einem Seminar im Schwarzwald aufgebrochen, *Resonanz im Klassenzimmer*. Danach zwei Vorstellungsgespräche für neue Deutschlehrer an seiner Schule. Für mich stehen kurz vor Tourneestart täglich Bandproben an. Etliche Treffen mit einer Choreografin, die auch für unsere Licht-Show verantwortlich ist. Einen Artikel für eine Psychologenzeitschrift muss ich auch noch fertig machen.

Gestern Morgen stand Gregor schon mit seinem Rollkoffer im Flur. Das Taxi zum Bahnhof war bestellt, da sagte ich: »Oder lass uns nach Bozen fahren!«

»Äh, Bozen?«, machte Gregor und presste ein Ladekabel in seinen Rucksack.

»Ja, Bozen. In dieses Hotel mit dem Park und dem arschlauten Wasserfall. Wo der Wein an der Fassade bis in die Zimmer krabbelt. Dieser fantastische, uralte Kasten …«

»*Hotel Laurin?*«

»Genau.«

Gregor seufzte. »Das wäre schön.«

Aber natürlich war es absurd. Wir wussten es beide. Wohin mit all den Terminen der nächsten Tage? Und im Schwarzwald wartete nicht nur das Resonanz-Seminar, sondern auch Gregors Bruder, den er ewig nicht mehr gesehen hatte.

Wir tauschten noch rasch ein paar *Müsste-, Könnte-, Sollte-*Sätze aus, dann witschte Gregor in den Hausflur hinaus. Ich lief auf den Balkon, um zu winken.

Gregors Taxi wartete schon. Er stieg ein. Der Wagen fuhr ab.

Schon vor Monaten hatten wir die Sommerferien akribisch geplant. Zugverbindungen herausgesucht. Hotelzimmer gebucht, Personalausweise verlängert. Rollkoffer reparieren lassen. Fünf Tage für die Steuererklärung geblockt. Geschenke für die Familie von Gregors Bruder habe ich schon vor Ewigkeiten besorgt. Mein Handy erinnerte mich seit Wochen daran, dass Jule neue Gummistiefel braucht und Paula eine Auffrischung ihrer Tetanusimpfung.

Zweisamkeit war nicht vorgesehen. Wir hatten sie einfach vergessen.

Ich stand auf unserem Balkon und zupfte ein paar verblühte Margeriten von ihren Stängeln und dachte: Oder hatten wir sie nicht vergessen, sondern unbewusst nicht eingeplant, weil wir gar nicht mehr wussten, wie das so funktionierte mit uns zweien ganz alleine? Gemessen an der Zeit, die Gregor und ich in den letzten Jahren in unsere Arbeit, andere Menschen, andere Baustellen gesteckt hatten, konnte man unsere gemeinsamen Stunden an einer Hand abzählen. Am gemütlichsten und verlässlichsten kamen wir vor dem Schlafengehen zusammen. Meistens bei einer Netflix-Serie. Mit den Abenteuern von Serienhelden hatten wir unseren gemeinsamen Erlebnishorizont erweitert. Nur lag zu diesem Zeitpunkt auch schon ein langer Tag hinter uns. Oft schliefen wir ein, bevor die Handlung Fahrt aufnahm.

Wie viel Energie und Zeit ich dagegen im letzten halben Jahr alleine in meine Stimme gesteckt hatte. Die nach meiner langen Gesangspause so eingerostet und schwerfällig gewesen ist, dass ich fast ein bisschen schockiert gewesen bin. Früher war sie immer meine sichere Bank. Egal, wie aufgeregt, unsicher, übermüdet ich war, meine Stimme trug mich durchs Konzert und alle anspruchsvollen Stellen der Melodie. Eine Lockerheit, der ich bis heute hinterherhinke.

Immer noch auf dem Balkon stehend und inzwischen vertrocknete Dahlienköpfe zupfend, dachte ich, wie schmerzvoll es sich anfühlt, in einem Bereich hinter sich zurückzubleiben, in dem man mal so besonders gewesen ist. Wie schnell läuft man da Gefahr, nicht an der Schwere der Herausforderung zu scheitern, sondern bereits zuvor an der Enttäuschung über sich selbst.

So lamentierte ich mit mir herum, auf unserem Balkon, die Hand voller verwelkter Blütenköpfe, da hielt wieder ein Taxi vor dem Haus. Die Tür der Rückbank ging auf. Gregor stieg aus. Und die Szene von vor zehn Minuten lief rückwärts ab. Fast jedenfalls. Denn diesmal hatte Gregor eine Brötchentüte in der Hand und wedelte damit zu mir herauf. Er verschwand im Haus, ich hörte ihn durchs Treppenhaus laufen, sein Schlüssel drehte sich im Schloss, und einen Moment später trällerte er durch unsere Wohnung: »Ellen, wir machen das! *Booooozen!* Ich habe auch solche Lust darauf.«

Paula und Jule, die noch geschlafen hatten, wachten vom freudigen Krach auf. Blinzelten aus ihren Zimmern heraus und waren sichtlich verdattert, ihren Vater zu sehen. Jule schlurfte schlaftrunken zu Gregor und setzte sich auf seinen Schoß. »Warum issen Papa noch da? Hat er den Zug verpasst?«

»Habt ihr verschlafen?«, wollte Paula wissen.

»Nee, wir machen auch mal Ferien«, gab Gregor grinsend zurück.

»Echt. Ihr?«, sagte Paula.

Ebenfalls ein rührender Moment. Unsere Töchter kannten uns aus den letzten Monaten nur in Bewegung. Verplant. Immer schon auf dem Absprung. Zu spät. Zu fahrig. Zu beschäftigt, um richtig zuzuhören.

An diesem Morgen frühstückten wir alle erst mal ausgiebig. Ein echtes Sommerferienfrühstück auf dem Balkon. Paula machte Rührei für alle. Jule bastelte Tischkarten und mixte einen Sommerdrink aus Zitronen und Kiwis, den wir vor ihren Augen bis zum letzten Schluck austrinken mussten.

Danach sind wir an einen Badesee gefahren.

Weder Gregor noch ich haben einen Rückzieher gemacht, obwohl wir uns für diese fünf frei geräumten Tage auch wieder eine Menge Ärger und Orga aufgehalst haben. Wir machen es!

Sobald wir die Mädchen mit Sack und Pack auf ihrer Demo abgeliefert haben, steigen wir in den Zug nach Bozen. Neun Stunden Fahrt. Um halb neun werden wir unsere Koffer über italienische Pflastersteine ziehen. Unser gemeinsamer Erlebnishorizont wird sich bis dahin schon mächtig erweitert und ausgebeult haben. Zugfahrten liefern definitiv mehr Stoff als eine verpennte Folge *Sex Education*.

»Mama, was ist noch mal dein Passwort?« Paula drückt sich ins Badezimmer, meinen aufgeklappten Laptop vorm Bauch. Sie mustert mich skeptisch, denn ich stehe immer noch in Unterhose, BH und Socken herum. Bis eben habe ich Jules Rucksack trocken geföhnt. »Ich will Lydia meinen *Pupsende Rinder*-Song schicken.«

Paula schreibt seit Neuestem auch Liedtexte. »Politische«, wie sie mir stolz erklärte. *Pupsende Rinder, wütende Kinder* ist ihr künstlerischer Beitrag zum Klimacamp der nächsten Tage. Das Thema Klima wird dort auf vielerlei Arten kreativ umgesetzt. Lydia ist eine der Camp-Leiterinnen und spielt begnadet Gitarre. Ich sage Paula mein Passwort.

»Aber der Computer kommt gleich wieder zurück in meinen Rucksack«, ermahne ich sie. Paula nickt und stellt ihn erst mal auf der geschlossenen Kloschüssel ab, wofür sie meine Jeans zu Boden fegt.

Dieses Klimacamp ist für meine beiden Töchter eine große Sache. Gestern Abend haben sie bis spät in die Nacht an ihren Protestplakaten gebastelt. *Erde am Spieß!* steht auf Paulas. Jule hat sich den Spruch *No Planet B* aus lauter bunten Krepppapierkügelchen zusammengeklebt. Unser Wohnzimmerfußboden sieht aus, als wäre eine Konfettibombe explodiert. Am Sofa kleben Reste von Neonkreppband, blaue Farbspritzer verteilen sich über sämtliche Polster.

Doch Gregor und ich fühlten uns schon im Vorfeld unserer Reise so entschleunigt, wir haben nicht mal mit den Wimpern gezuckt. Ist nur Wasserfarbe.

Während die Mädchen bastelten, mussten wir tausend Bescheinigungen ausdrucken, die sie für ihre Reise brauchen. Gregor entkorkte eine Flasche italienischen Rotwein, und plötzlich fanden wir uns in einer leidenschaftlichen Diskussion über die neue Schule wieder, die er mit einem Kollegen gründen will.

Zumindest, bis Paula und Jule in lautstarke Zankerei ausbrachen. Sie beschuldigten sich gegenseitig, den Klebestift verbummelt zu haben. Er hing an Gregors Hosensaum, aber das stellte sich erst später heraus. Unser Gespräch haben wir danach nicht wieder aufgenommen. Auch diese Abbruchgelände aus Gesprächen, Gedanken und Gefühlen müssen wir besser im Blick behalten.

Paula und Jule haben mich im Badezimmer zurückgelassen. Mein Laptop steht immer noch auf der Kloschüssel.

»Paula! Meinen Computer zurück in den Rucksack!«, rufe ich.

»Gleich.«

Ganz ohne Arbeit gehe ich natürlich doch nicht auf unseren Kurztrip. Auf den langen Zugfahrten will ich mir den Artikel für die Psychologenzeitschrift vorknöpfen und mich auf ein Podcastinterview vorbereiten, das auf nächste Woche verschoben ist.

»Paula, mein Computer.«

»Gleich, hab ich doch gesagt.«

Ich schlüpfe in Jeans und Bluse und kämme mir die Haare. Während ich mir mein Gesicht eincreme, betrachte ich mich im Badezimmerspiegel.

Die zwei kleinen Falten über der Nase haben sich inzwischen ihren Platz zurückerobert. Ich ziehe ein paar Grimassen, bei denen sie sich besonders tief eingraben. Sie nerven trotzdem. Und auch meine schlaffe Wangenpartie. Aber was hatte das in den letzten Monaten für eine Wichtigkeit! Jetzt kann ich mir wieder in die Augen sehen – und dann erst auf den ganzen verderblichen Rest.

Werde ich Gregor von Marek erzählen? Ich weiß es noch nicht. Die Psychologin in mir sagt: Unbedingt. *Auf jeden Fall.* Gregor hat ein Recht darauf, zu verstehen, warum wir

uns in der vergangenen Zeit so oft verquer gegenüberge-
standen haben. Er sollte diesen unberechenbaren Teil seiner Frau unbedingt kennen.

Und damit meine Schuldgefühle ihm und meinen Kindern gegenüber nicht doch irgendwann wieder aus dem
Ruder laufen, müssen wir sie gemeinsam abtragen. Schuldgefühle sind widerstandsfähige, raumgreifende Untergrund-
rebellen, das hat Mariannes Geschichte mit ihrem Sohn gerade mal wieder anschaulich unter Beweis gestellt.

Umso erstaunlicher, dass sie in dieser Sache zögerlicher
ist als ich. »Ellen, sag erst mal nichts. Genießt euren Ausflug. Knüpft an all die anderen Themen an, die euch verbinden und ausmachen und so lange liegengeblieben sind.«

Meine Argumente unterschreibt sie vollends. Und trotzdem ergibt sich aus ihrer Geschichte auch noch eine andere
Sicht auf die Dinge. Vier, fünf leidenschaftliche Zusammen-
stöße haben ihr ganzes Leben bestimmt, es im Anschluss
komplett umgekrempelt. Zurückgerissen aus einer Unabhän-
gigkeit, die sie sich bis dahin mühselig erkämpft hatte. Marianne würde das alles niemals rückgängig machen wollen.

Und trotzdem fragt sie sich, warum wir körperlicher Lust
so viel mehr Gewicht beimessen als anderen Verbindun-
gen. Zusammenkünften und Erlebnissen, die für sie rückblickend viel bedeutender waren. Tiefer, prägender. Warum
erscheint uns eine Affäre unverzeihlich, während wir andere Lieblosigkeiten geduldig ertragen? Warum ist damit
eine rote Linie überschritten, die alles infrage stellt? Egal,
wie wichtig, groß und bedeutend es trotzdem für uns ist.

Ich sehe diese Schieflage auch. Ich habe dazu viele Gedanken. Aber genau die würde ich gerne wieder mit meinem schlauen Mann diskutieren. Ich glaube, wir sind dem gewachsen. Ich hoffe es.

Und dann wird es noch mal extrem hektisch, bis wir loskommen. Jule hat sich beim Fingernägelschneiden fast den Daumen amputiert und blutet wie Sau. Kerli, ihr sprechender Strumpf, ist verschwunden, und ihr Rucksack stinkt immer noch. Als Gregor schon durch die Wohnung rennt, die Heizung ausstellt, nachsieht, ob alle Fenster verschlossen sind und die Schlüssel für die Nachbarn wirklich unten im Briefkasten liegen, entdeckt Paula eine Laus in ihrer Haarbürste.

»Mamaaaaa, und da sind überall Nissen über meinen Ohren.«

Riesige Panik unter meinen beiden pflichtbewussten Töchtern. Denn unter den vielen Zetteln, die wir gestern Abend für sie ausgefüllt haben, ist auch einer, der versichert, dass ihre Köpfe frei von Schädlingen sind. Glück im Unglück: Es gibt noch genügend Läuseshampoo im Apothekerschrank. Sogar eine Express-Variante. Gregor steht bis zum letzten Moment mit einem Nissenkamm hinter seinen drei Frauen. Denn in meinem Haaransatz finden sich auch ein paar verdächtige Punkte.

Eine halbe Stunde später sitzen wir endlich in der Tram. Mit nasser Mähne, egal. Die Mädchen plappern aufgeregt durcheinander. Ab morgen werden sie auf Marktplätzen in

Mecklenburg stehen und mit alten Bauern über Blühstreifen *und* pupsende Rinder diskutieren. Zwischendurch gibt es Abenteuer, Spiel und Spaß in freier Natur. Verschrammte Beine, Mückenstiche, heftigen Sonnenbrand, weil sie ganz sicher auch diesmal wieder vergessen werden, sich einzucremen.

»Mama, die Erde verbrutzelt. Und ihr macht euch Gedanken über so was!«, schimpft Jule mit mir. Und sie hat recht. Richtig und falsch. Oft kommt man mit einem Kinderblick näher ans Wesentliche heran.

Was wird in diesem Zusammenhang aus meinem Bandcomeback? So wie es im Moment daherkommt, nimmt es viel zu viel Raum ein. Genau das wollte Marianne mir mit ihrem Überraschungscoup noch mal vor Augen führen. Sie hatte wirklich ein kleines Hosentaschenkonzert für mich und meine Band organisiert. So locker, einfallsreich und mutig wie an diesem Nachmittag haben wir noch nie zuvor zusammengespielt. Wir haben Arrangements umgeschmissen, neue Intros ausprobiert, viel mehr Gitarre dazu genommen. Diese kreative Spielwiese habe ich vermisst, ohne den Anspruchsapparat dahinter.

Sonst habe ich eine große Sehnsucht nach meinem alten Arbeitsalltag. Nach strukturierten Tagen in meiner Praxis, an denen am Ende noch Zeit für Paula, Jule und Gregor bleibt – für mich und meine unfertigen Gedanken. Ich vermisse meine Rollkragenpullis, in denen es sich so schön grübeln lässt. Ich vermisse die Auseinandersetzung mit meinen Patienten. Unter normalen Umständen bin ich gut im Auseinandersetzen – da habe ich mit den Jahren eine Menge Handwerkszeug dazugewonnen. Ein Jammer, es ungenutzt zu lassen.

Die Mädchen fallen mit ihren Gepäckstücken aus der Tram. Gregor und ich stolpern hinterher. Der Hackesche Markt ist schon gut gefüllt mit Kindern aller Altersgruppen. Aufgeregtes Gemurmel. Hier und da sind Trillerpfeifen zu hören. Selbst gemalte Banner, wohin das Auge blickt. Kinder mit Erdkugeln als Hüte auf dem Kopf. Fridays for Future. Irre, wie kreativ und vielseitig diese Bewegung ist.

Schon haben wir unseren Treffpunkt erreicht. Unsere Töchter begrüßen Freunde und Betreuer. Die bringen ihr Gepäck in bereitstehenden Lastenfahrrädern unter. Paula entdeckt ein Mädchen, mit dem sie sich im letzten Jahr so gut verstanden hat. Und ehe wir uns versehen und uns richtig von ihr verabschieden können, ist sie mit einer kleinen Gruppe verschwunden. Jule wischt sich kurz darauf unsere Küsse aus dem Gesicht. Und macht mit einer kleinen Geste klar, dass sie mehr Pathos beim Verabschieden wirklich nicht gestatten wird.

Das sind die Momente, in denen wir Eltern plötzlich mit uns selbst konfrontiert sind. Und im Kopf erst mal nur ein lautes: Äääääh?

Eine Weile stehen Gregor und ich blöde herum. Lassen unsere Blicke über die umliegenden Köpfe gleiten, ob wir unsere älteste Tochter nicht doch noch irgendwo entdecken können. Hat sie wirklich alles mitgenommen? Wir scannen den Boden um uns herum ab. Sollten wir den Betreuern nicht noch mal erklären, warum die Mädchen nasse Haare haben? Da schaut Gregor auf seine Uhr, mehr aus Versehen als gezielt, und brüllt: »*Eeeeellen, verdammte Scheiße!* Unser Zug fährt in zwanzig Minuten.«

Wir zerren die Griffe unserer Rollkoffer in die Höhe und drängeln uns durch die immer dichter werdende Schar der jungen Demonstranten. Kaum haben wir freie Bahn, laufen wir los. So schnell, dass unsere Koffer die Bodenhaftung verlieren. Rüber zur S-Bahn, die Treppen hinauf. Eine Bahn fährt gerade ein. Nur zwei Stationen bis zum Hauptbahnhof. Trotzdem banges Zittern bei jedem Halt. Dann hechten wir über das Bahnhofsgelände. Unser Zug steht noch am Gleis, aber die Türen piepen schon, als wir mit unseren Rollkoffern die Rolltreppe herunterspringen. *Fliegen.*

»*Haaaaaaaaalt!*«, ruft Gregor, als ob wir damit etwas ausrichten könnten – ein ICE ist ja keine Bimmelbahn. Die Schaffnerin am Bahnsteig blickt uns entgegen und hat genau diese Botschaft in ihr Gesicht geschrieben.

Aber wir schaffen es. Mit sich überschlagenden Herzen und Rollkoffern flutschen wir ins Abteil. Völlig aus der Puste. Puterrot im Gesicht. *Piep. Piep. Piep. Piep. Piep,* macht die Abteiltür immer noch. Sie war auf unserer Seite.

Der Zug rollt an. Ich atme tief durch und nehme meinen Rucksack vom Rücken, der mir verdächtig leicht vorkommt. Mein geistiges Auge schiebt mir ein Bild vor die Linse. Ich sehe meinen Laptop zu Hause auf der Kloschüssel stehen. Egal. Das Wichtigste habe ich mit.

Ich lasse mich neben Gregor in die Zugpolster fallen.

MARIANNE

»*Lauf! Hol dir deinen Gummihasen!*« Mr. Spock flitzt zwischen den Herbstastern hindurch, sprintet über einen Blecheimer und verschwindet in einer Haselnusshecke.

Friedels alter Schäferhund nutzt die Gelegenheit und bringt sich unter unserem Kaffeetisch in Sicherheit. Schwer atmend sinkt das Tier ins Gras und vergräbt den Kopf zwischen seinen Pfoten. Er braucht dringend eine Verschnaufpause von seinem jungen, fordernden Besucher.

Wölfi heißt der alte Schäferhund. Alle Hunde der Familie Bergmann trugen seit jeher Namen, die irgendwie an ihre wilden Vorfahren erinnern.

Von Westen her, über die Terrasse, nähert sich ein anderer grauer Wolf. Ein vollbeladenes Tablett wippt vor seinem Bauch auf und ab. Wobei Friedel von Weitem gar nicht so alt aussieht. Das liegt an seinen schnellen, zackigen Bewegungen. Sie haben immer noch diese lustige Entschlossenheit. Als müsste man damit rechnen, dass er jeden Augenblick einen Ausfallschritt nach links oder rechts macht, um im Gebüsch, im Kornfeld oder in der Schlammkuhle zu verschwinden.

»*Sahne?* Kiekmatz, wolltest du Sahne auf deinen Kuchen?«
»Nee, muss nicht sein!«, rufe ich.

»Ich hab die Stirnlampen gefunden.«

»Ah.«

Friedel macht einen Bogen um einen braunen Hundehaufen im Rasen, von denen unzählige in der Wiese verteilt sind. Auch zwischen den Rosenbeeten, die sicher noch
nicht allzu lange so ungezähmt ins Kraut schießen dürfen.

Friedels Frau Inge ist vor einem knappen Jahr gestorben.
Im Haus selbst würde man das nicht sofort vermuten: alter
Mann umgeben von sehr viel Frauennippes. Selbst Inges Par-
fums und Puderdosen sind noch da. In Vitrinen, auf Sofakan-
ten und in allen Fensterbänken sitzen Puppen und Bären herum. Herausgeputzt mit kleinen Schirmchen, Schürzen und
Hüten, als würden sie auf eine Kirmes gehen. Sie haben nur
alle ein bisschen Patina angesetzt und sitzen schief auf ihren
Plätzen. In einer Vitrine ist ein Regalbrett verrutscht, die kleinen Gestalten fliegen durcheinander wie bei einer Massen-
keilerei. Friedel scheint das nicht zu stören. Er war schon
immer jemand, der Hintergründe gut ausblenden konnte.

Friedel passiert ein Beet aus Astern und Brennnesseln,
denen der Naturdünger im Gras zweifelsohne gutzutun
scheint. Er umrundet einen rostigen Flachrechen, und dann
kommt doch ein alter Mann bei mir an. Deutlich gebeugter
als Böhm. Knittriger im Gesicht. Mit Händen, denen man
ansieht, dass sie viel an der freien Luft gearbeitet haben.
Knorriges Wurzelwerk.

»So, Kiekmatz, unsere Hefte mit den Nachtwanderungen
hab ich auch dabei.«

Er stellt ein Tablett ab, nimmt Streuselkuchen und Sahneschüssel herunter. Ich greife nach zwei alten Stirnlampen und vier grünen Kästchenheften. Teil jener umfangreichen Sammlung Wandertagebücher, von denen ich in meinem Tohuwabohu auch ein paar gefunden habe.

Inzwischen weiß ich aus erster Quelle: Vater und Sohn haben tatsächlich den gesamten Harz durchstreift. Den Westharz, als Jonas und Johanna hier im Dorf ankamen. Den Ostharz ein paar Jahre später, als Grenzzäune und Barrikaden sich in wilde Natur zurückverwandelt hatten und Jonas und Johanna in zwei lebensfrohe junge Menschen.

Friedel tippt auf eins der Hefte. »Kiekmatz, guck mal hier, unsere Nachttouren. Die haben Inge verrückt gemacht. Einmal hat sie mich im Schlafzimmer eingeschlossen, damit ich nicht mit Jonas loswandere. Unser Sohn hat mir 'ne Leiter ans Fenster stellen müssen.« Er kichert wie eine alte Brockenhexe. »Zusammen haben wir sie immer ausgetrickst.« Kaffee fließt aus einer Blümchenthermoskanne in Blümchentassen. Friedels knorzlige Hand zieht die Kuchenplatte mit Porzellanröschen zu sich herüber.

Seit ich hier bin, redet Friedel, als ob jemand den Stöpsel gezogen hätte. Als ob die alten Erinnerungen viel zu lange hinter seiner knittrigen Stirn eingesperrt waren. Doch als ich Friedel meinen Besuch am Telefon angekündigt habe, herrschte am anderen Ende der Leitung eine Minute Schweigen. Ich dachte schon, er hätte aufgelegt. Ich dachte auch aus purer Gewohnheit, Inge hätte unsere Verbindung gekappt, wie sie es in den Jahren zuvor so oft getan hat. Wäre sie noch am Leben, säße ich sicher nicht hier.

Bis zu ihrem Tod hat Friedels Frau jede Weihnachtspostkarte von mir umgehend nach Berlin zurückgeschickt. *Unerwünscht!*, stand in den Anfangsjahren manchmal quer über meine harmlosen Zeilen gekritzelt.

Friedel dreht die Kuchenplatte und zerteilt den Kuchen in kleine Stücke. Ich drehe meinen Kopf und betrachte das stattliche Fachwerkhaus in unserem Rücken.

Nach den letzten Wochen verstehe ich noch mal besser, warum Inge mir nie verzeihen konnte. Zeit heilt eine Menge Wunden, aber ein paar kommen doch nicht ohne Medizin und viel frische Luft aus. Was diese Dreingaben anbelangt, hätte Inges Schicksal ruhig ein bisschen spendabler auftreten können. Das Anwesen hinter uns ist wie dafür gemacht, von einer großen Kinderschar bevölkert zu werden. Zwei gute Stuben. Geräumige Zimmer. Breite Flure. So viele Fenster, dass man Papierflieger in alle Himmelsrichtungen fliegen lassen kann. Nur konnte Inge keine Kinder bekommen, und wenn man bedenkt, wie schnell ich damals mit Jonas schwanger gewesen bin, muss das besonders bitter für sie gewesen sein.

Eigene Kinder hätten viel frischen Wind durch das Haus wehen lassen. Kindergebrüll und Kinderklimbim auf allen Fluren. Jeder Wackelzahn ein Klacks Balsam für die geschundene Seele. Papierflieger in Inges schönen Rosenbeeten und zwischen Friedels zerlegten Dreschmaschinen.

Ich habe Friedel und Inge aus ganzem Herzen Kinder gewünscht. Älteste, mittlere, junge. Unsere Geschichte wäre dadurch ebenfalls einfacher geworden.

So hat sich Inge immer wieder in ihre Opferrolle zurückgezogen, und Friedel war der reuige Büßer. Inges herausgeputzten Puppen kommt vor diesem Hintergrund noch mal eine andere Bedeutung zu. Aber vielleicht auch Friedels mangelnder Fürsorge für die kleinen Ersatzkinder seiner Frau.

Friedel schiebt mir ein Stück Kuchen auf den Röschenteller. Seins verschwindet unter einem gigantischen Sahneberg. Dann beugt er sich wieder über ein Wandertagebuch. »Kiekmatz, guck mal. Diese Tour, zum Beispiel. Hexenstieg, sechsundzwanzig Kilometer querfeldein. Wege waren uns nichts. Überm Lerbachtal plötzlich alle Taschenlampen leer. Unsere Stirnlampen kamen ja erst später, die hab ich dem Dieter abgeluchst.«

Wenn Friedel von seinen Abenteuern mit Jonas erzählt, ist er absolut kein Büßer. Im Gegenteil. Dunkle Wälder, gefährliche Schluchten. Steile Abstiege. Angriffslustige Wildschweine. Zwei unverbesserliche Kerle schlagen sich durch die wilde Natur und die ersten Jahre ihrer Vater-Sohn-Beziehung.

Ich lausche Friedel mit offenem Mund und spare nicht mit Lob und Begeisterung. Das ist ja alles ganz neu für mich. Ein paar andere Details, die diese Büchlein verraten, genieße ich im Stillen: Jonas hatte mehr Angst vor Mückenstichen als vor tollwütigen Füchsen. Friedel stärkte sich auf allen Wanderungen mit saurem Gurkenwasser. Wanderstrümpfe und Pullunder wurden immer von meiner Mutter gestrickt. Meine beiden tollkühnen Männer haben Mooshäuschen für Feen gebaut und waren angeblich die Einzigen, die wirklich mal ein Einhorn in der gleichnamigen Höhle aufgespürt haben. Mit exakt der alten Stirnlampe, die Friedel sich gerade über den Kopf streift. *Knips!*

Erst fällt ein Lichtstrahl auf Friedels Streuselkuchen, dann leuchtet er mir damit ins Gesicht. »Guck an, Kiekmatz, geht noch!«, ruft der alte Schelm.

Ich habe Friedel auch ein bisschen von Jonas' Treibgut aus meiner Wohnung mitgebracht. Briefe. Schnitzereien, die sie beide zusammen angefertigt haben. Und ein Foto. Das Böhm mir am Morgen geschickt hat. Es zeigt ein Paket, das gestern bei uns angekommen ist. Von *Luises Mutter* an mich adressiert.

»Der Form nach könnte das Jonas' alte Gibson-Gitarre sein«, hat Friedel gemutmaßt.

Das wäre ein echt dickes Ding.

Friedel hat die Andenken an unseren Sohn übrigens über all die Jahre besser gepflegt als ich. Kein Staub. Keine Spinnweben. Er hat alles in einer großen Sitztruhe aufbewahrt, die er für mich geöffnet hat. Fotoalben, liebevoll in Packpapier eingeschlagen. Schulhefte, Zeugnisse, Therapieberichte in Klarsichthüllen in einem Ringordner abgeheftet.

Friedel hatte nie Angst, sich sein Erinnerungsbild an Jonas zu verschandeln. Manchmal ist es ganz hilfreich, wenn man Hintergründe ausblenden kann. Er sieht einen jungen Kerl vor sich, der unbedingt in ein normales Leben zurückkehren wollte. Einen verrückten Scheunenmusiker, guten Schüler, strammen Wandersmann, charmanten Enkelsohn für die Großeltern. Ein Exjunkie, der nicht nur meine Mutter um den Finger wickeln konnte, sondern unser ganzes kleines Dorf – dem er durch Johannas Anwesenheit genau genommen sogar *zwei Exjunkies* zugemutet hat.

Das Licht von Friedels Stirnlampe fällt auf eins der aufgeschlagenen Hefte. »Unterm Höllenschlund nur Moor und Matsche«, höre ich ihn sagen, er steckt immer noch inmitten einer alten Abenteuergeschichte.

Ich glaube, unser Sohn war Friedel in mancherlei Hinsicht sogar ein Vorbild. Mutiger und entschlossener als er. Vielleicht auch ein bisschen ritterlicher. Zu Friedels Erinnerungen gehört ebenfalls, mit welchem Selbstverständnis Jonas sich damals um Johanna gekümmert hat. Ihr ist es nicht so leichtgefallen, an ein normales Leben anzuknüpfen, wie ihm, weil sie auch davor keins besessen hatte. Friedel beschreibt ein stilles, konzentriertes Mädchen, das am liebsten hinter der Nähmaschine meiner Mutter saß.

Kuchengabeln klappern. Krümel verteilen sich auf der Blümchentischdecke und werden von fleißigen Ameisen abtransportiert. Wölfi unterm Tisch kaut geräuschvoll auf einem Holzstück herum. Als Friedel sich noch einen Klacks Sahne auf den Teller lädt, hält er in seiner Bewegung inne. *»Kiekmatz, hörst du das?«*

Auch Wölfi unterm Tisch richtet sich auf. Dann drehen Hund und Herrchen ihre Köpfe absolut synchron und blicken gen Westen. »Ist das nicht Jojos kleiner Kläffer?«

Ich höre nur einen Rasenmäher und sagenhaft lautes Vogelgezwitscher im Haselnussstrauch neben uns. Meine

Ohren müssen erst wieder lernen, das Landgetöse auseinanderzuhalten.

»Der is' da hinten beim Siggi«, erklärt Friedel aufgeregt. »Nich' dass er da inne Jauchegrube fällt. Is' letztens das Kätzchen seiner Enkelin ersoffen, Riesentrara für so 'ne kleine Katze.«

Ehe ich mich versehe, erhebt Friedel sich, stülpt einen Plastikbottich über Kuchen und Sahneschüssel, in dem bis eben noch Nägel und Schrauben verrostet sind, und läuft los. »Komm, Kiekmatz. Is 'ne gute Gelegenheit für eine erste Runde durch Feindesland. Trauste dich?«

Wölfi unterm Tisch schließt sich uns an. Ich schenke mir Kaffee nach und folge den beiden mit einer Blümchentasse *to go*. Friedel beäugt sie so merkwürdig wie ich den ollen Bottich über seinem Streuselkuchen.

Mr. Spock stellen wir schon auf halbem Weg. Das heißt, da schlendert er uns in aller Seelenruhe entgegen. Begrüßt Wölfi, begrüßt Friedel. Und mich so überschwänglich, als wäre ich diejenige, die gerade ausgebüchst war. *Jojos kleiner Kläffer*, denke ich. Von uns hat Johanna niemand so genannt. Vielleicht ist das ein Zaubername, mit dem man das stille, konzentrierte Mädchen zurückholen kann, das *auch* in ihr steckt.

Friedel und ich setzen unsere Runde durchs Dorf fort. Wir schalten noch ein paar Jahre zurück und laufen Stationen unserer eigenen Kindheit ab.

Im Fachwerk der Schule sind unsere Namen eingeritzt.

Die breite Hecke hinterm Pfarrhaus taugt immer noch gut zum Verstecken, und durchs Blätterwerk der alten Pestlinde sieht man die Reste eines Hochsitzes schimmern. Da oben haben Friedel und ich uns eine Menge Streiche ausgedacht.

»Ob wir da noch hochkommen würden?«, fragt er grinsend.

»Wenn du 'ne Räuberleiter machst.«

Friedel erinnert sich, wie wir dem alten Apotheker Klauenberg Gülle in den Vorgarten gekippt haben. Ich erinnere mich an eine Suppe aus Nacktschnecken und Regenwürmern in den Arbeitsstiefeln meines Vaters.

Lachend wandern wir weiter durchs Dorf. Friedel mit seiner leuchtenden Stirnlampe, ich mit meiner Blümchentasse, die beiden ungleichen Hunde im Schlepptau. Uns fällt immer noch mehr alter Schabernack ein. Und ich denke, auf einmal passt das alles wunderbar zusammen: Kinderfreund, Affäre, liebender Vater, tollkühner Wandersmann. Dorfhund neben Stadtköter. Schlaglöcher unter meinen hübschen Großstadtschuhen.

Man muss nur den richtigen Zeitpunkt abpassen.

EPILOG

HEIMLICHER GAST

An Jonas' Grab waren wir fünf. An Johannas Bett sitzen wir nur noch zu dritt.

Marianne streichelt Johannas Arm. Freddy erzählt ihre Geschichte. Ich verstaue Dinge in Kisten, damit wir besser zu Johannas Bett vordringen können.

Dass es so schwer zu erreichen ist, liegt nicht an den medizinischen Geräten, die immer noch rundherum aufgereiht sind. Der Klimbim ihres Vaters erschwert den Zutritt. Blumensträuße. Bücher. Eine verblüffende Anzahl an Familienfotos, mit ständig wechselnden Müttern. Die gesamte Bang-und-Olufsen-Produktpalette des letzten halben Jahres. Und sehr viel teures Naschwerk für jemanden, der immer noch von einer Magensonde ernährt wird. Wenn er in drei Tagen das erste Mal zu Besuch kommt, kann er sich hinter dem Zeug verstecken. Auch wir Erwachsenen halten uns oft die Hände vors Gesicht und glauben, niemand kann uns sehen.

Johanna ist seit gestern Mittag wieder bei Bewusstsein. Sie schläft viel. Das Sprechen fällt ihr schwer, eine Folge der künstlichen Beatmung. Ihre Konzentration reicht meist nur für wenige Sätze, doch die haben es schon wieder in sich.

»Marianne, guck nicht so panisch, es war keine Absicht. Verrückt und lebensmüde ist das Gegenteil.«

Eine Ärztin, die auch im Raum war, musste sich ein Lachen verkneifen.

Johannas Kopf ist bei dem Sturz wie durch ein Wunder unbeschadet geblieben. Wer noch Zweifel hatte, wird durch ihre Schlagfertigkeit und Renitenz widerlegt. Einen rebellischen Geist hatte Johanna schon immer, mehr als wir alle zusammen. Und eine beachtliche Stehaufmännchen-Mentalität. Eigentlich gutes Handwerkzeug, um den Bannkreis ihres Vaters doch noch zu durchbrechen.

Ich räume zwei nagelneue Kopfhörer in einen Wäschesack der Klinik. Dann eine Kollektion Nagellackfläschchen von Chanel, bunt zusammengewürfelt wie Smarties. Zuletzt lasse ich einen Bilderrahmen nach dem nächsten in die Tiefe plumpsen. Und stelle ein Bild auf, das Marianne von ihrem Besuch bei Friedel mitgebracht hat. Jonas und Johanna reiten auf einer Kuh.

Auch Jonas hat Johanna immer zugetraut, irgendwann festen Boden unter die Füße zu bekommen. So, wie er uns allen mehr zugetraut hat, als wir damals in uns sehen konnten. In Freddy, Johanna und mir. Und in gewisser Weise auch in unserem Goldrauschengel.

Dass wir durch ihn zu einer Gemeinschaft geworden sind, die sich in all den Jahren immer wieder unter die Arme greifen konnte, würde ihn freuen. Johanna in dieses alte Netz einzuknüpfen, egal, wie oft sie es noch zerfetzen wird, sind wir ihm schuldig. Und uns auch.

Mein Blick gleitet an Marianne vorbei, die immer noch Johannas Hand streichelt, an Freddy, die ihre Worte ausplätschern lässt, zu Johanna, die gerade wieder eingeschlafen ist. Ich kneife meine Augen zusammen, dicht vor Johannas Nasenspitze flattert ein Fädchen auf und ab. Wenn die Sonne darauf fällt, kann man es tanzen sehen. Es läuft über ihre Wangen empor zu den Schläfen, schlängelt sich durch ihr nachwachsendes Haar. In einem halsbrecherischen Manöver schwingt es sich bis zum EKG-Monitor hinüber, legt sich einmal um den Perfusor und klettert von dort aus den Infusionsständer hinauf. Hinter dem Beutel mit der Kaliumlösung endet es in einem kleinen, glitzernden Spinnennetz.

Und das kann in dieser noblen Klinik doch wirklich nicht mit rechten Dingen zugehen.

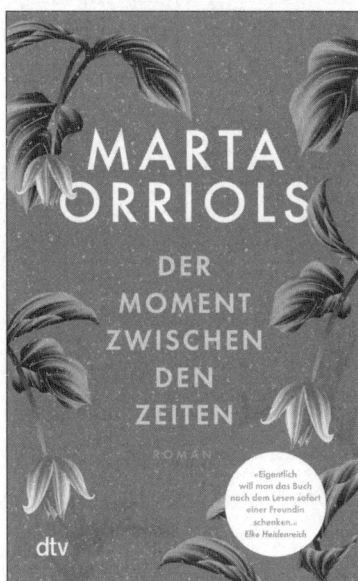